U0659955

Amy Butcher

Finding Joy
on the Loneliest Road
in America

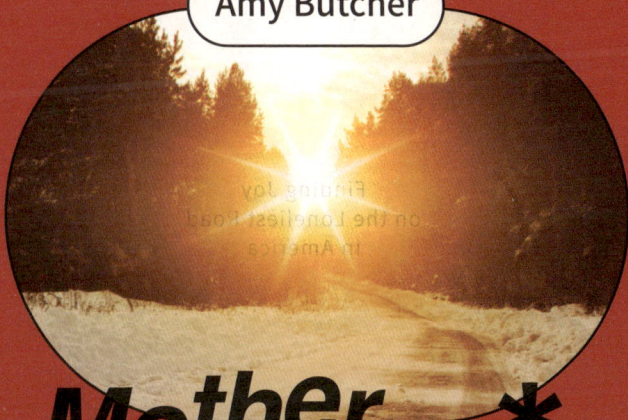

Mother * trucker

(Finding Joy
on the Loneliest Road
in America)

Mother trucker*

冰路狂花

Finding Joy
on the Loneliest Road
in America

Amy Butcher

**在最危险的
公路上
寻找快乐**

[美]埃米·布彻　著

任瑞洁　译

GUANGXI NORMAL UNIVERSITY PRESS
广西师范大学出版社
·桂林·

图书在版编目（CIP）数据

冰路狂花：在最危险的公路上寻找快乐/（美）埃米·布彻著；任瑞洁译.--桂林：广西师范大学出版社，2023.9

书名原文：Mothertrucker: Finding Joy on the Loneliest Road in America

ISBN 978-7-5598-6103-0

Ⅰ.①冰… Ⅱ.①埃… ②任… Ⅲ.①回忆录－美国－现代 Ⅳ.①I712.55

中国国家版本馆CIP数据核字（2023）第119655号

MOTHERTRUCKER: Finding Joy on the Loneliest Road in America by Amy Butcher

Text copyright © 2021 by Amy Butcher

Published by arrangement with Georges Borchardt, Inc. through Bardon-Chinese Media Agency

ALL RIGHTS RESERVED

著作权合同登记号桂图登字：20-2023-050 号

BINGLU KUANGHUA: ZAI ZUI WEIXIAN DE GONGLU SHANG XUNZHAO KUAILE

冰路狂花：在最危险的公路上寻找快乐

作　　者：（美）埃米·布彻
译　　者：任瑞洁
责任编辑：谭宇墨凡
特约编辑：徐　露　赵雪雨
装帧设计：汐　和　at compus studio
内文制作：陆　靓

广西师范大学出版社出版发行
　广西桂林市五里店路9号　邮政编码：541004
　网址：www.bbtpress.com
出版人：黄轩庄
全国新华书店经销
发行热线：010-64284815
北京鑫益晖印刷有限公司印刷
开本：889mm×1194mm　1/32
印张：10.5　　字数：190千字
2023年9月第1版　2023年9月第1次印刷
ISBN 978-7-5598-6103-0
定价：68.00元

如发现印装质量问题，影响阅读，请与出版社发行部门联系调换。

献给女性

特别献给乔伊

"在春天，在一幢小屋

我下定决心要找到出路

啊，这春天里，这一幢小屋

邻居听得到我们的嘶吼和愤怒"

——珍妮·刘易斯（Jenny Lewis）

"无数女性被告知她们不是可靠的见证者,

不配见证自己的生命;

以及她们永远不可能掌握真理,

无论现在还是将来。"

——丽贝卡·索尔尼特（Rebecca Solnit）

自 序

2018 年 4 月，我启程前往阿拉斯加，在那里和女卡车司机乔伊·维贝（Joy Wiebe）碰面，并与她一道沿詹姆斯·W. 道尔顿高速公路（James W. Dalton Highway，简称道尔顿公路）穿越阿拉斯加的极北之地。按照我当时的设想，这会是未来多趟旅行的序章。我们共同度过了六天的行程，离开时我本打算八九月份再来，开始下一轮驾驶之旅，却没想到四个月之后，距离计划中的下次造访只有几个星期了，乔伊驾驶的油罐车在行驶途中突发事故，翻下了应急车道。当我再次来到阿拉斯加，竟是出席她的葬礼，并参加为悼念她而举行的卡车游行。

曾听人说，有些时候，女人拥有的只有故事。可由于被掠夺了权力、自主性、安全感，女性往往在讲述自己的故事上失语，只能靠其他女性替她们发声。

这本书是乔伊所讲述的故事，一个她想与全世界分享的故事。

对于此书，她最好的朋友希望记述乔伊如何教人认识上帝，她的儿子们希望传达她的精神，她的丈夫和女儿则未言明期待。但对我来说，这是一本关于女性的书，关于我们的屈服、倾听和爱，关于我们的一再宽恕，关于我们的守望相助，以及死亡也无法阻隔的情谊。

最难的部分其实是展现故事的全貌，毕竟乔伊的人生已经落幕多年，有些人或许不想让旧事重提。而我必须对乔伊负责，她曾对我说过"我相信是上帝把你带到我身边""是祂让你来讲述我的故事""你要讲出我的故事"。

写这本书的过程中，我的重中之重是真实地记录乔伊的人生。我不仅要写出她的故事，更要保证故事的完整。

"他们总是看到一个充满力量的我，"乔伊曾对我说，"好吧，我确实是有那么点力量——可能还挺多的，但我也有不少痛苦。这是乔伊·维贝的故事，我想，这也许就是很多女人的故事。"

本书取材自亲身经历，以及广泛调查、采访、报道和长期跟访，还结合了我记忆中的私密细节和零散情绪。

为保护隐私，书中部分名字和身份特征有所改动。

序　言

　　认识乔伊的那一年，也是美国女性水深火热的一年。

　　我们被杀死在公园里、停车场里、人行道上、自己的车上；宝宝正酣睡时，也有我们被杀死在地下室、卧室、门廊。我们被捆绑、放倒、幽禁在秘密的房间里，被下药、被拖拽、被殴打、被辱骂、被恐吓。我们身处男性的包围下，如同被阴云笼罩，只有忍耐的份儿。我们痛苦着，从工作场合到自己家里。而那些伤害我们的人，往往是常理中最爱我们的人。

　　身处俄亥俄州一个小镇上，我开始思考这副女性躯体不该去的地方：比如森林就不该去，仅八月的一周里，就有三名女性在当地社区的森林里慢跑时遇害。女性不该一个人跑步，也不该一个人走路、爬山、野营、穿过停车场，早中晚任何时间都不行，不管你是拿着很多包、只拿着一个包还是不拿包，统统不行。

　　那一年，艾奥瓦州一女子在夜跑途中被人勒死在玉米地里，蜂蜜般金黄璀璨的玉米地和粉彩般的天空，如同格兰特·伍德（Grant Wood）画中的风景。而在这美式乡村的风景下，肆虐着美式的暴行。

俄亥俄州，一女子在搅拌芝士通心粉时被杀害。

科罗拉多州，一女子在哄孩子睡觉时被杀害。

密歇根州，一女子在科尔士百货购物时被杀害。纽约市，一女子在睡梦中被杀害。得克萨斯州中部，一女子在打游戏时被杀害。南加州，一女子在游泳时被杀害。

在我的老家宾夕法尼亚州，一名刚入学一周的女大学生遭钝器重击后被勒毙，尸体被肢解后，经计程车运到了数百英里[1]外的三个不同地点，先后出现在一只蓝色塑料整理箱和一个行李袋中。凶手把她的身体折叠起来，就像叠一件盖璞 T 恤或耐克运动裤。这名 29 岁的男性凶手后被警方擒获，被逮捕时他正在清理自己公寓中的血迹。

在我当前居住的俄亥俄州小镇，一具女尸被发现浅埋在山脚处，死者只比我小两岁，而这座山正是我常徒步的地方。那是一个明媚的早秋，死者的祖母对记者说："人们对生命不再尊重了。生命是上帝赐予的，却这样轻易被夺走了。"

还有很多受害女性至今未被找到。

有的遗体被找到了，却无法辨认其身份。

与此同时，却有大量男性借由杀害伴侣而成名。曾有科罗拉多州一男子谋杀了怀孕的妻子沙南和两名年幼的女

---

1 1 英里约等于 1.61 千米。——本书若无特别说明，脚注均为译者注。

儿——贝拉和塞莱斯特，因此登上了黄金时段的新闻。同样的时段也用来报道失踪的白人女性和她们悲痛忧郁的白人丈夫。

"我只想她们回家。" 克里斯托弗·沃茨面对镜头，似乎很难接受妻女的失踪。他站在自家门口，一步一挪。"这简直是场无法醒来的噩梦。万一她们有个三长两短，我该怎么活啊！"

不出一个月检察机关就查出，正是沃茨打死了妻子，并打死和掐死了两个女儿。其中一个细节被媒体不断提起：案发时 4 岁的女儿曾苦苦哀求，却还是惨遭父亲毒手。沃茨随后将尸体运往一处工地，把妻子丢进了一片翻起来的土里，把两个女儿扔进了油桶。

几小时前，沃茨一家还沉浸在后院烧烤的欢乐中，孩子们穿着桃红色泳衣在泳池嬉戏，小巧的麻花辫乱糟糟地搭在额头上。女孩们涂防晒霜后跳进水里，在水下玩茶会游戏，小小的手握着更小的茶杯。而她们的父亲一边看着这一切，一边给女友发信息商量用什么方式杀掉母女三人，以及把尸体埋到哪里。

关于沃茨一家的报道铺天盖地，而这并不影响此类悲剧每年在数千名美国女性的身上重演。她们被跟踪杀害、殴打凌虐，被掐死、被虐杀。我知道这一切正在发生，却又浑然不觉。直到认识乔伊的那年春天，我爱之甚于全世界的男人——原本那么善良、幽默、温和的伴侣，却成了一个在家中大吼大叫、状若疯癫的家暴者。就在几个月前，戴夫曾嘶吼着把我逼到卫生间，吓得我倒在了地上。在科罗拉多的野营帐篷里，他也曾咆哮如雷，令我僵卧整晚，我如猎物一般担惊受怕，不知他会不会杀了自己，会怎样杀了自己。

于是我明白了，就如我此前多次想过，却一直不敢相信的——这就是暴力的发生。

那些女人就是这么死的。

1

　　来到哥伦布机场已是做出那个决定的几周后，直到此时，我才发现这是一个多么疯狂的举动。在安缇安脆饼的甜香和机场大厅敞亮的灯光中，我得以平静地思考接下来会发生的事情——我将从这里搭乘飞机横跨美国去见一个网友，一个我从社交软件 Instagram 上认识的阿拉斯加女网友。她在北极冰路上开卡车，号称"卡车妈妈"。她令我着迷，可我却不太了解她，对我而言她和机场里这些陌生男女并无分别，或许她也会死守充电口旁的黄金地段，试图在机场走完每天一万步的目标，抑或大声向客服抱怨机票递补，而客服人员挂着训练有素的微笑，似乎永远善于共情。

　　我也在努力成为善于共情的人，这种坦诚包容的心态在未来和乔伊的相处中应该有所帮助。听乔伊说，我们会在她茧房般逼仄的卡车驾驶室里共处至少十四个小时，途中可能遭遇恶劣天气、他车事故、道旁的萨加瓦纳克托克河涨水以及道路自身的种种问题，轻易就能拖上整整两天。道尔顿公路是美国最危险的公路，南起阿拉斯加州的费尔班克斯，北至工业城镇戴德霍斯和普拉德霍湾的油田，总长 414 英里，沿途遍布碎石，鲜有铺砌。每年在道尔顿公路上丧命的司机比美国其他任何一条路上的都要多，主要因为这条公路上有着大自然最严峻的考验：它地处偏远、人烟稀少，河水漫灌、道路结冰时有发生，春末的积雪之厚甚至能吞没前行的方向，模糊天与地、道路与冻原，当一切皆无从辨认时，连生命也偶尔被模糊掉了。

从 Instagram 自带的明亮滤镜里看到"卡车妈妈"乔伊的时候，我还在寻找能拯救我的人。她的到来如梦一般，每张照片都化作了一扇门，让我在夜里能够逃进门后的世界，得以安眠。

乔伊是位网红，虽然她从不这么称呼自己。

"他们只是爱看我那些照片而已。"第一次交谈时，她这么对我说。

注意到她的账号是在一个冬夜，我在 Instagram 上百无聊赖地划过一张张图片：摆盘精美的意面、头发睡得乱蓬蓬的漂亮小孩、设计优雅的洁白客厅、帅气的金德利犬，然后乔伊出现了。这个刚满 50 岁的女人长得颇像凯特·麦金农（Kate McKinnon），身形好似一记感叹号——修长，瘦削，有着莫名引人注目的气势。乔伊是美国唯一一位冰路女卡车司机，她在道尔顿公路上驾驶重型卡车，以长途货运为生，并记录下沿途美景：湛蓝的天空下积雪茫茫，罕见而自然。

乔伊把这极寒之地称作天堂。

她说这条公路无比神圣。

而她仿佛就是我的神。

我艳羡着乔伊，以一种旁人无法理解的程度。从各个方面看，我都是美国社会喜欢的那类女性：30岁，在俄亥俄州一所小型高校当教授，写书，指导年轻学生，教授女性文学课程。我拥有一套带花园的房子，每到春天，我会借朋友的皮卡去拉壤土，然后把车开进花园里倒土，再拿一柄厚重的绿耙子把肥料铺上去。邻居、朋友和家人都一眼能看出我是个独立女性，他们说我勇敢、坚强。然而，我却用了几乎三年时间与一个可怕的男人纠缠，他会通过打压我的自尊来获取权力和价值感。多数时候，戴夫还是很好的，可他不好的时候实在令人胆寒，他用语言和肢体对我的人格、事业进行全方位贬低，这些攻击已经超出了一个伴侣、一段关系所能触碰的范畴。渐渐地，我们的感情里不再有自由，不再是虽有磕绊但能包容的田园牧歌，反而成了一座困住我的牢笼。这牢笼里装饰着现代极简风艺术品，靠墙摆放着三层书架，有着赏心悦目的主题墙——颜色是我们一起选的，与光线相得益彰。

离开吧，我反复这么想。

但我始终没能离开。

相反，在冬天最冷的那四个月里，我在家，一直沉浸于乔伊的世界。那时的俄亥俄州阴云密布，风雨交加，我每天面对的不是暴怒的天气，就是暴怒的爱人。而在乔伊发布的照片里，那一块块精致脆弱的像素组成的画布上，天气和生活都是可以忍受的，男人都是友好善良的。这个女人安家在一个充满恐惧和危险的地方，那里是男人和机器的天下。在网络上搜索"冰路司机"和"道尔顿公路"，得到的图片多是高耸如房屋的雪堆，还有摔得不成样子的十八轮大卡车，仿佛被上帝像捏纸团似的捏了一遭。

我没用多少时间就得到了乔伊的电话号码，用马克笔往便利贴上一抄，就贴在了冰箱上。

可真正拨通这个号码却用了很长时间。一天夜里，男友发出的咆哮令我吓得蜷缩在地板上，紧接着，我发现这是身体在强烈恐惧之下不自主的反应。我第一次意识到他在做什么——我惊恐的神态、瘫软的模样，正是他想看到的。我想起了过去这些日子里，是我自己允许他的恶行不断发生，我夜不安寝，而他却变本加厉。我想起了"卡车妈妈"乔伊，想起了"逃跑"这个词。我想起了那些认为暴力和虐待永远不会发生在自己身上的美国女性，她们直到自己成为受害者才幡然醒悟。于是我望向冰箱上的那张方形便利贴，它的存在似乎就是为了这一刻——我趴在地板上，抬头就看到了它，看到了一条颇为简单的出路，在那里，他给我的恐惧鞭长莫及。

第二天一早，戴夫去上班了，我盯着表，等到一个感觉合适的时间，拿起了电话。

那是阿拉斯加早上 8 点，乔伊受伤没有出车，正坐在桌前。

我以为想说的话会梗在胸口，没想到却很顺利地脱口而出：

"我真的很想和你见一面。"

<<<>>>

这趟旅程即将联结两个相去甚远的陌生人，使两个截然不同的世界相遇。而身处这座人来人往的航站楼里，我突然意识到，我所了解的乔伊也只不过是几个关键点拼凑出的形象而已。

比方说，我知道她身材娇小，留着棕色长发，看起来像是个会做美味田园蔬菜汤的人，这种汤里有土豆、红扁豆、煮过的羽衣甘蓝和切成半圆形的胡萝卜。

我知道她有个 17 岁的女儿，名叫萨曼莎；以及她的第二段婚姻已经延续了几十年。

我还知道她一家人住在费尔班克斯附近的一小片旷野上，他们之前建的小屋被火烧毁了，后来全家一起重新盖了一座。家里养了一头骡子和几匹马，还有多得数不清的狗。

乔伊告诉我，选择住在这里，是看中了四周人烟稀少，视野绝佳。当初与她取得联系后，我便买了机票，那时距离启程还有两周时间，这两周里我们偶有交流。从她发来的照片里，我看到了如下景象：骡子抵在笼头上磨牙，背景是被连绵积雪覆盖的森林；萨摩耶幼犬像一团云一样在草地上蹦跳奔跑，小爪子被草染上了点点绿痕；乔伊的十八轮大卡车停在车道上，刚洗过，还打了蜡，蓝得神气活现。

就是在这辆卡车里，乔伊完成了她的转变——不再只是乔伊·鲁斯·维贝，她成了"卡车妈妈"。"卡车妈妈"这个 Instagram 用户名是她的儿子丹尼尔取的，随着时间积累，形成了现在这个拥有 1.1 万粉丝的鲜活角色。

我想象了很多关于乔伊的东西，而实际上，我对她工作的路线了解更多。道尔顿公路是北美洲最长的无服务公路，作为著名地标被详细收录在许多书籍、网站、电视和电影中。我查阅了很多资料，主要是维基百科，还有阿拉斯加州土地管理局、阿拉斯加州官方网站、《纽约时报》，以及收录世界最危险公路的有趣网站 DangerRoads. org，最后发现道尔顿公路的称号包括："美国最危险的公路""美国最与世隔绝的公路"，以及我最喜欢的"美国最孤独的公路"。

但是在乔伊眼里，这是上帝的国度，"神的土地"——她这么称呼道尔顿公路。

"因为你可以在这里感受到祂的存在，"第一次交谈时她对我说，"在这里任何人都帮不了你，你能仰仗的只有上帝的恩典。"

很多人对道尔顿公路的了解来自《冰路前行》，这部延续了 11 季 138 集的纪录片在黄金时段播出，以颇为惊悚的方式呈现了二十四位男司机和三位女司机在冰路上的生活。

我没看过这部片子，乔伊说不看是对的。

"我不希望你对我们的生活产生误解，"她说，"那就是闹着玩。你看，电视上那些男司机可能还懂点门道，但那些女司机——没有冒犯的意思——像是好莱坞雇来的。她们可能跑加拿大线，或其他没那么危险的阿拉斯加路线。而且你发现了吗，她们胸都很大。你看我，50 岁了，在这条路上跑了一辈子，瘦得跟豆角一样。说实话，我可不年轻了。"

岁月或许带走了乔伊的青春，却给她留下了丰富的公路经验，并让她成为众多男司机口中"唯一的女性长途运输司机"以及"公路上的天使"。

过去十三年里，乔伊每周出车两到三次，工作途中见过人死，也救过人。有时甚至需要在十八轮大卡车的驾驶室里带女儿，母女俩在那里聊过生活、信仰和家庭，做过拼写题——怎么拼"花椰菜"之类。她们还曾把车停在山脚下过夜，看着北极光在头顶飘荡，映照着平底锅里嗞嗞作响的肋眼牛排和埋在篝火余烬里的锡纸土豆。

现在，她邀请我见证她的生活。

很快你就会明白我说的"上帝"是什么，乔伊发消息说，到了这儿，你肯定能感到靠近了神。

而且我们要仰赖神的庇佑，她说，因为这趟旅程危机四伏，暴风雪、交通事故或路面问题都可能发生，爆胎、车辆损毁还在其次，更要命的是，道尔顿公路没有通讯和无线网络，没有数据传输覆盖，没有警察电话亭，也没有休息站和麦当劳。大部分路段没有护栏，整条路都没有道路标记。这里的标志性景观是能吞没好几辆车的巨大坑洞，以及通向目力尽头的路面。路上有不少坡度高达16%的陡坡，且没有安全锥指引，遇见这样的陡坡时，车速可能达到65迈或更高，也可能刚好刹车失灵或撞到冰。

这条很多美国人口中的道尔顿公路，或"冰路"，被阿拉斯加州官方更为恰当地称作"乡村主干道"。虽然它是通往北美最大油田的唯一补给线，是阿拉斯加工业中的重要一环，但严酷的气候和极端孤立的地理位置，令州运输部无法按国道的标准对其进行维护保养。

因此，上路者，安危自负。

尽管环境恶劣，每个月还是有约3700辆重型卡车行驶在这条路上，运送货物北上普拉德霍湾。以此为生的有数百名男性司机，以及唯一的女性卡车司机乔伊。他们运送结构材料、金属管、墙面装饰、双人床垫，以及地处偏远但可以预料的典型美国生活方式所需的物质享受：著名的阿莫斯饼干、大袋装多力多滋农场味玉米片、水果卷尺糖、爆浆水果软糖、T骨牛排和即食肉汁。

"你会死在那儿的。"一个朋友听说我要和乔伊一道上路，警告我。

但我想驰骋在道尔顿公路，想坐在乔伊的副驾上，想跳入距离公路尽头仅8英里的北冰洋——那该是多么极致生动的阿拉斯加体验啊！可惜尚在早春，无法一睹北极光，但我可以想象极光晶莹粉嫩，飘荡在嚓嚓作响的烟囱和银装素裹的森林上方，我的身体独自在黑暗中漂浮，孤独又顽强。荧光舞动，倒映在凌冽但令人兴奋的水面上，仿佛神拿着金属勺在天空搅动。

这景象超凡脱俗，乔伊向我保证。看到极光你就会明白，上帝就在那里，看着你。

"有没有搞错，"朋友说，"我给你一个大写加粗的——不要去！"

作为一个观赏过多次极光的人，他建议我不如飞去他在俄勒冈州波特兰的住所，买上一套全色绘儿乐蜡笔，开上一瓶威士忌，一块儿借着酒劲把极光画出来。

"基本一个意思。"他说。

呃，完全是两码事。

他实际的意思是这趟旅程太过危险，一个人飞去阿拉斯加州费尔班克斯市，在崎岖的雪路上和陌生人同行，穿越峡谷冻原，抵达一个工业城镇，在那里看着工业黄光浸入清冷夜空里——这对任何人而言都不容易，更何况一个女人。

　　"说真的，我住的公寓有个泳池，我去弄一瓶顶级威士忌。你会有十几支深浅不同的绿色蜡笔。"他说。

　　但我已经受够了由各种认识或不认识的男人来支配我的身体，指导我该去哪儿、不该去哪儿；该干什么、不该干什么；哪里安全，哪里不安全。

　　早在前几天，乔伊就已经发消息给我：我已经这么过了十三年，所以你不要临阵畏缩！我什么都见过，什么都干过，跟你同行的可是这条路上的传奇呀！

　　有"卡车妈妈"乔伊在，我不会有事的。

　　对于自己的家事，我实在不知说什么好。我最近学到的东西是，每四名美国女性中，就有一人会在一生的某个时刻意识到，被推倒、被欺凌是什么感觉。明白何为生活在恐惧之中。懂得一个男人究竟能做出什么事——当他将你逼至卧室墙角，或马桶后面，或帐篷边缘，又或是一盆绿萝旁。我曾被戴夫这样对待过。绿萝从一个阿兹特克风格的花盆里攀援而出，那个花盆是我们在新墨西哥州度假时一起买的。买它的前一夜，我度过了相似的一晚，独自一人在拉昆塔酒店啜泣到天明。几个月来，戴夫在"男性气质"坐标轴上越走越远，变得越来越阴暗凶恶，愈发肆无忌惮。他唤起我的恐惧，以达到他的目的，在这方面他越来越舒适——越来越熟练。30岁的我活成了一个研究案例，印证了一个男人的愤怒能让伴侣过得多么水深火热。不过数月，我最恐惧的已不再是他对我自尊和价值的侮辱贬损，而是他的吼叫，挥舞的拳头，把我顶到墙角时的压迫感。

我想清楚了，当下我有两个选择：要么选择幸福安宁，要么选择戴夫。

坐在阿拉斯加航空登机口外，我试图说服自己，来到机场已经表明了我选择幸福的决心和对自身安全的承诺。可我依旧惴惴不安，这只是做出改变的第一步而已，后面的许多步，我不知是否有勇气踏出。又或者，我不知是否能保持坚定的步伐，在新的道路上一往无前。

于是我决定转移一下注意力，从牛仔裤口袋里掏出手机，打开和乔伊的聊天记录。她是那么乐观、充满希望。我打开她之前发来的一张照片，照片里一头驼鹿线条流畅，肌肉健硕，昂着头，竖起饱经风霜的苍白鹿角，在楚加奇山脉前信步走过道尔顿公路。

还不到捕猎驼鹿的季节，所以我只是来欣赏他的美！乔伊在文字中说。

在凌晨 2 点的阿拉斯加，乔伊急切想知道我的行程是否顺利，飞机是否准点，是否遇到了麻烦——因为接下来几天麻烦可不会少，她打趣说。她问我感觉如何，穿的靴子是否防水，告诉我她已经为我们买好了保暖贴、打火器，还有袋装可可粉。

欢迎来到热饮天堂！！！乔伊说。我虽然不懂这个，但必须得说，在北极喝热可可实在太赞了！

她还一再劝我留在她家地下室过夜。

还是觉得你应该跟我住一起。当我攥着登机牌，把它白色的毛边折了又折时，乔伊恳求说。这是她第四次提起这件事——此前我已经拒绝了三次。我认为，离开美国中西部的安静生活，飞往费尔班克斯去见一个网上认识的人，这是一码事；而第一次去一个陌生的城市，就住进一个陌生人陌生的家里——这又是另一码事了。

是的，乔伊还是个陌生人。可当我走过廊桥登上飞机，在靠窗的座位坐下，听着乘务员打开对讲机呼叫登机组A、B、C时，我想的是：我宁愿和这个陌生人冒险，也不愿在我所熟悉的现实中冒险了。

你的航班该起飞了吧，乔伊写道。仁慈的天父，请照顾我的新朋友埃米。感谢你为我们预备了如此丰盛美好的时光。我知道你让我们相遇是有原因的。请护佑她一路平安。主啊，我们爱你，阿门！

阿门！我回道。等不及要喝热可可了！

其实我是等不及要和她待在一起了，在她身边抿上一口热可可，让棉花糖在我脸上留下一道泡沫白胡子。我更等不及要离开，只要能离开现有的生活，去哪里都行。

太棒了！！！！她重复道，还加了个咖啡杯的表情。不知何故，我们不约而同地把自己那坚韧、敏感、深邃的希望寄托在了两杯虚拟的热可可，以及一把浮标似的缓缓融化的棉花糖上。不管这想象多么愚蠢，我相信，它都有望把我从自己的世界里拯救出来。

飞机上升、起飞，我看到自己也从旧日里飞升了出来。我抬起薄薄的塑料遮光帘，看着飞机的影子飘浮在桃粉色的清晨中，拂过旧仓库、学校、银行、教堂、足球场、棒球场，它们的屋顶在早春里绿意盎然，熠熠闪光。说再见很容易，把这一切都放进回忆也很容易，我仿佛成了童书里的一个角色：再见了，我的房子！再见了，我的树！再见了，我咆哮的男友！

2

凌晨 4 点，我抵达费尔班克斯，拍下落地后的第一张照片：玻璃罩里的一头北极熊标本。它的皮毛闪闪发光，颜色不是我想象中的雪白，更接近奶油色，牙齿也比我想象中更宽更密，几颗尖牙有成人拇指那么大。石膏做的雪堆上涂了两种不同色调的晶粉：一种是不会出错的银色，另一种则是神奇的炫彩，随着光线和角度的变化呈现出粉、绿、紫三色。

在凌晨 4 点这个时间，不管落地在哪里都会让人晕头转向，更何况是费尔班克斯这种尤为使人迷失的异世界。路牙上还聚集着雪堆，出租车闪烁着红白灯光，像一串圣诞装饰。游客们翻着手中五颜六色的精美小册子，里面写着北极为你准备的豪华大礼包：珍娜温泉泡澡，体验正宗狗拉雪橇，来一口盛在冰雕酒杯里的经典苹果马提尼。我待在行李传送带旁，等待我的手提箱，那里面装着我从俄亥俄州的生活中带来的实用小物。平静的外表下，我的身体正因肾上腺素飙升而悸动不已。

按照我们的计划，我需要先休息一会儿，这也是我的主意。转了三次机、在空中度过了二十三个小时之后，我本以为自己会疲惫不堪。然而当行李带开始滚动，人群骚动着聚拢过来的时候，我滑着手机，只期盼乔伊快点醒来。

"我们很担心。"出发前一周父母对我说。他们并没有过度的保护欲，却还是坚持让我在走之前画一张地图，标明我的计划路线。

"都是北极荒野，没什么好画的。"我说。

但我还是尽量安抚他们，把阿拉斯加州地图截取下来，沿着北极大陆架画上细线。

在绵延 200 英里的一处空白地带上，我写下"此处，宿在乔伊的卡车中"。

还画了一只小小的北极狐和两个拥抱的火柴小人。

可他们觉得这并不好笑。

"万一发生了不好的事，我们该多难过啊。"

不好的事已经发生了，且愈演愈烈，只是它并不发生在北极。

直到现在，身处乔伊的国度，我才恨不得马上去找她，睡在她家的地下室里。

在这儿会舒服一些！她写道。我这儿还有好多小狗——萨摩耶犬伍迪·维贝上周刚给维贝家新添了六只小宝贝。我可以带三只上床睡觉，你带另外三只！

我抓着行李箱，推到外面，觉得自己之前订的酒店简直蠢透了。酒店附带欧陆式早餐和室内小厨房，还有一路向东直达酒店的免费机场接驳车。

在春季山丘套房酒店入住后，我躺在一会儿不用来睡觉的那张床上（一个好朋友称之为"零食专用床"），加载了自己和乔伊全部的聊天记录，对拒绝她做导游和房东的提议备感内疚，这或许在无意中伤了她的心。

我到啦！！！我发信息给她，还无法免俗地附上了那只北极熊标本的照片，就像在我之前到来的万千游客一样，紧接着开始担心会吵醒她，没想到不一会儿手机在我手掌里震动起来。

我睡不着！！！她回道。她在床上翻来覆去，于是被丈夫詹姆斯[1]赶去沙发上睡。

但是有小狗陪着我！

接着，她发给我一张可爱到犯规的照片：一只只黑色的毛绒团子拱在灰色针织薄睡衣中间，睡眼蒙眬，甜梦正酣，不知是谁还伸出了粉色的小舌头。

窗外，费尔班克斯正在缓慢苏醒。猫咪在睡梦中甩动尾巴，疲惫的母亲们舀着咖啡渣。这里的春天比俄亥俄州更冷，夜晚更长，但朝霞也更粉嫩。在低矮的建筑物和积雪的屋顶上，太阳隐约出现了。

乔伊发来消息，不知你现在感觉怎么样，我们几小时

---

1 乔伊的丈夫名叫格雷戈里·维贝（Gregory Wiebe），昵称格雷格（Greg），书中化名詹姆斯，与后文提到的格雷格是同一人。

后就要去教会了，晚些时候才能跟你碰面。但如果你愿意和我们一起去，我可以开车去接你。

我对教会情感复杂，但还是同意了。

她说会开一辆超级脏的红色皮卡来接我。

几小时后，我来到停车场，几乎一半的卡车是红色的，且每辆都很脏，布满严冬遗留的污渍。尽管如此，我还是很快认出了她：正从一辆红色福特 F-150 里向我疯狂挥手，大大的牙齿洁白发亮。她的丈夫詹姆斯坐在驾驶座，她年迈的父母则坐在第二排向我招手，二老为参加教会活动穿上了最体面的服装：父亲打了领带，母亲穿了条绿色连衣裙，外搭桃红色派克大衣。

车还没停稳，乔伊就打开车门跳了下来，把我拉到她身边。她比我想象中矮一点，比照片里还要瘦，穿着毛皮衬里、长度及膝的派克大衣，拉链拉到一半，露出蓝色厚毛线连衣裙，下身穿着黑色紧身裤和黑色高筒马靴，宛如行走的阿拉斯加着装指南。

她简直美不胜收。

"嗨！终于见到你了！"她对我说——这是我们面对面说的第一句话。她紧紧地搂着我，下巴抵着我的肩膀。

"嗨！终于！"我回答道。

嗨！终于！——对我们的相聚而言，实在是太轻描淡写了。

<<<>>>

　　金心基督教会学校是一间红色的活动板房，安置在教堂边用煤渣砖搭成的支柱上。停车场遍地沙砾，坑坑洼洼，轮胎大小的深洞随处可见。玻璃围成的大厅里，弥漫着通心粉和埃尔默胶水混合的味道，还有让人脚底升起暖意的气息，闻起来和我去过的其他小学一样。乔伊告诉我，学校里有三个独立的教室，用来做不同类型的查经[1]活动：一个是男子组，一个（貌似）是年轻夫妇组，我们参加的这个小组我并未看出有何特殊，但据乔伊说，这是个由玛莎带领的小组。

　　乔伊和玛莎总是形影不离。

　　"她的查经确实很到位。"乔伊说。

　　玛莎主持的查经已经开始了，我们猫着腰悄悄溜进去——似乎这样就没人看得到我们了——然后在以玛莎为中心的一圈折叠椅中找位子坐下来。玛莎穿着轻薄的棉质连衣裙，让我们翻到《马太福音》第21章。在场有二十多人，多是中年男女，还有若干老人，每人手里都拿着一本《圣经》，已经如传家宝一般陈旧：封面皱折弯曲，有几页被折叠起来用作标记。我点开手机上的圣经应用程序，这是几个月前在戴夫的坚持下安装的，我只偶尔

1　基督教会中的一项日常学习活动，以小组的形式对《圣经》进行学习和讨论。

使用。

查经以合作的方式进行，大家在玛莎温和的指示下轮流朗诵经文。一位颇有想法的男子不时举手表达见解，礼貌地提出各种哲思问题。

他说，假设耶稣基督就在我们中间，我们能认出他吗？

大家都说不能。我们会忙着衡量他的政治立场、估算他的资产净值，或是根据他的汽车保险杠贴纸评判他。

乔伊抓住詹姆斯的手，轻轻捏了捏。然后对我耳语说，她从没在詹姆斯的卡车上贴过基督教贴纸，因为他开车太快了。

"他开车不像个基督徒，倒像只飞出地狱的蝙蝠。"

詹姆斯翻了个白眼，好像在说"这个女人"。他身材短小魁梧，下巴结实，眼神温暖，衬衫纽扣一直系到领口。目前为止他都是寡言少语的模样，当我朝他微笑时，乔伊会拍拍他的肩膀，他则紧握下她的手，然后微笑回应。

"你们祷告，无论求什么，只要信，就必得着。"有人读道。

"我们相信吗？"玛莎说。一阵沉默后，她接着问："我们相信神会回应我们的祷告吗？"

这个问题基本没有得到解答。而在我看来，答案是显而易见的。别人会认为这是神对我们的信仰、意志和耐心的考验，我则将其理解为神完全缺席的证明。

我对上帝最早的认知并非来自灵光乍现，而是一个倒挂在树上的、怒气冲冲的男孩。他当时 7 岁，倒挂在那儿，用与之年龄极不相称的坚定语气对我说，我和我的兄弟都要下地狱，因为我们家不信上帝——这是他母亲告诉他的。

那是个夏天，很热。

他说他母亲之所以允许他来我家玩，只是因为我家有个游泳池。

对信仰有了足够的了解之后，我明白这个男孩的情况并不专属于某种宗教。他的同情心缺失或许遗传自父母；但秉持如此认知的人，遍地都是。不同的信仰或许有着不同的戒律和经文，但其核心都有或多或少的排他性。

在俄亥俄州，传福音的人通过投递邮件、散发传单、在汽车雨刷下塞卡片，日复一日地宣告着上帝活在我们之中：祂不仅在高山河谷，也在寻常巷陌——比如这满是陌生人的活动板房里。我常听人说，上帝在我体内占据了位置，在我心中建立了家园，但我没能向内找到祂，往往只是笨拙地坐着，试图感受到祂。

在金心教会学校，我眯着眼睛，假装能感受到神，不为自己，而是为了同行的伙伴。让乔伊和格雷格感到舒适对我很重要。我想让他们放心，觉得带我来没有错，并向他们证明我是一个随和、包容的人，是他们的朋友。玛莎说话时，我观察着教室的内部装潢。角落的布告牌上贴着一簇彩色建筑纸做的热气球，在上升的过程中呈扇形散开，每个气球上都写有孩子最感激的事物。

上帝

妈妈

奥利奥

我看向乔伊，她的头发柔顺地垂下来，在风中飘动着。我感激她，感激詹姆斯，也感激玛莎让我们放下《圣经》，沉思祷告。

至于窗外，我能看到的只有树，枝丫上托着沉甸甸的积雪。

"主啊，我们感谢你，"玛莎开始祷告，"在这个上午来到我们中间。"

她感谢神的到来，更感谢神无止尽的爱。她还鼓励我们去思考、祷告，说出自己最想要的东西。对于我来说，想要的很简单：我想要乔伊，想要她的慷慨，她的勇敢和无畏的精神。

还有她远超男性的力量——不论这是事实还是幻想。

我祈祷对这一时刻、这段经历敞开心扉。看着她的蓝色毛衣，我祈祷永远记住她为我带来的这份宁静，珍惜每次和她相处时的平和心态。

"主啊，请打磨我们，让我们成为你手中的器皿。"玛莎在中央念道。

请把我打磨成乔伊吧，我想，尽量把注意力集中在我感兴趣的事情上。

<<<>>>

我们把椅子整齐叠放起来，这时乔伊对我说，周六安息日是一周里她最喜欢的一天。

"我很喜欢这里，"她说，"我从不错过安息日。"

乔伊一家归属基督复临安息日会[1]，他们在教派里没什么存在感，这支教派本身也鲜为人知。我小时候全家每年夏天都会去新罕布什尔州华盛顿度假，那是个位于新英格兰地区的小镇，人口仅一千出头，有着蜿蜒崎岖的青山和三十多个散落乡间的湖泊，其中多数荒无人烟。华盛顿的标志性建筑包括一座教堂、一个眺台，还有一家街角商店，那里售卖纸盘装的煎蛋芝士三明治和用塑料杯装的来自后院的鱼饵。几年前我曾搬去华盛顿，一无所有地住了十六个月，如今我父母退休后也搬去了那里。他们靠阅读和观察野生动物度日，能好几天不和外人说话。1862 年，就是在这座小镇上，基督复临安息日会教派成立了。我对乔伊的教派唯一的了解，也正是华盛顿小镇唯一闻名于世之处。

我把乔伊拉过来，无比激动地对着她的耳朵说："你

---

1 Seventh Day Adventist，基督教新教的教派之一，特点是遵守星期六为安息日。

们的信仰是在我家小镇上诞生的。"

乔伊浑身一震，赶紧挥手喊道："玛莎！玛莎！"

玛莎闻之亦狂喜，和乔伊等几人一起把我团团围住。尽管仍有疑虑，我也不得不承认，似乎有某种更高力量在操纵着一切：我居然出现在距离华盛顿数千英里的阿拉斯加，在一间教室里聆听信徒们赞颂着早已深深根植于我心中的教派，这概率实在太低。玛莎告诉我，两年前他们的查经小组组织过一次华盛顿之行，去走安息日之路——那是一条曲折的环路，如果不是玛莎拿照片给我看，我都不知道镇上还有这地方，但我能认出它前面的教堂和对面马路的景物。

我看着身边这些男男女女，我们曾在同一片湖里钓过鱼，爬过同一座山，走过同一间商店旁的小道，点过同一份煎蛋芝士三明治，甚至可能同样要求多加芝士。

"难以置信！"乔伊说。

"难以置信！"我也重复道。

我又一次把乔伊想象成了我的神。

"你看到了吗？"乔伊问道，频频点头，她的脸狂野而有生气。

在取暖器低沉的噪声中，她用强壮的胳膊肘碰了碰我，然后一只胳膊搂住了我的脖子："看吧，都跟你说了，这是神的旨意。"

<<<>>>

　　一个小时后，我和詹姆斯坐在教会长椅上，他重重地挤着我。

　　"这一切，"他说，"有点疯狂。"

　　我突然从远方飞来这里，参加了早上的教会活动，然后不到一个小时，就发现我在其教派的诞生地长期生活过。

　　"说实话，"他拿胳膊肘碰了我一下说，"我不觉得你会是个有宗教信仰的人。"

　　来自东海岸，年轻，一名教授——他说我简直是教科书般的无神论者。

　　"这有点复杂。"我说。

　　詹姆斯思索了好一会儿，双手叠放在他的旅行马克杯上。

　　"遇见乔伊之前，我对信仰也没什么兴趣，"他说，他41岁时认识了28岁的乔伊，"那时我，"他的双手微微颤抖，"整个人有点乱，是她帮我走上了正途。今年六月我们就结婚二十年啦。"

　　我们看着乔伊在讲坛上走动着，和其他五人一起帮助牧师准备圣餐礼[1]。今天是乔伊第一次协助圣餐，能帮上

1　基督教的一项重要仪式，用无发酵的饼和葡萄酒（或葡萄汁）象征耶稣的圣体和宝血，信徒通过吃饼、饮酒（或果汁）来纪念耶稣的献身。

忙她很兴奋，可她仍缺席了上周的圣餐礼彩排。

"那会儿她正在踩动感单车，"詹姆斯告诉我，"完全忘记了时间。"

乔伊在人群中忙碌地穿行，不断整理着小块圣饼。

詹姆斯突然开口，吓了我一跳："我们总是忘记去爱，忘记要爱彼此。不管你是怎样的人，都应该得到接纳，我相信这是信仰的关键所在。"

"我同意。"我立刻答道。这话说来大方，但事实上我与宗教的交集总与"爱"背道而驰，我没有从中体验到多少仁慈，反而常遇到裁决、分裂，以及尖锐、嚣张的残忍行径。

我的爱人就是基督徒，他一直试图把信仰吼进我的脑子里。

"我也觉得人很容易忘掉这一点，"我说，"忘记这个事实。"

沉默半晌，我们看着前排的投影，上面正播放着基督复临安息日会的教众在墨西哥城、古巴和海地所做的伟大工作。我看到一个女孩转着呼啦圈，在桃红色的圆圈残影中央笑着；一个小男孩握着笔坐在桌前，露出没有牙齿的笑容。

"不知道你听说没有，"詹姆斯朝乔伊的方向抬了抬下巴，乔伊正忙着把一杯杯基督宝血排列整齐，"但这位女士是个传奇。"

我说有所耳闻，并问他是否跑过运输。

"我可没跑过，"他赶紧否认，"我没什么干劲，干那活儿风险太高，太危险了。"

乔伊退后一步，审视着餐布上盛着宝血的纸杯。

"那你担心过她吗？"

他看着我，仿佛我问了个蠢问题："那还用说？"

圣餐礼开始了，乔伊翩然走来，给我们递上圣饼和小杯宝血。我和詹姆斯小心地握紧，端在下巴旁，生怕喝快了。这不是我第一次领受圣餐，却是最有意义的一次。我想象耶稣的血成为我身体的一部分，在体内融合出一种全然神圣的事物。在牧师的祷告声中，我饮下甜甜的葡萄汁，向前方的乔伊微笑致意，她也笑着回应，向我竖起两根大拇指。最后，她回到我们身旁落座，背挺得笔直，容光焕发，明白自己极为出色地完成了工作。

詹姆斯捏了捏她纤细的小腿。

今早牧师证道的内容是《马太福音》中耶稣治愈病人彰显神迹的章节。

他读道："在殿里有盲人、瘸腿的人到耶稣跟前，他就治好了他们。"

乔伊把身子探过来，打趣说："我的笑话也挺瘸的。""我也是那个瘸子！"她双手紧扣，抬起头，闭目祷告。

牧师问起耶路撒冷——这座《圣经》里描绘的城市，

是否令我们想起熟悉的地方？我们熟悉身边目盲的人，受苦的芸芸众生，还有那些非上帝不能根除的偷盗者和奸恶之徒吗？

"试想如果我们靠着对上帝的爱就能驱除邪祟，会是怎样一番景象？"牧师问道。

"驱除邪祟"，我想这就是我一直在祈求的事情。我掏出手机，打开和戴夫最后的聊天记录——我告诉他我已安全抵达阿拉斯加，而他只简单回了句"好的"。

他并不知道我此行的目的，但应该多少有所怀疑。我还是有点傻，居然真的以为一点祷告就能驱除我们之间的邪祟。

我随詹姆斯和乔伊一道站起来，开始唱一首我没听过的赞美诗。

"你当刚强壮胆，你当刚强壮胆。"我们唱道。

乔伊歌声高昂，盖过了所有人。她是那么勇敢，这首歌仿佛就是为她量身定做的。我在想，是什么在支撑她常年驾驶一辆十八轮大卡车，独自驾驶又需要什么，要成为这个行业中为数不多的女性之一——在北极地区自信的男性已经达到饱和——就必须拿出常人无法企及的勇气，而且必须保持，不畏惧，不受影响，不被吓到。

你当刚强壮胆，你当刚强壮胆，我对自己说。

我迫切需要勇气，不止为了此后的冰路之行，更是为了回到俄亥俄后要面对的生活。我已经在那样的生活里困了三年，受够了看着晴朗夏日瞬间变成愁云惨雾，也受够了一个疯男人的愤怒。

当壮胆，壮胆！

<<<>>>

我只洗过自己的脚，而牧师说，我们今天要去洗他人的脚，就像那个为耶稣濯足的妇人一样。乔伊拉着我的手，把我领到一个摆着很多金属盆的小房间里。梳着麻花辫的年轻女孩们穿着花袍，轮流把温水舀进盆中。乔伊让我坐到折叠椅上，替我脱下羊毛袜。我的腿毛几周没刮了，趾甲又粗又短，尖上还残留着粉色指甲油，这令我颇为尴尬。

"这就是我们现在要做的。"乔伊说，对我的尴尬浑然不觉。

她柔软的手掌抚过我的脚，动作缓慢轻柔，水舒适地冲刷着我的小腿，在脚踝处稍停留后汩汩流下。

"上帝总是在我需要的时候出现。"她一边说，一边掬起水倒在我小腿上。她说她哥哥几年前死于癌症，这是她一生中最大的创伤。她不愿谈论太多细节，只告诉我是上帝帮助她度过了最艰难的日子。

我虽然没有类似经历，但我母亲有。就在我出生前几个月，她的哥哥去世了，走得很突然。

"他是同性恋，"我补充道，"他死于 20 世纪 80 年代的艾滋病危机。"

我说起从母亲那里听到的细节：我是家族里唯一一个和他一样有着黄色瞳孔的人，和他一样充满创造力，而且他也想要成为一名作家。但我没有告诉乔伊的是，有次我母亲刚在办公室接完舅舅打来的电话，就看到一个女同事用清洁剂把听筒擦了一遍；还有在我为纪念舅舅而忧伤地演绎《吉屋出租》时，一位金发同学对我说："你舅舅是同性恋，他该死。"

她说这就好比神降下的瘟疫。很多人也会这么说。

我告诉乔伊的是，我母亲悲伤至极，恸哭不已，于是问医生她的痛苦会不会伤害到腹中的孩子。

医生说："人类生来就能适应疼痛。"

"阿门！"乔伊点点头。她把手伸进我的脚趾间，按摩粗糙的硬块。长大后我再没让人洗过身上任何地方，惊叹于如此简单的举动却宛若一份礼物。

我也想送给乔伊这样一份礼物。我们换了位置，我从天使般的女孩手中接过水，回来时乔伊已经坐在了椅子上，把裤腿卷了起来，露出纤细的双脚。我双手捧起水，慢慢淋在她的脚踝上。这时我看到她的小腿肚上有几道平行的伤口，很长，像是被动物抓伤的。

"这是手术伤，"她说，"很明显吧！"

我差点忘了，几个月前，她运送了一批近 50 吨的货运托盘——她将其轻描淡写地称为"重物",在搬东西时不小心蹲快了,也可能是站快了,导致右膝盖骨脱臼,她痛得连连后退。

她以为这伤能自行痊愈,也可能只是不想休假,或二者兼而有之。何况她认为受伤是软弱的表现,尤其对女人来说。

"反正他们又看不出我受了伤。"她之前在电话里向我解释说。

接下来三个星期里,乔伊尽管负伤,却表现如常,仍每周出车两到三次。直到一天下午,在南下费尔班克斯的路上,她右侧膝盖抵到刹车杆,顿觉膝盖骨在关节上滑进滑出。

"这是我最痛的一次体验,"她说,"当时我才知道,没办法了,我不能再无视受伤的事了。"

一旦请了病假,她的大卡车不知要在停车道上待多久,这令她焦头烂额。

去年十二月,她接受了内侧韧带重建手术,以治疗反复发作的膝盖骨脱臼。医生查出她的膝盖骨长期使用不当,伤病已久。

"你以后动作要轻点。"医生犹豫着提醒她。

"动作轻点,"乔伊重复道,"他以为我是干什么的?"

原本以为只需要请几周假,结果却缠绵数月,经历无数物理治疗、疼痛管理和夜间康复训练。目前医生还没给出康复许可，因此她现在只能开皮卡。

伤疤狭长狰狞，我缓缓地、小心地把水浇上她的皮肤，冲刷她的脚趾和脚后跟。我反复掬水又放下，用手掌轻轻摩挲她的小腿。

我想，这个世界上有多少伤害可以通过这样简单的善意来弥补。

"我必须要再说一次，"她说，"我觉得我们是灵魂姐妹。"

我想象着我们灵魂的样子：都扎着辫子，手和脚湿漉漉的，心脏激动地共鸣着。

"我喜欢这个想法。"我答道。

我清洗她脚趾间的缝隙花了太多时间，把她痒得又扭又笑。等我们完成足浴后，乔伊握着我的手，看着我的眼睛说："我们来祷告吧！"

我刚想说等一下，就被她拉到窗前，面对面坐下，膝盖相抵。这是我们距离最近的时刻，我惊讶于自己对她的感觉如此亲密。

"仁慈的父，"她说，"感谢你让我们相遇在这里，我们的联结是你的恩典。请求你看顾我们的旅途，守护我们的安全，帮助我们见证你领地的圣美。"

"没有比那条路更美的东西了。"她对我说。

我们领首，我感到双手被她紧紧握着。

我不断默念，谢谢你，谢谢你。分不清是在对神说，还是对乔伊说。

<<<>>>

接下来的一下午我都很放松，痛快吃了一顿塔可贝尔。第二天醒来时天还没亮，只有教堂的一盏探照灯在黑暗中闪烁。我站在窗前眺望这座城市，酒吧的蓝光唱机仍在播放音乐，酒客们站在街道上，抖着腿，抽着烟。米德奈特矿、北极狐、索比·史密斯先锋酒吧——这些光华灿烂的招牌在晨曦中显得有些伤感落寞。

不要退缩！我对自己说，你已经走到这里了！

我用迷你壶冲了一杯咖啡，唤醒笔记本电脑，在收件箱里看到乔伊发来的一段视频，发送时间是半夜 1 点，那会儿我已经睡着了。

邮件里写道：把音量开到最大，这段视频会让你明白我们将看到什么景象。

视频中，她的卡车停靠在道尔顿公路边，积雪把车身遮了个严严实实。暴雪如同高墙一样压过来，卡车连轮廓都看不清了，乔伊的庞然大物在狂风的裹挟下左右摇晃。

这是去年十二月，是我见过最大的暴风雪！当时引擎发出噼啪声，已经有熄火的迹象了，万一车子熄火了，我是没法独自带着小狗步行去找我朋友安杰尔的。她也有自己的卡车，能带我们离开这里。

我一遍遍观看这段视频，确信自己以前从没见过这番景象。

道路万千，他们偏偏选择了这一条，冒着冻死、摔死的风险，赌上自己的未来和家人。

我做不到，我最终还是承认乔伊给我种下了恐惧的种子。昨天她送我回到酒店，俯身与我拥抱告别时耳语说，她已经打包好了防熊喷雾、闪光弹和手枪。

当时詹姆斯和乔伊的父母坐在车里看着我们，对我们的谈话一无所知。乔伊接着说："希望你不是反枪主义者。阿拉斯加的情况和别处不一样。"

我并不反对带枪，毕竟那儿有活的北极熊，它们可不像之前在玻璃罩里展示的标本那么温顺，跑起来比奥运短跑冠军尤塞恩·博尔特（Usain Bolt）还快。而我跑得一点都不快，肢体不协调，很是笨拙。尽管我对乔伊的话并无异议，可它依然证实了我的第二个顾虑：虽然一趟跨州之旅拉近了我们二人地理上的距离，但并没有如此简单的方法来弥合我们人生经验上的鸿沟。

这一点很快在我查看手机短信时再次得到印证。昨晚某时，乔伊发来消息向我讲解需要打包哪些杂物：罐头食品，不易腐坏的食品，以及很多很多条毛毯。

万一被困在阿提根山口，环境那么糟糕，冻着或饿着可不是闹着玩的。

乔伊补充解释，阿提根山口是整段道尔顿公路上最险峻的山口，道路从陡峭的山峦间穿过，包含多个急转弯和上下坡。不同季节有不同的危机潜伏。春天有山体滑坡，大小石块像鹅卵石一样马不停蹄地从 1000 英尺[1] 长的山坡上滚下来，足以冲毁道路。冬天暴风呼啸，道路几乎不可见，在那里翻倒的人，乔伊写道，从未被拖上来。

她的话激起了我的好奇心，我赶紧打开谷歌求证。得到的照片立刻让我意识到阿提根山口是那种戏剧性的、任天堂游戏《超级马里奥赛车》里可能会数字化的景观。路面湿滑，坡度陡峭，弯道曲折，这样的路况让驾驶者很难控制车辆。但我们并没有好几条命，也没有长着翅膀的魔法云朵来将坠落的卡车安然无恙地捞回地面。

这段视频尤其让我看清了自己的恐惧，我有堆积如山的恐惧。我怕没有足够的能力来应对未知的世界，怕适应不了寒冷和疼痛，怕遇到北极熊和灰熊，这些大家伙在阿拉斯加可不罕见，生态学家估计平均每平方英里就有八头。我在床边的背包里放了一罐工业防熊喷雾，罐子背面颇为吓人地写着："以下情况需不止一次喷射：风向变化（需处于上风处），天气寒冷，面对多只熊，熊在奔跑状态中，熊后退并加速，熊 Z 字形前进，熊绕圈运动。"

我站在酒店的镜子前，想象着遇到熊后撒腿就跑的场景。

1　1 英尺约等于 30 厘米。

我打算练好逃跑技能。

当然还有驼鹿，其数量（在阿拉斯加州）几乎是熊的三倍，它们厚实的胸脯和滚圆的肚皮刚好与挡风玻璃高度相当。仅阿拉斯加州，每年就有五到十人因驼鹿受伤。

我也担心乔伊，虽然她经验丰富，但她自己也承认目前身体状况欠佳，这是此前没有出现过的。我对开皮卡没什么意见，况且现在我对她熟悉了很多，我知道我会喜欢女司机乔伊的。

实际上我最担心的是乔伊会不喜欢我。

她的生活给我的感觉就像她的 Instagram 页面一样，不虚假、不做作、毫无营业感。而我的 Instagram 则相反，具有高度规范性和表演性，完全迎合人们对一名 30 岁俄亥俄州女性的想象：书架上的书本按颜色排列；穿着米色绒面平底鞋，脚尖向内，踩在落满秋叶的人行道上；春天的第一朵蒲公英花，一点明黄点缀在郊外修剪精美的草坪中。

布鲁克林区面包店的芙蓉甜甜圈，紫红色的糖霜宛若霓虹。

一杯卡布奇诺上蕨叶形的拉花。

我发的照片和故事与其他人并无两样，靠着这种精心策划的伪装，我幻想自己的世界也和别人的一样，没有危险，家中没有怪物。

但我承认，我也想过要拍下自己真实的生活：那些我和戴夫曾相对哭泣的公共场所；我们煮好却没吃的饭；我红肿的眼睛，用纸巾擦一下都会痛。不是因为戴夫，我这辈子都不会知道护理皮肤还可以这么痛苦——尽管他从没直接上手打过我。我总想拍下戴夫在家里走动的照片，他尖叫，狂怒，爆发，或是收拾东西扬言要永远离开我。可我从来没发过这些，相反，我会记录戴夫的银色本田掀背车出现在自家停车道上，他回归我的生活，还带回中餐外卖，他亲手打的崭新家具，或是用彩纸做的小浣熊。

浣熊手里举着标语，上面用马克笔写着：我爱你！

那些时刻被拍下来，记在心上，摆在书架和学校办公桌上精美的相框里，仿佛一切都很好。每个月，每个星期，他都会一再表达对我的爱，连旁观者都会被他的热切所感染。一个朋友曾对我说："就算求我男友，我也没法从他那儿得到这种爱。"

她不知道这讨好和热爱的代价是什么。

代价是全部——我的全部。

当然，无论 Instagram 还是乔伊，都还不知道我日渐加重的忧虑。他们看不到涨红着脸吼叫的戴夫，取而代之的是一颗抽芽的绿豆，一株粉色的紫丁香，花园中结出的第一根辣椒——那是根绿色的阿纳海姆辣椒，卷曲的皮像黄油一样光滑。我们的后院如此丰饶，仿佛来自气候更宜人的地区，仿佛任何人都可以享用里面的果实，仿佛照料它的人并没有把生活弄得一团糟。

如果说生活方式是由点赞数定义的，那么我的存在就是这样一张照片：我们的狗身穿墨西哥玉米卷服装，那是我为它买的万圣节装扮，尽管材质是廉价的印花尼龙，我却看中了它酷似玉米卷的设计。八条分散的橙色泡沫条模仿碎条状的切达奶酪，绿色布块代表圆生菜，红色的边缘则是番茄片。这太可笑了，我想，家里有一只打扮得如此可爱的狗，怎么可能发生家暴？面对一只兴奋吠叫的小狗，什么人会舍得继续发怒？它可是会击掌、会转圈的玉米卷！

有一个关于家暴的误区，很多女性都知道，而我还在学习中：事实上，家暴并不因社会阶层和财富地位的提高而减少。这些因素无疑使人们更容易离开——而且更有可能通过努力获得成功，更有可能获取支持和安全保障，甚至更容易取信于人——但这一切都无法从根源上防止家暴的发生。

我感觉玉米卷服装能逗笑戴夫，有助于改善我们的关系。于是我拍下小狗转圈转到人眼晕的模样，发到 Instagram，收获了 100 多个赞。

他回了句"很可爱"，再就没了。

乔伊的生活，不管在 Instagram 上还是在现实中，都不是芙蓉甜甜圈，也无关任何特权或假象。她日复一日认真工作，给极地的人们送去所需物品。我担心我的生活方式——或者说我在网络上展现的生活方式，会给她留下肤浅、不踏实的印象。这几个月里，我与其说是乔伊的追随者，不如说是乔伊的鉴赏家，我在她的贴文中目眩神迷，仿佛自己也变得像她一样充满力量。她让我看到了人生的一种可能——尽管我们之间千差万别，我仍感到自己有希望活成她的模样。一天又一天，她展示着一个女人如何无畏地走向世界，她的力量和勇气令我羡慕不已，也许这种精神可以传导给我。我曾向朋友们滔滔不绝地讲述我在网上遇见的这个陌生人，讲述她艰苦而超脱物外的生活，从下到上展示她的照片：首先是蓝色轮毂盖的斜面，接着是被虫子弄脏的挡风玻璃，然后是巍峨的崇山峻岭，像灰色蛋白酥一样在阳光下璀璨发光。

从乔伊发布的每一张照片里，我都看到了一种生活的可行性，这种生活幸福美满，构建在对独立的强烈坚持上。比如这张，在阿拉斯加极昼的午夜阳光下，乔伊正悠闲地喂着一头驴子。

又或者这张，一只裹着粉色毛巾的萨摩耶幼犬。

下一张，北极之谜：一台载重卡车正运送一辆森林绿的高尔夫球车，球车装有棕色皮革内饰。

在北极打高尔夫？她为这张照片加了句诙谐的描述。

被男人贬低事小，而若被我所仰慕的女人审视或看扁，则会让我难以释怀。在旅途即将开始的时刻，我最害怕的是成功完成了道尔顿公路之旅，却发现自己没法像乔伊那样面对日常生活。

3

早上 5 点，我和乔伊约在酒店大堂见面，她头戴"感恩司机"主题帽子，身穿写有"夏威夷"字样的蓝色 T 恤，倚在前台桌子上，和接待员在聊什么擦窗液最好用。

那位女接待员说："实话说，我偏好蓝色的，不知为什么我就是不相信橘色的东西。"

我在她俩身后徘徊了一阵，努力不去打断她们的对话。

乔伊看到了我，拍拍我的肩膀。

"走吗？"我说着，走向大堂中一个铺着地毯的角落，那里有个欧陆早餐吧，"来吃点东西吧，今天可是个大日子！"

早餐吧的食物丰富无比，有两台比利时华夫饼机，一锅炖燕麦粥，一摞煎蛋卷，还有柔软光洁的圆形百吉饼。一套小瓷碗里分别堆放着杏仁片、蔓越莓干、龙舌兰糖浆和巧克力碎。我用盘子盛了炒蛋、华夫饼和一小份坚果，乔伊不自在地看着我，两手空空地溜回座位，连只橙子也没拿，悄声对我说她不能拿。

"为什么不能？"我边问边把辣椒酱淋在土豆上，直到乔伊把瓶子从我手中夺走。

"吃太多辣椒酱会伤害内脏的。"她突然变得十分严肃，然后扭头瞧了瞧自助餐台，又看了看我的盘子。

"吃点吧，"我说，"你是我的客人，我订的可是双人间。"

这说法其实不全对，甚至完全不对。不过我的想法很简单，我们将连续开至少十四小时的车，中途只有一间卖汉堡薯条的餐厅，且在六小时车程外。

"没事的，"我鼓励她，"你不会被说的。"

乔伊咬着嘴唇站起来，胆怯地走了过去，拿了一根香蕉，来了一勺麦片，加了些杏仁片、龙舌兰糖浆，舀了点蜂蜜，最后拿了一个玛芬蛋糕。她身后一位早餐侍应生端上来一些新的奶制品，乔伊发现她是拉丁裔，于是尝试向她问好。乔伊在手机软件上学习西班牙语，学会了"你好""早上好""你好吗""谢谢"等词汇。

她说了一些我听不懂的语句，侍应生笑了笑，回答了些什么。交谈结束，乔伊微笑着，深鞠一躬，然后回到我们的座位上。

吃罢早餐，我往口袋里揣了一颗小柑橘，乔伊说她也想带走一根香蕉，但是不敢。

她指着一个告示牌让我看，上面明确写着"禁止带走食物"。

这一举动准确揭示了她的性格：她是一位在美国最致

命的公路上开车的女性，严格遵守规则，甚至不敢从酒店早餐吧顺走一根没熟的香蕉。

我直接把她的香蕉揣进了自己的口袋。

"上帝啊，偷东西的可不是我！"乔伊高举双手呈祷告状。

她大笑着耸耸肩，带我走出酒店大门，她的皮卡和世界一道在那里等着我。

<<<>>>

在停车场，乔伊预言说："下次你再来的时候，我的膝盖肯定已经好了，保证我们能开上大卡车。"

"那太好了。"我说着，不由得被"下次"这个词分神，感到一阵欣喜。她在设想我的下次到来，在畅想我们友谊的未来。

这说明她喜欢我，我笑起来。

我把行李放进后备厢——一个便携滚轮箱子，里面装了几件运动衫、两条牛仔裤和一打及踝袜。我很难预估这趟旅程会遭遇什么，也就很难准备所需的衣服，虽然我是个露营高手，但这里毕竟不是州立公园。于是我买了一条卡哈特背带裤，因为看到 Instagram 上的阿拉斯加女性常穿这个；还买了好几顶绒线帽，都是在雪地中显眼的荧光色；此外还打包了口香糖、棉手套、创可贴和巧克力葡萄干。

"如果遇上暴风雪，"乔伊停顿了一下，接着说，"如果遇上暴风雪，那就是遇上了，没办法。"

乔伊拍打了几下方向盘，转动钥匙点火，皮卡慢慢、慢慢驶入费尔班克斯的黎明中。我们路过沃尔玛超市、路边的一排酒店，以及这几天里会见到的最后一个红绿灯，抵达城市北部的斯蒂斯公路。从这里开始，车速就要加快了。

"释放野性吧。"乔伊高呼。

"野性。"

我感到自己的恐惧在消退，被坚实的信心取而代之。这一切是多么不可思议，我居然能亲眼看到乔伊作为女卡车司机的一面，能如此具体地掌握事情的发展，使这趟旅程成为现实。或许我应该感到紧张，感到被隔离、被孤立，但我没有。相反，我把生命安然交到乔伊手中，交到呼召她的这条公路上。

窗外尽是荒野，全然不见费尔班克斯的商业景象。树木在路堤边蜿蜒，沿着山谷的轮廓生长。乔伊告诉我，前方还有最后一个停车点——山顶卡车休息站，集加油站、便利店和小饭馆于一体，是道尔顿公路之前的最后一个商业场所。

"他们的宣传语很直白，"乔伊笑着跟我说，"停车吃个派。"

她解释道，就在这里，卡车司机们为前方的长途行驶填饱肚子，点上几盘法式厚烤吐司配炸土豆饼、煎饼配香肠、饼干配肉汁，还有炸鸡和排骨。我们停下车，乔伊带路，为我撑着门。店里弥漫着柔和轻盈的甜香，是糖、油、鸡蛋混合的味道。角落的展示柜里一层层自制派在旋转，有蓝莓派、椰子派、红薯派、三种浆果派、花生酱派、巧克力花生酱派、苹果派、荷兰苹果派。此外还有一种叫"XXX蛋糕"的派和一种叫"大胖子"的派。

"你一定要看看这个。"乔伊把我带到后面的房间，那里的墙上挂满了餐券，有几十张，也许是上百张。它们来自道尔顿公路上的幸运儿，当司机因为爆胎或引擎熄火等种种原因被困在冰雪、洪涝中时，如果有另一位司机把他救了出来，作为回报，被救者就会在这间餐馆买一张餐券，价值20美元、40美元、100美元不等，指名送给营救自己的司机。

"这东西意义非凡。"乔伊指着那些餐券说。

山顶休息站的餐券是对道尔顿公路上的救人义举表达感谢的最佳方式，她告诉我。感激之情化作具象的食物——汉堡、培根生菜番茄三明治、烤豆子、香肠、无限续杯的咖啡、一碗辣椒，以及驱蝇派[1]。上面还有留言，

---

1 一种美式馅饼，由宾夕法尼亚州荷兰菜肴里常用的糖蜜制成，据信源自19世纪80年代居住在宾夕法尼亚的荷兰人所发明的糖蜜屑蛋糕。传统吃法是与热咖啡一道在早餐食用。

我读了一些。

加里·哈夫：我还活着。

致加里·哈夫：谢谢你。

托尼·本索特向朗尼赠送价值20美元的食物；蒂姆·奥特收到40美元餐券。

吉姆·康纳：感谢你五月那天帮我拖车。

下一行郑重地写着：如果没有你，我今天可能就不会在这儿了。

另一个人写道：你救了我的命。

我们沉默了许久。

乔伊首先开口："很狂野，对吧？"

"这里怎么没有你的名字？"我问。

"我的名字不再出现了，"她回答，"你知道的，因为我的膝盖。我也想在路上帮忙，但那都是好久之前的事了。"

她叹了口气，从我身边走过，那时我才看到一个木制相框，里面贴着数十块金制标牌——它们是为纪念死去的公路卡车司机而设。标牌下的底色是阿拉斯加州的轮廓线，一辆重型卡车在其中穿行。

铭文写道：不要哀悼我，谈起我时也不要含泪，要笑着，像我在你身边一样。

这里有大约三百个标牌，数量之多，得三个相框才能装下。我用食指抚摸着纹路，滑过各个石油及运输公司的名称，是它们组成了这个行业的图景。

乔伊已经走到了展示糖果的宽阔走廊，审视着一包星爆糖，发出不屑的嗤声。

"都是垃圾！"她喃喃自语。

这几个月她一直在康奈尔大学的在线学习系统上听植物营养学网课。现在她站在巧克力棒旁边，劝我也去听一听。

"这门课真的帮我明白了什么对身体不好，"她说，"以前我总是吃山姆的美式快餐和雀巢的冷冻肉馅芝士卷，我以为它们是健康食品，毕竟那家快餐店还卖奶酪花椰菜。直到有一天，我在座位底下发现了一块奶酪花椰菜，天知道掉在那儿多久了，可我捡起来一闻，居然和新鲜的一模一样。味道就像奶油小蛋糕，你懂吧？"

她调皮地踢了踢我的靴子。

"我并没有吃那块花椰菜，但问题是我曾吃过同样的东西，里面全是防腐剂。从前我没想过为什么某样东西不能吃，我知道有些东西不应该吃，但从没想过为什么。我在吃东西上做了很多糟糕的选择。就好比在这条路上，你知道从早到晚需要做多少微小的选择吗？下一顿要吃什么？大胖子派吗？好不容易到了冻脚营地[1]，不得来一块登记处的大饼干？"

她笑了，我也笑了。那块大饼干想必是极美味的。

---

1 Coldfoot Camp，位于道尔顿公路约170英里处，北极国家公园和北极国家野生动物保护区附近，是一个适宜夏季观光、徒步、漂流、钓鱼和探险的自然公园。

"重点是，我感到身体终于得到了疗愈，"她边说边把一条士力架放回了货架上，"通过学习到的东西，疗愈生活的艰辛。得到好转的不仅是我的膝盖，还有我的整个生命。"

星爆糖在甜蜜招手，银河巧克力棒在发出召唤，但我还是遵从了乔伊的建议，只买了几桶水、一些葵瓜子和天然山谷香脆燕麦棒。

装了三罐汽油后，我们钻回车上。

乔伊坐上驾驶座，对我说："是时候发最后的信息了，再往前开1英里就没信号了。"

接下来几天都没信号了，我给父母发信息说，爱你们，我会安全回来的！

要上公路了，我写给戴夫，希望你一切都好，想你。

乔伊在我身旁大笑起来，读出她写给格雷格的话：不要吃完那头驼鹿！等我回来，要和埃米一起吃！

"你吃驼鹿吗？"她转头问我，"要不要尝尝我家的驼鹿？是我和萨曼莎去年秋天打猎带回来的。"

"当然要啦！"

我瞥了眼手机，父母已经回了消息，祝福我一路平安，但戴夫迟迟没有回音，明明他的话才是我最在意的。我也不是没有料到他的冷漠，几个月来，他反复消失又出现，离家又归来，甚至反复与我分手又和好。我从未指望他能理解我为何需要这次旅行，我需要离开，给自己一段时间抽离出我们失控的关系。我还想保护乔伊，因此没有把此行的原因和具体计划透露给别人。所以他对我的消息没有反应也就不足为奇了，可我还是感到难过，非常非常难过。

乔伊还在滔滔不绝地讲述她是如何烹饪驼鹿的——要慢慢烘烤，佐以甜菜、胡萝卜和紫薯。听起来很可口，但我还是忍不住去想戴夫，思念中夹杂着一丝慌乱。旅途还没开始，我就心慌意乱了，也可能我一直都心慌意乱。我想继续和乔伊踏上旅途，可在出发之前没有收到他的消息我不甘心，我要估量他对我的感情，要得到他的回应，哪怕敷衍的回应也好。因为事实是我爱他，我仍爱着他。看着四周起伏的荒野、交错的阴影，我多么希望戴夫能用正确的方式回应我的爱。

乔伊转动钥匙点火。我把手机收起来。

"好了，是时候与上帝对话了。"乔伊说。

天堂就在前方，我要赴与阿拉斯加的约会了。

"准备好了吗？"乔伊问我。

"准备好了。"

4

通往天堂的路是电光蓝的，只在少数地方铺设了道路。拐弯处，冻土冻裂，显露出内部晶莹的蓝色永冻层。冰楔深深扎入地下，潮湿的表面折射着阳光，仿佛电光闪烁。周遭森林密布，一排排整齐的黑云杉和松树融入浓密幽深的林中，行至海拔最高处，忽然树木越来越矮，逐渐稀疏，最终消失殆尽。

这正是她想象过的景象，乔伊告诉我。她在亚利桑那州[1]长大，总是梦想着冬天的样子：住在用多节松搭建的木屋里，跟随野生动物的脚印走进密林，树根在地下冻得硬邦邦的。她幻想厚重的冰层在脚下裂开，整片冰从屋顶滑下来，昭示着暖春的来临。无数个清晨，她在位于沙漠的家中，把彩纸铺在支架上，在上面描绘群山，山峰越耸越高，直到占满画幅。屋外，亚利桑那的风干燥酷热，蝎子在灌木丛中爬行。乔伊搭公交车去上学，那是个只有一间教室的学校，阳光直射在人行道上，把一切景象蒸腾成

1　位于美国的西南方，东接新墨西哥州，南与墨西哥毗连，西隔科罗拉多河与加利福尼亚州相望。州花是柱状仙人掌。该州别名"大峡谷之州"。

波浪状。

这就是亚利桑那州坎普维德的生活。在其官方网站上，这座城市被描述为"一个宁静安全的城市，适合养育孩子"，拥有"小镇风情，以及友好、放松、毫无压力的生活方式"，在这里"几乎所有人都认识彼此"。

坎普维德有一年一度的玉米节。

以及山核桃节、葡萄酒节和古董节。

每年六月，淳朴的坎普维德人会准时聚在一起，铺开野餐布，穿上塑料围裙，拿上小锤子，庆祝一年一度的小龙虾节。

"我从没参加过，"乔伊对我说，"知道我怎么称呼它们吗？'海虫子'。"

坎普维德旅游局把当地称作"万物中心（Center of It All）"，诚然，这里的景点独特地融合了观光和探险，令小时候的乔伊乐此不疲。比如在"走出非洲"野生动物园，游客被关在高大的铁笼子里，笼子固定在黄色吉普车的车顶，然后吉普车开去金黄色的草场上，让游客与长颈鹿并肩同行。园中的"捕食者"索道横跨数英里，在这里，游客可以系上安全带在树与树之间滑荡，脚下就是热到乏力的老虎和把地面踢得尘土飞扬的犀牛。

五十年过去了，如今的乔伊娴熟地驾驶着卡车。世界从窗外掠过，从车轮下滚过，把底盘撞得哐当作响。灰色的路面，夹岸的绿树，与我见过的多数公路并无二致；但这条路更为崎岖，布满坑洼，多数时候是笔直的，却也可能猛然折弯。乔伊车里的靠垫几乎没有缓冲作用，热水瓶里的咖啡屡次喷溅到地上。

"以免你还不知道，"乔伊说，"从现在起，需要方便的话，要么去路边蹲着解决，要么憋着。"

我说蹲着解决没问题："在路边撒尿这件事上，我不逊于任何人。"

我经常在夏天去露营，和哥哥弟弟一起拾篝火，没有什么比与他们在一起做体力劳动更能让我充满力量了。

"不愧是我的女孩！"乔伊笑着剥开一颗毛豆。虽身处美国最偏远的地区，但我们之间的袋子里有毛豆、墨西哥玉米片、有机黑豆和整颗熟透的牛油果，因为——此前乔伊在超市购物时，一边浏览康普茶的配料表一边告诉我——女人很清楚要提前计划。

"吃包薯片，变成薯片。"当时我正盯着杂货店里的橙色袋子不放，乔伊来了句，似乎小小一袋薯片比道尔顿公路还危险。

这在一定程度上解释了塞在车门内侧的高压锅使用说明书，在我们脚下滚动的罐装豆泥，还有渗透在汽车内饰中的印度香料味。乔伊说她开大卡车时，偶尔会用十二个小时慢炖咖喱扁豆，扁豆纤维含量高，对久坐人群很有好处——她特意提醒我这一点。

"到了我这个年纪——或者你这个年纪也是，就需要注意身体了。"乔伊说着，又剥开一颗毛豆。

空豆荚从杯托里溢了出来，撒落在我们脚边。

窗外，一个小小的十字架破土而出，好似一块诡异的里程碑——白色的木片上系着用涤纶和泡沫金属丝扎成的小花环，纪念着在此逝去的生命。这就是道尔顿公路：它不是耸人听闻的剧集，而是人类脆弱性的展示场，展示着一个人可以有多少种死法。

乔伊指给我看一条光秃秃的裂缝，在那里纵贯阿拉斯加管道[1]闪闪发光，仿佛银色的叶脉穿行在哑光的群山之间。

"很美，"她说，"一种工业的美。"

这种美丽来自资本主义，来自商业，这条管道每天负责向南运输200万桶原油，总长850英里，跨越554条特殊物种迁徙路线，穿过34条干流、3座山脉以及众多地震断层线。它纵贯美国阿拉斯加州，向南停在终点瓦尔迪兹[2]，在那里卸油、装桶，再经船转运至美国本土，遇见在车旁闲晃的年轻人，戴着环绕式太阳镜的男人，用水晶指甲叩着加油枪的垒球妈妈[3]。

1　Trans-Alaska Pipeline，俗称阿拉斯加输油管，是连接阿拉斯加州北部产油区和南部港口，再转运到美国本土炼油厂的管道运输系统。管道穿越山脉、活跃的断层、广大的冻土层和定时迁徙的驯鹿和驼鹿。近半条管道架空兴建，而非埋在地下。

2　阿拉斯加最重要的港口城市。

3　指美国社会中，投入大量时间和金钱送孩子去打垒球的母亲，引申指家中有学龄儿童的典型中产阶级已婚女性。

"那是'土豆'死的地方。"乔伊说。我顺着她的目光望向一道沟壑，其末端陡然跌入山谷中，那里插了一个小十字架。乔伊告诉我，女人们每年春天都会来安放十字架，尽管到了冬天，这些标记大多在风雪中被撕碎、卷走，消失无踪。这里的冬天毫不留情，尤其善于擦除记忆。

十字架是白色的，很小，边缘绕着淡色薰衣草干花。

"他们是我见过最坚强的人。"乔伊说。

他们在这条路上苦干，直到干不动的那天，或是这条路把他们带走的那天。这两件事偶尔会同时发生。

我们开过又一个十字路口。

"要问我刚入行时得到的最好的建议是什么，"乔伊说，"那就是'一辆车会在你最想不到的时候出现'。看到那些小山包了吗？它们会误导你，后面可能藏了卡车。'土豆'就是这么死的，一辆卡车突然从小山后面出现，他没看到，给吓坏了，就这么被撞翻了。他当时好像在运送长管子。"

她告诉我，她很喜欢'土豆'，很喜欢每个人。

"这太可怕了。"我说。

"不过还好他很快就被找到了，有时候搜救队要几个星期才能找到一个人。"

我想象肢体滚落在冻土上，仿佛电影中的死亡方式，发出无人听见的哀号。我望向窗外，距离路肩不到50英尺的地方有一头驼鹿，它昂着头，跺着蹄驱赶四周的蚊子。乔伊将车慢下来，好让我可以拍照。

"作为一个女人在这里，"她突如其来地说，"我是唯一的一个，所以有你在这里有点奇怪。"

我问她，是否这就是她儿时在沙漠中为自己描绘的生活。

"是的，"她点点头，"我一直觉得，阿拉斯加是那种你可以假想完全属于自己的地方，因为没有人改变过它。"

乔伊眼中的阿拉斯加是所有人的阿拉斯加，无论贫富贵贱，不像她曾住过的坎普维德和其附近的卡顿伍德那样贫富差距显著。就像美国的很多城市一样，这点体现在名牌运动鞋、破洞牛仔裤和孩子们嘴里的金属牙套上。中学时，乔伊戴上了牙套和保持器，一口银丝光洁闪亮，在朋友们眼里简直酷毙了，牙套上五颜六色的迷你橡皮圈成了应景的装饰物，随着季节和节日变换主题：冬天是红色和绿色，二月是粉色和紫色，在齿间演奏着献给圣诞节、情人节、万圣节的小小颂歌。彩色橡皮圈上光泽流转，夹杂着困在中间的罂粟籽、花椰菜和玉米片尖锐的碎渣。

乔伊最好的朋友香农悄悄跟她说，自己的父母买不起牙套。

"你知道我做了什么吗？"她转过身看着我，知道前面几英里都是笔直平坦的路，"我搜集了很多回形针，把它们掰直，这样她就有了牙套，甚至还能放进嘴里——虽然有些笨重，但我们做到了——她咧嘴一笑，你看不出跟真的有什么不同。我就是这么有创意，擅长解决问题。"

乔伊也说不上当年为什么被阿拉斯加所吸引，迷恋上驯鹿、撒满化雪盐的道路和神秘莫测的广袤冻原。她曾有一对亲戚住在阿拉斯加的一个小城市基奈，她没见过他们，只听妈妈说过他们的故事。那位叔叔说，他在当地餐馆见过一个男人在地上摆了一排花生壳来吸引老鼠，然后用枪把它们一一击毙。她整个童年都在听从阿拉斯加转述来的故事，看着地毯上绒线的轨迹，想象那个遥远的基奈小城，各个方面都和亚利桑那截然不同，每天都是一场新挑战。她遐想着有一天，那个往地上扔花生壳的人会是她自己。

后来她 15 岁了，在普雷斯科特郊外山区的一次退修会[1] 上认识了一个比她大几岁的男孩。她的朋友后来告诉我，在那个地方可以徒步、玩皮划艇、进行祷告崇拜，还可以认识很多很多男孩。

"我告诉她，去和他约会吧，又不是一定要结婚。"乔伊最好的朋友在之后和我说。

于是乔伊怀孕了，接着订婚，结婚。

17 岁时，她在家中生下第一个孩子。夫妻俩用木柴支付了产婆的劳务费。

---

1 基督教的一种灵修方式，又称"避静"，可单人进行，也可多人进行。基督徒在日常聚会之外，划出一段时间特别用来避开人群，远离"俗务"，专注在信仰上的建造。

“公平交易，”乔伊说，“我们当时也只能拿得出这个了。”

她的丈夫杰克没钱、没工作、没技能，于是决定加入海军。他们带着儿子安迪一起不断向东迁移，走遍了全国，先是密西西比州，再到马萨诸塞州。当安迪长到可以送去日托的年龄，乔伊决定也加入海军，在工程营担任设备经理。

“C——B！海蜂队！[1]”乔伊高呼。

事实上，就是因为她，马萨诸塞州南韦茅斯海军航空基地才配备了有史以来第一间女性盥洗室。

“上尉和我说，‘你开玩笑吧？’当时我打电话跟他说我要来了，”乔伊拍腿大笑，“当那些男人说有个女人要来的时候，他不觉得他们是认真的。可我就是来了——‘报到，长官！’”

但对乔伊而言，这从来无关挑战性别规范。这里有她看重的严格纪律、工作时长和考验身体素质的劳动，也让她发现自己这副与男性截然不同的、女性化的躯体中，竟有着如此强悍的力量。渐渐地，她赢得了同事和上级的尊重，但内心深处，她仍牵挂着远方的阿拉斯加。她的婚姻乏善可陈。她的小儿子在她的膝盖上时，杰克会说她胖，说女人不该工作，最后直接问她：“你选吧，要我还是要

1　美国海军工程营（Construction Battalion）的首字母简称为CB，和Seabee（海蜂）同音，因此也被称作“海蜂队”。

海军？"

"我该选海军的，可这样的话，就不会有我们的丹尼尔了。"

"我们的丹尼尔"，一个我只从照片上见过的男人——我也关注了他的 Instagram。丹尼尔和他年轻的妻子生活在夏威夷，两人都喜欢狗，且都长得很好看。他们镜头下的海洋美不胜收，阳光下海水边缘波光粼粼，偶尔卷起细腻的藻绿色波浪。他们看起来是我会喜欢的人，在那炎热潮湿、郁郁葱葱的热带雨林里，我会很乐意同他们一道穿林打叶。

"我的丹尼尔，"乔伊若有所思地说，"他是个特别的孩子，很像我。"

那个年代，女性怀孕就可以终止海军服役，乔伊就是这么离开的。

"我听了杰克的话。老实说，那时我不懂怎么应对自己的种种角色，作为一个女人，也作为一个妻子、母亲。我只听丈夫的话。就这样我离开了海军，生了孩子。"

乔伊最终如愿以偿，杰克提请派驻阿拉斯加，他们带着两个年幼的儿子和 500 美元退税金搬了家，乔伊觉得这些钱可以让一家人安顿下来。他们从没想过阿拉斯加的都市生活是什么模样，只知道那里下雪，黑夜很长，人们靠土地生活。但乔伊还是尽力构想了安克雷奇[1]雄伟绚烂的

1　位于阿拉斯加州南部，是该州最大的城市。

高楼，以及他们半年光明半年黑暗的生活。

然而，乔伊很快发现她构想的生活有多费钱。他们只租得起城市边缘的一间一居室，乔伊还担心房东不肯把这么小的公寓租给他们这个两大两小的成长期家庭。但当她小心翼翼地打电话去询问时，房东只是笑笑说，缉毒局几周前来公寓突击检查过，他不介意租户带着孩子，只要这"孩子"不是什么毒品代号就行。

"但我还是决定，我们不能住在一个毒窝里。"乔伊告诉我。

于是杰夫申请转去基奈，他们觉得那里更安全，城市欠发达，生活成本也就更低。在去往基奈的飞机上，放眼尽是荒野、森林和连绵群山，间或能看到灯光。

乔伊心想，我要永远住在这里。

她还记得叔叔讲的餐馆和花生壳的故事，记得那个打老鼠的男人。但叔叔和婶婶已经不住在基奈了，她也就无从找到那间餐馆。乔伊和杰克在那里没有任何亲人或朋友，杰克的脾气日渐暴躁，乔伊明白他不会在一个地方待太久的，于是她暗下决心：等杰克决定离开的时候，她一定要留下。他们用 300 美元租了一个挂斗，四个月后，他们分手了。杰克回了亚利桑那，乔伊则遵守对自己的承诺，和孩子们留下来一起度过了那个冬天。

"他想要好几个老婆，"乔伊笑着说，"这给了我一个很好的理由放手，除此之外，他还很容易发脾气——我们就把这种事称作发脾气吧。他会发脾气，然后，你知道的。我不能让儿子们看到这些，他们一天天长大，家里不能有这种坏榜样，男人是不可以这样对待女人的。"

她眺望着群山。

"我 17 岁嫁给他，在山上举行了一场可爱的婚礼。我真的很爱杰克，但我们的想法完全不同。我不喜欢他的想法，脾气坏倒是其次，但他居然认为女人不该去工作。也许有些人能接受，但我不行，我受不了整天死气沉沉地坐在家里，那过的是什么日子？别说女人，有任何人能受得了吗？"

现在的她与那种生活简直天壤之别，我想着，透过玻璃向外看去，道路已经被黄色的沙砾吞没，石块在车轮下飞溅。这里鸟兽无踪，只有远处的山峦。仪表盘显示当前户外温度为零下 6 摄氏度，驾驶室里却温暖如春。天空的颜色是野莓般的深蓝，好似糖果，或许也像亚利桑那的小乔伊在地毯上用蜡笔画出的颜色。

我们拐过第一个急弯后，我调了调胸前的安全带。

我有很多问题想问，譬如：她当时有遭受暴力吗？以及我最想了解的，她是在什么时候、通过什么方式认清这种男人是不会改变的。

"婚姻结束时，你难过吗？"我问。

"不难过，"她轻声说，看向窗外的山——那是我见过最大的一座山，"我有我的理由。见鬼，我的理由可太多了。"

<<<>>>

我们的文化不轻易谈论虐待，乔伊和我也是如此。我们共同问题的根源其实很简单：糟糕的爱情从来不会宣称自己变质了。

上次来到阿拉斯加的时候，我盘腿坐在港口冰冷的石堤上，听到我后来爱上的那个人——戴夫对我说，他一生都在等待一个我这样的人。

"聪明，独立，可爱，注重家庭。"他说。

我尤其喜欢"可爱"这个词。当时我 27 岁，从美国竞争最激烈的硕士写作项目毕业满一年，刚在俄亥俄州的一所小型私立学院获得了终身教职，教授创意写作。我已经拿到自己第一本书的出版合同，并在《纽约时报》发表了多篇文章。即便如此，我仍然无法否认一个男人的认可给我带来的那份成就感。

那年夏天，我和戴夫皆因在事业上所取得的成就而来到阿拉斯加，我们受雇于一个著名的阿拉斯加教育营，向来自荷马、西沃德和凯奇坎的青少年们分享我们对写作和即兴喜剧的热爱。

"这些学生都对艺术有着热情和兴趣，"教育营总监在入职培训时告诉我们，"但他们的艺术看起来或许和我们的不一样。安克雷奇的学生可能掌握得好一点，毕竟他们经过了高中的严格训练。但我们这里的另一些学生来自阿拉斯加的偏远乡村，这很可能是他们第一次观看芭蕾舞表演，第一次使用暗室，第一次写十四行诗。"

在两周的时间里，我们唤起学生们的好奇心，培养他们对创意艺术的喜爱：视觉，表演，音乐，文学。一切进行得很顺利。阿拉斯加的学生们走进教室时，和我在俄亥俄州教的那些青少年一样，留着厚厚的刘海，理着渐层平头发型，小臂上散落着用圆珠笔画的笨拙文身。不同的是，这些穿着荧光色雨衣的学生懂得如何切开鲑鱼的腹部，如何逆流划船，如何在海边搭建木棚并且在里面制作熏鱼。有几名学生给我看了他们周日去冰山徒步的照片，他们也在学开飞机。一名来自偏僻乡村的学生向我展示了她的麝皮外套，是她母亲用去年冬天捕获到的动物身上的毛皮做成的。

这是我最喜欢的一份工作。一天的教学结束后，引人入胜的讨论仍然一场接一场。在教师休息室里，我熬夜听同事们讲述为太阳马戏团做编舞的经历，以及在南部边境卧底拍摄人道主义危机纪录片的故事。一位钦西安族[1]木雕师带我们走进附近的森林，那里竖着一根由他雕刻的橙

1　太平洋西北岸的原住民族裔，主要分布在加拿大的大不列颠哥伦比亚省和美国的阿拉斯加州。

色图腾柱，体型巨大，直插云霄。

"这在阿拉斯加东南部到处都是。"他笑着说。

一位高大英俊的艺术家向我们展示了一张照片，照片里是他制作的九个真人大小的墨西哥街头乐队人物，每个人都在演奏一种乐器，穿着奇卡诺[1]传统服装。

另一位女士和我一样沉默寡言，在大家的一再坚持下，她才说出自己是迪士尼动画《美女与野兽》中某经典场景的画师。

"想象这个场景。"她说，我们照着做：她的手上下翻飞，赋予镇上的人以生命，让他们推开窗户上的木闩，大声对贝儿打招呼。

我何德何能，竟能身处这样一群人之间。即便小有成就，可我总觉得自己是一个名不副实的冒牌货，多的是比我更有天赋、更努力、更聪明、更善于洞察、更有创造力的人。每晚和我的同事们待在一起，看他们在台上为数百名热情的阿拉斯加观众表演，我与有荣焉。更让我感到幸运的是，正是这份我无比热爱的工作，带我跨越整个国家，来到了戴夫身边。

一整个星期我都跟着戴夫，如影随形。当他早晨去城里喝咖啡的路上与迪士尼动画师聊天时，当他讲述在洛杉矶的生活时，我总是跟在他身后几步远的地方。有时，

1　Chicano，20 世纪中期以后墨西哥裔美国人的代名词。

我们会在宁静的午后单独坐在教师休息室里，听他说正在帮 8 岁的侄子制作合成音乐的事情。我不是被爱情冲昏了头脑，而是为他深深着迷。戴夫有一种匪夷所思的智慧，懂得如何逗人笑，如何令人感觉舒适。他会用不动声色的幽默让你感到安心，让你喜欢他的陪伴。了解他就会爱上他，就是这么简单。戴夫有着乐观光明的头脑，说话时泰然自若，能言善辩。但他也曾私下对我说，他并不总能把握生活的走向。

"我想就接纳一切吧，"他说，"保持开放的心态很重要。"

我觉得这意味着，关乎他在这世上的位置、他的未来之类的重大转折，不能无意识地做出决定。我们都快 30 岁了，我和戴夫都感觉生活变成了一个大型的"抢椅子"游戏，音乐不再轻快，节奏越来越紧，身边的人都已经有了座位，和伴侣坐在一起，给出永恒的承诺。

他说："我想追逐自己想要的东西，而不是说服自己满足于已经拥有的一切。你能明白吗？"

我能明白。

教育营的最后一天夜里，我和戴夫并肩坐在港口的堤岸上，明天一早他就要飞回加利福尼亚州，而我也要回到俄亥俄州中部了。灰蒙蒙的大海在我们脚下翻腾，潮湿的石块散发着蛤蜊的气味。可以听到音乐从学生们的舞会上传来，看到他们在阴影中舞动。

天空开始飘起小雨，雨水夹杂着鱼腥味。还有浓重的腐烂气息，来自退潮留下的一坨坨海草。这味道立刻抹杀了任何呼之欲出的浪漫情愫。但他还是吻了我，脱下他的蓝色雨衣，搭在我的肩膀上。温柔的一吻后，他问我可不可以再吻一次。

不远处传来凯蒂·佩里（Katy Perry）低沉的歌声，有种感觉涌上心头：一切都不重要了。

"我想我会去俄亥俄州看你的。"他说。

我笑了："好呀，我也会去加州看你的。"

我并不相信我们真会这么做。有了一个夜色下的吻、一个动人的时刻，我已别无所求。大海在四周荡漾，抛锚的渔船上灯光浮动不止，如同幽灵的浮标。第二天早上，我坐上飞机，感觉头晕目眩，仿佛身体里藏了一个秘密。飞机起落架缓缓收起，我攥着拳头，紧张得湿了手心。下方，阿拉斯加越来越远，先是森林，再是岩石，最后是波涛翻滚的深邃海洋。

落地后不久我就接到了戴夫的电话，那晚我们聊了好几个小时，时差和疲惫只让他显得更有魅力，更惹人心醉。我什么都擅长，就是不擅长浪漫，而他偏偏就是浪漫的化身——喜欢孩子，会营造快乐。他让我有了前所未有的渴望。翌日清早，为表诚意，我订了一张去见他的机票。三个星期后，八月的一个晚上，戴夫在洛杉矶国际机场接到了我。我们驱车来到埃尔塞贡多的海边，天空如蓝色天鹅绒覆在碧缎般的水面上。戴夫在岩石旁生火时，我看到飞机从头顶飞过，好似触手可及。看着这些翱翔天际的庞然大物，我和戴夫猜测它们要飞去哪里。

夏威夷，火奴鲁鲁。我说。

佛罗里达。他立刻反对。

可我不想去其他地方了。

戴夫在一所服务名人子女的学校当三年级老师，带着全国最时尚的一群 8 岁小孩。我想他既然教小朋友，那肯定是个很好的人。第二天下午，学校走廊空无一人后，我坐在教室后排看他工作，看了几个小时。他小心地把瓦楞纸板切割、弯折，先做出树干的形状，接着是树枝，然后是盘曲多节的树根。

上面写着——我爱读"树"。

我们把这块 6 英尺高的硬纸板立牌钉在教室的墙上，并将学生们的笑脸做成的小装饰物挂在高高低低的树枝上，力求达到错落有致的美感。我们不断尝试，以确保利娅、凯莉和玛凯拉这三颗饱满红润的小苹果各自待在独一无二的位置上。

我想，这棵树是一个象征，他在制作学生照片展示墙时如此认真，那么作为我的伴侣，他也一定会报以同样的认真吧。

在他位于卡尔弗城郊区的公寓里，他向我展示了学生送给他的小洋娃娃。它由卫生卷纸内芯做成，眼睛是蓝色亮片，头发是棕色毛纺线。他说这只洋娃娃让他记起加入这行的初心，正是这份初心，支撑他度过了很多艰难的日子。我想象我们未来的宝宝，她会怎样用霓虹毛绒棒和塑料眼睛给爸爸制作疯狂的艺术品。我非常想要一个孩子，相信他也是。他给我看他哥哥的婚礼请柬，裱在框里。他说这提醒着他，每个人都有属于自己的另一半——只是有的人需要更多时间才能找到。我想象框中装裱的是我和他在锡特卡的夏天一同拍下的照片，我们曾在他的休息时间来到这个阿拉斯加港口，风雨欲来，在摄影老师的允许下拍了一张黑白照。

他给公寓储藏间装上遮光帘，做成用来处理照片的暗室。墙上挂着他尝试冲洗的第一批胶卷，上面是一群颇有童趣的塑料小人，有的在扔迷你纸飞机，有的在互相帮助攀登悬崖。凑近了看，那悬崖其实是个破损的路缘石。这些照片逗得我发笑，小人们精心的摆放、生动的表情中，处处透露着温柔，多么细微精巧的艺术。我想用戴夫的眼睛凝视我的生活，想用艺术装点我们的日日夜夜。

通往卧室的走廊里放了一架乌克丽丽，弯曲的黄木琴身上有他侄女和两个侄子的马克笔签名，那是他们凑钱给戴夫买的圣诞礼物。戴夫说他们住在科罗拉多州，那里一年中大部分时间都在下雪，但总是在中午之前就融化了。

他的冰箱里有菠菜，依然坚挺的西葫芦，还有一品脱[1] 蓝莓。

料理台上的玻璃罐子里装着散称燕麦、咖啡豆和量贩装芭芭拉牌海雀系列花生酱麦片。

他似乎把自己的一切都照顾得很好。这些细节积累起来，很能说明他的性格、价值观和看待事物的优先级。我之前交往的那个男友经常边喝酒边滔滔不绝，直到失去意识；也常消失在黑漆漆的巷子里，和一帮落魄瘦削的诗人睡在一起。戴夫不一样，他会对我好的。

第一次、第二次、第三次走进戴夫的厨房，我都幸福到几乎晕厥。他对所有事物都很温柔，甚至会轻轻地拿着咖啡杯，用毛巾把它们擦干，再小心地挂在钩子上。他刮胡子时从不会割伤自己。他每天早上都穿着棉质系扣衬衫，固执地把所有扣子都扣上，让领口抵着下颌。

这样看起来像个图书管理员，我对他说，然后短暂联想到玛格丽特·阿特伍德写的，"男人害怕被女人嘲笑，女人害怕被男人杀死"。

戴夫的面庞曲线柔和，他并没有感到被冒犯，跟书本相处有什么不好呢？

"这不是你的专长吗？"他说。

接着，他模仿图书管理员的语气问我，是否需要他帮忙找什么书。

"您有试过我们这里的图书借还台吗？"他指向后方

1　一品脱蓝莓约为 2.18 杯，重约 300 ~ 340 克。

一个不存在的角落问道。

<<<>>>

想起我们最开始的时光，除了爱还是爱，以及随处彰显爱意的小便签。一张薄荷绿便签插在牙刷刷毛之间：我爱你！从这里开启新的一周吧！我们的爱慕蕴藏在咖啡豆里，保存在食品储藏间里，盛放在我最喜欢的马克杯里。

我每个月都会飞去加利福尼亚州度过一个周末，用掉从繁忙的学校工作中积攒下的航空里程，也用掉我在没有戴夫的日子里不可避免的孤独。我们参观著名建筑师的家，畅想生活在洒满阳光的别墅里是什么样子；我们伴着海浪声吃芒果干，排队买从旋转大肉串上刮下来的碎肉做成馅儿的玉米饼。那是我最爱的夜晚，我们在停车场里排着队，烤肉在灯光下嗞嗞作响，香味渗入我们的皮肤。排在前面的父母们怀里抱着睡眼惺忪的孩子，小小的手脚裹在羊毛睡衣里。我们看着爸爸们撕下一块玉米饼喂给孩子，用西班牙语亲切地说着话。

戴夫来俄亥俄州看我时，我们去吃海盐渍番茄，用缺了口的白色马克杯喝啤酒，看闪电划过天空，化作树下的彩灯。

我们一起度过了最初那些周末，那么年轻，又那么相爱。我们坐在摇晃的白色摇椅上——我的父母从饼干桶商店买回它时，也是如此年轻且相爱。我们翻动碳烤架上的鸡腿，喝玻璃罐里的啤酒，在粉色山茱萸下铺开毯子，并肩看书。那条毯子是我祖父留下的传家宝，是他在战争中担任医疗兵所获得的纪念品。织物表面有家族两代人留下的印痕：我母亲小时候的一个七月，烟花不小心落在毯子上，烧出了一块疤；我们全家在沙丘露营，毯子里裹进了沙子；我6岁那年在弗吉尼亚北部度假，合身滚在毯子上，留下了防晒油濡湿的痕迹。

我的童年印在了那条毯子上，那条毯子也印在了我心上。每次和戴夫一起躺在上面，我都盼望着能把我们的回忆也加进去。

我想象上面留下野餐奶酪的干乳渍，沾上我们孩子的糖果残渣。

我们的相处中，只有一个因素预示了这段感情的未来不会一帆风顺：戴夫是基督徒，热爱着他的信仰；而我是不可知论者[1]，我也热爱自己的信仰。我为自己拥有世俗的童年感到幸运。我在宾夕法尼亚州乡间一块4英亩[2]的野地上长大，当全家聚在老旧的餐桌旁时，我们不会祷告，而是谈论各自的生活。我父亲是一名化学家，母亲是一名高中法语老师。周日我们吃罢薄饼早餐，就会绕着水

---

1 不可知论者（agnostic）并非无神论者（atheist），他们不否认神的存在，但认为人无法知道或无法确认神是否存在。

2 1英亩约等于4046.86平方米。

库散步，寻找猫头鹰弹丸[1]，或者循着足迹追寻寄居在湖堤淤泥深处的野生动物。我们也去教堂，但只是去借用停车场——周日晚上，我和兄弟们会用那里的空旷场地学骑自行车。教堂建筑是神圣的，但对我来说，更有意义的是为我们拍手叫好的母亲和穿着短裤跟在自行车旁奔跑的父亲。

当时我相信，像我和戴夫这样相爱的两个人，我们内心的平和之美能弥合彼此的分歧。我的父母会为不同的政党投票，经常在餐桌上隔着螺旋火腿和土豆泥为国家的未来争论不休。但吵完后，当母亲站在洗碗槽旁冲洗掉盘子里的通心粉时，父亲总会在她身边帮忙，手里拿着褪色的抹布。是他们让我看到了错位伴侣的好处。

正因此，刚和戴夫在一起时，我为爱上一个与自己如此不同的人感到骄傲，我的伴侣不是我的拓本，与我有截然不同的信仰和理想，是一个值得赞美的"他者"。我们因差异产生的脑力激荡，我们秉持的不同哲学体系，让一方的缺口总能由另一方填补。想来着实激动人心。

但有一个根本性分歧令我颇为苦恼，它关乎我们的身体——准确地说，是该如何使用我们的身体。戴夫拒绝婚前性行为，而我想要做爱。这是最初唯一让我感到我们没

1　猫头鹰由于没有咀嚼器官，会把食物囫囵吞下，然后将其中无法消化的部分（例如骨头，皮毛）结成球状吐出来，即猫头鹰弹丸。猫头鹰弹丸可用于分析猫头鹰食物的构成。

法走下去的因素。他第一次说明他是处男时，我的反应不是很好——甚至挺糟糕的，我当场就笑了，翻了个白眼说"不会吧"。我不愿意等到婚礼那天，但更重要的是，在我们共同生活的早期，在这段关系最不稳固的阶段，我不能不去认识他的身体。

尽管如此，我们依旧相爱。我可以等，我想。

几个月后，戴夫告诉我，他想试试。他为此祷告了很多次，觉得自己准备好献身于我了。

"我不想你为此感到后悔。"我说。

我想说的是，不要后悔是我。他说他想好了，他爱我胜过任何人。

深秋时节，我们终于赤裸相见。他缓慢地、温柔地褪去我的衣物，再后来，我们躺在一起，小型取暖器摇摆着吹来暖风，满树都是金黄的叶子。

"感觉如何？"我问。

他侧身抱住我，颀长的肌肉抵着我的身体。

"感觉很好，"他说，"好极了。"

<<<>>>

接下来几周里，我们在各个地方做爱：厨房，淋浴间，客厅沙发。鸟儿们在窗外啄食，欢快的叫声为我们配乐，鸟喙开合吟唱喜悦的歌曲。我找到了一种成熟女性特有的

自信。多年以来，性爱不过是两人间的交易，是种压榨爱意的方式，而现在，它变得新鲜有趣起来，变成一件神圣、甜美、崇高的事情。

每块肌肉都因渴望而战栗。

我敢肯定，我们一起度过的那些日子并不总是轻松愉快、无忧无虑的，但回想最初的几个月，那些我们频繁去看望彼此的时光，我只记得幸福、田野、夜里的雾气，还有叶子深处的蝉鸣。

秋去冬来，光阴荏苒。我们沉浸在爱的美妙世界里，屋外的白雪被我想象成了一床被子，上帝每晚伸出手，为熟睡的地球掖上被角。夜里，我梦想进入戴夫的血管，做他心脏里的一个小小机械师，拿着小扳手，维护他的心跳。我梦想住进他体内，分享他的生命。

我想把戴夫放进我的每个决定里，我感到自己因他变得温柔善良，因此也希望对他产生同样的影响。然而没想到，无论我在那些时刻感受到怎样的平静，在戴夫身上都强烈地表现为耻辱。他因欲望而脱光我的衣服，却又因羞耻而在我身上茫然失神。

回想我们如何热烈地爱过，会令我不时心痛。爱和倾听变成了一件商品，与一切有价值的事物一起，在不知不觉间溜走了，如水，如空气，如时间。

<<<>>>

在道尔顿公路上，一切都有别称，乔伊向我讲解这些小知识：汽车叫作"四轮车"，铲雪车叫作"刀刃"，乔伊叫作"卡车妈妈"。开出 8 英里后，乔伊把车停在路边，我担心她要返程了——这趟旅程已经被证明过于亲密，但她说不是的，然后指给我看路旁一排茎干肥大的树。

"这是糖果世界的树！"她对我说，"因为它们长得不像树，像棒棒糖！"

我提出异议，觉得它们是苏斯博士[1]笔下的树。最后我们一致同意它们就是长得很怪的树。

这些树是乔伊的最爱。每棵树上，每根枝条上都有雪堆成的一个个紧实的小球，颇为有趣。

乔伊告诉我，这是片北方森林——与我所知的其他森林大不一样，在这里，树木的高度基本一致，但粗细和形状却千差万别。眼前这片森林宛如一幅拼贴画，低矮的云杉错落有致地穿插在高大的白杨和广袤的空地之间。由于北极的阳光总是呈一定角度照射，光照分布差异巨大，从而产生了这种独特景观。每年春天，冻土表层融化的时间只够让新芽扎根，紧接着一切又被冻住，严冬来临。这种

---

1 苏斯博士（1904—1991），全名西奥多·苏斯·盖泽尔（Theodor Seuss Geisel），美国著名儿童文学家、教育学家，一生创作了大量家喻户晓的早教绘本。为纪念他对文学和阅读做出的杰出贡献，美国教育协会于 1997 年决定将他的生日（3 月 2 日）设为全美读书日。

迟缓的生长让树木形态奇诡、盘屈交接，能托住形状完美的雪球，就像托着一团团土豆泥。

我们跳下车，我问乔伊能否帮我拍张照。

"这才是重点。"她笑着说。我滑过结冰的沙砾，爬上由铲雪车筑起的一堵雪墙，在狂风中拼命挣扎才勉强稳住身形。乔伊边笑边给我拍照。

"再来一张，刚才你好像闭眼了。"她说着，往前走了几步。

我想用照片来证明，哪怕有过恐惧，有过"我不属于这里"的焦虑，我还是成行了——我来到了阿拉斯加，和乔伊一起坐在车里，欣赏她向我应许的风景。

虽然只开出了 8 英里，但周遭感觉已经不一样了，奇异又陌生，仿佛这部分的阿拉斯加属于某个异世界的美国。我狂喜地领受着乔伊那出人意料的慷慨。每当她看向我，露出笑容时，我内心便涌起暖意，仿佛紧紧依偎着一只小兽。

我们回到皮卡里，乔伊指向道路前方，在这里死去的人一个个浮现。"车把"是在墓地附近的一条浅路上被钢管砸死的，她指向某个方向。

"好像在玩《妙探寻凶》[1]。"我说。

1　一款图版游戏，游戏背景是英国的一幢大厦，图版是一张房间位置平面图。玩家是大厦的客人，也是杀死大厦主人的嫌疑犯。最先找出凶手、凶器及行凶房间的玩家胜出。

"像那么回事。"她承认，然后继续娓娓道来，"胡子"的卡车在火鸡丘[1]附近打滑冲出路面；"不死药"在"该死急转弯"[2]除雪时从"刀刃"上掉下来摔死。唐尼在冬天从阿提根山口下行，死在突发雪崩之下，当时能见度很低，救援队不得不进行网格式搜救，以特别的精度切分无边无垠的雪白大地。

"这片地方呀，"乔伊倒吸了一口气说，"和阿拉斯加其他地方不一样。这里的风暴来得又快又急，一下子你就什么都看不见了。"

我想生活也是一样，本来好好的，一下子就变糟了。

又一个十字架出现在窗外。

"我经常想他们那天都以为晚上能回到家。"乔伊说。

"鲁克斯""胡子""车把""雄鹿""土豆""仙人掌杰克"，他们本该回到妻儿身边，回到堆得高高的鸡肉馅饼旁。餐桌上铺着亚麻布，盛着牛奶的玻璃杯渗出细密的水珠，电视里播放着《危险边缘》[3]或晚间新闻。

乔伊告诉我，这种思考让她成为更出色的司机，成为

1　司机们为道尔顿公路的很多地方取了昵称，比如火鸡丘、手指山、茴鱼。

2　Oh Shit Corner，这个路标真实存在，被收录在 2012 年版《美国里程标》中，此处弯度较大，而且向外倾斜，极易发生交通事故。

3　Jeopardy，美国家喻户晓的智力竞赛节目，从 1964 年开播到现在，已经持续了 38 季。参赛者根据以答案形式提供的线索，猜测正确答案。回答问题时有固定的格式，必须说"what is+ 答案"或"who is+ 答案"。

这个社区更好的一员。在她的操作下，挡风玻璃喷出一股清洗液，雨刷来回清扫。她接着说，这些人没想到自己会死在那天，没想到会迎头撞上另一辆卡车，会被甩出挡风玻璃，被碾碎、被焚烧、被撞死。我坐在她旁边听着这些，感到十分害怕，甚至怕得有些明显，但这份恐惧与我近年来所经历的完全不同。

很简单，我并不是因为乔伊在身边而恐惧。

然而这始终不是令人愉快的体验，毕竟没人想要去死。但我还是忍不住想，人们会给我起什么昵称，看到我的尸体会说些什么。

"我想要叫你'辣妹'，"乔伊对我说，"但我保证，你不会死的。我看到你早餐时用辣酱给土豆调味，似乎你很喜欢给一切事物都加点辣？"她朝我的背包使了个眼色，一瓶便携装乔鲁拉辣酱从里面探出头来。

她接着说："我嘛，会尽可能帮助每个人。公路守护天使？就是这么个意思吧。将心比心什么的，我救助别人，也希望自己能得到别人的救助。"

我想，如果用另一个动词替代上面的"救助"，最好的替代词是"爱"吧。如果我们都能用正确的方式去爱，世界会是什么模样？

"我的后备厢里总是放着备用零件，还有额外的食物、毛毯、火柴，你懂吧，就是你在这条路上所需要的一切。"乔伊继续说着，摇下窗户，让一只蚊子逃出驾驶室，向远山飞去，漆黑的身影在蓝天下格外清晰，"我不在乎代价，是否会影响我的薪水或耽误我的行程，只要有人需要帮助，我就一定会去。"

她沉默半晌，才开口说：

"你可能觉得我有点傻，但我一直相信，是上帝安排我来到这里，祂塑造了我，特地让我来照料这片土地。"

我想告诉她，我赞同她的话，从很多方面都赞同，但我也想知道对于那些丧命于此的人，他们的命运也是上帝的安排吗？

极目四望，大地皆是开放的伤口。

于是我改为看向仪表盘，乔伊的手机亮了，把我们之间照得明晃晃的。

"我记得你说过这里没有信号。"我问。

"是你没有信号，"她解释道，指了指她的手机，"我用的是 GCI，是阿拉斯加本地的运营商，他们这几个月在附近装了几台基站。"

"美国荒野不再那么荒了。"我说。

乔伊皱了皱眉头表示些许赞同。她拿起手机查看，一个名叫吉姆·罗克的人发来了几张矮牵牛花的照片，花朵在屏幕上绽放，玫红艳黄。

"帮我回复他，让他给我看看他的豆芽，"紧接着补充，"不是什么隐晦说法！"

她笑着解释道："他用的是某种特别的土壤。"

她打了个手势催促我，于是我拿起她的手机，惊讶地发现居然没设密码，接着更惊讶于她的手机壁纸——冻原上金黄的日落，如同橘子汁一样在屏幕上蔓延开来。她对这里真是怎么也看不够。

我打出她对土壤的疑问，然后写道，让我看看那些豆芽！

清晨的阳光温暖着我们的驾驶室，我感到从未有过的放松。有那么一刻，我愿意承认神的存在，或许就是祂创造了这个地方。或许我们并非故事的主角，而只是附注，我们的存在只因神觉得祂的造物应该得到见证。繁星大地，山川雪原，荒郊旷野，正因为没有人类的滋扰，才有了这般风月无边。

<<<>>>

我们交往一年后，戴夫决定搬来俄亥俄州。他说已经私下考虑了好几个月，但直到他开口，我们才意识到这件事在所难免。我们聚少离多，很难再持续异地下去；虽不情愿，但我也提出过搬去离他近一些的地方，可他劝我珍惜目前的终身职位，换个地方几乎不可能找到这样的工作，但小学的工作机会总是好找的。他不想让我放弃一个他人努力几十年才能争取到的职位，虽然他也很喜欢洛杉

矶丰富的即兴喜剧表演机会，但他更渴望生活在四季分明、简单质朴的地方，他想看雪，想和他第一个真正的女朋友生活在一起。

几周后，他收拾好了行囊。

共同生活的最初几个星期，我想做的无非就是保护好他，然而无论采取什么行动，总会遇到意外情况。最开始是他的搬家卡车在路上耽搁了，接着他发现自己把装有社会保障卡和出生证明的文件夹打包进了卡车运输的行李。没有身份证明就没法办驾照，也就不会有人愿意把房子租给他，正在面试的那些工作也没法给他办入职。出于对信仰的严格遵守，戴夫坚决拒绝住在我家，但卡车迟迟不来，银行账户余额也见了底，他别无选择，只得搬了进来。

我大概能察觉到，即便短暂的同居也给戴夫造成了信仰上的压力，但我没有细想，只在意他告诉我的事情：他跨越大半个国家，是出于对我的深爱和尊重。当时我并不知道，在他实际的想法里，他的举动是一个实验：一方自愿在地理位置上做出了妥协，那么作为交换，他希望另一方也在信仰上做出妥协。

我没注意到这些，只顾得上在靠近的时光里沉醉。有些夜里，我们一起演奏乐器；有些夜里，他搂着我在客厅跳转圈舞。我们喜欢从宽大的镶边镜子里观察自己。镜中的我们冒着傻气，可我却那么爱他们——爱他们的爱情，爱他们精神的丰盈，爱他们为彼此献上的温柔。

我们计划组建一个家庭，打算买一栋房子。

我们首先收获的是一只小狗。它被人从附近一个囤积狂手里营救出来，一起被救的还有另外十二只狗。那年八月，伴着在脚边打转的小狗，我们种下了西葫芦、豆角和高大粗壮的番茄枝。明黄的花朵向外绽放，高高扬起，仿佛能够到太阳。

我爱他胜过爱世上的一切。

我感到他是神圣的——甚至超越神圣。

戴夫一直在寻找住处。搬家卡车终于来了，他才得以租下一间离我家只有三个门远的公寓。那个夏天我们有大把的时间，于是不腻在一起的时候，我们各自找到了新的爱好，让双方都能受益的爱好。我开始做烘焙——黄油和面团一层层叠起来，中间涂满新鲜的浆果酱，在烤箱的高温下啪啪作响。戴夫开始在我家后院做木工——以前在房租昂贵的洛杉矶，他的小公寓无法满足这一爱好。我喜欢看他健美的前臂，他加工木头的样子，也喜欢看金色的锯屑飘扬在夏日午后的阳光中。每天下午当他回到屋子里，在厨房的水槽旁对着水龙头喝水时，他的皮肤总散发着橘子油和雪松木屑的味道。

就在那个我们共同度过的第一个秋天里，我第一次想要祷告。在我的人生经验里，信仰不过是一堵营造差别的高墙，而戴夫来到俄亥俄州后，我开始期待看到信仰好的一面。

我第一次祷告是在繁忙的哥伦布公路上，我们刚在外面吃完早饭，准备回家，路上看到一名男子在捣鼓一辆熄火的汽车。于是戴夫把车靠边停在路肩斜坡上，下车去帮忙。他所处的位置是我能想到最危险的地方：车停在路肩上，人站在车外，距离行车道只有几英寸。而第二危险的就是我所在的位置：车停在路肩上，人待在车里，焦急无助地张望着。每当有车开过，我都赶紧闭目祷告。

我一生中从未有过这样的时刻，无比渴望上帝显灵，让祂来保护我爱的人。祈祷的每一个字都让我想继续进行下去，我感到很自然、很安心。在某种程度上这是我所有过的最平静的体验。

祷告——或者说许愿的行为，让我突然间确信我们会平安无事。我知道这听来荒唐，但我也明白这感觉有多强烈。数月里，我看着戴夫不惜打乱安排、不顾自身安危也要去帮助别人，以匪夷所思的程度，不计时间和精力地给予陌生人关爱，似乎这已是他习惯的日常。于是，虽然他才来俄亥俄州几个月，但我很容易就接受了他的基督信仰。比起我童年所窥见的基督教歪曲版本，这实在令人耳目一新。

我到现在依然相信，从戴夫早期的举止中，我看到了他口中"上帝的恩典"。

我祷告着，接着就看到戴夫帮那人把车推上路堤，放在了安全的地方，很快，一辆拖车出现了。随后几个月里，我开始漫无目的地随处祷告，为一个即将动手术的同事，为几只被拴在草坪木桩上的狗。还有一次，我在漆黑的雪夜里开着车，确定自己迷了路，于是开始祷告，直到一辆铲雪车突然出现，用光和盐为我指引了方向。

后来，我甚至开始把我们的结合看成神的旨意，祂伸出细长的手指，穿过阿拉斯加的云层，把我们推到了一起。似乎上帝早已知晓，即便我心存怀疑，戴夫也能帮助我找到神。

<<<>>>

我们眼中的一切都有了某种意义。碎石间长出了野花，这座俄亥俄州小镇上居然开了一家加州风味墨西哥餐厅，附近一间私立小学突然发布了招聘启事——似乎一切都昭示着我们的相知相爱是被悦纳的，好似一种只向我们呈现的天象。

这种"双重视觉"——也即来自上帝的征兆——一直是戴夫生活中不可或缺的一部分。我们刚认识的时候，他对我说，他曾经骑车在洛杉矶的街道上穿行，向上帝询问该在哪个路口转向哪个方向。起初我对他的稳定性还颇有顾虑，但随着时间的推移，对信念的坚持使他显得温柔敦厚、惹人喜爱。黄昏时分，一个在棕榈树和落日之下骑车闲游的年轻人，多么人畜无害啊。我爱上了这幅画面：

他穿梭在洛杉矶的茅草屋之间，线条流畅的脸颊留着胡碴，仰起头，竖起柔软的耳朵，从湿润的空气中接收神圣的讯息。

画面中的他问道，下一步呢，上帝？下一步去哪里？

他想，我可能就是他的"下一步"。我也是这样盼望的。在他身边我就会感到快乐，快乐真的如此简单。我想要关于他的一切，因此，我决定尝试走进他的信仰。

后来，他成了我笔下那个最善良又最残忍的人。

但和乔伊以及其他很多女性一样，我最先认识的，是他的善良。

5

正午时分，在灰蓝的天色下，布鲁克斯岭高耸的山脊间，乔伊教我如何分辨路况。她指给我看公路边缘的岩石，上面有最近下过雨的痕迹，说明可能会发生洪涝或雪崩。她指着地平线上的云，告诉我不同形态的云各自的名称，其中哪些蕴藏着水汽，哪些不会带来降雨。她笑称自己并不是气象学家，这些知识谁都能学会，通过分析云层形态、厚度和颜色，结合时间和车内温度，就能预报即将到来的雪、雾、霰、雹和雷电。

"我总会观察路旁的动物，"她说，"然后问自己，它们站着吗？它们卧着吗？这些姿态都能告诉你将要发生的事，甚至不需要麻烦上帝。"

她指向卡车里的物件，那些在我们脚下地毯上滚动的防熊喷雾、照明弹、太空毯和煤油炉。

"一切东西都有使用方法，男人也一样，不过他们显然不是东西。"说到这儿，乔伊笑了笑，瞥了眼我的笔记本，"他们没有附带说明书，没有贴下拉标签，也没有占地的使用手册。但他们附带警告，那些不对劲的地方，不管是多小的事，都是不能忽略的信号。"

就杰克而言，预警信号就是他对女人的掌控欲：无论在家里、在工作上，还是在可利用的女性身体机能上。

再要一个孩子吧。

新生命能让我们重新开始。

"他说得很清楚，他和海军我只能选一个，"她重复道，"我听了他的话，那时候我知道啥呀？"

我望着冻原，我看到的预警信号不太一样。如果真的有这样一个信号，那么戴夫的就是愈发强烈的偏执。他渴望修正我那在他看来残缺的世界观，并坚持认为我是可被塑造的。

我们还是异地的时候，我去洛杉矶时常常会和戴夫一起参加礼拜。礼拜地点是座颇为现代的大教堂，里面挂着霓虹灯，有一位激动的牧师和一支身着皮衣的敬拜乐队。唱诗班的洛杉矶姑娘们明艳动人，长发红唇，文着多肉植物刺青，踩着麂皮高跟靴。小伙子们则晒成了小麦色，梳着前卫的发型，歌颂圣名时偶尔撩一下额前的垂发。长椅是体育馆的座位样式，洗礼池是用原木砌的。聚光灯欢腾地巡游，人们高举双手迎接上帝的荣耀，仿佛灯光在搜寻需要拯救的灵魂。礼拜结束后，我们会走去对街吃拉面，我们极少谈论布道内容，只顾津津有味地啃炸猪排，吸溜裹着溏心蛋的手工面条。

在俄亥俄州，我们的教堂铺着沾有速溶咖啡粉的地毯，光线总是昏暗的。牧师们诚恳热心，谢顶发福，肚子里满是香肠、三明治和炖菜。教堂灯光时亮时暗，播放着家常的音乐，回家的路上会经过两家生意萧条的汉堡王、一家缝纫店、一家电脑与 iPod 维修店。我知道戴夫想把他的信仰世界与我分享，可我害怕开口，怕一开口就流露出对一个男人的爱意与钦慕，而非对耶稣的承认和理解。

我想要每周都和戴夫一起坐在教堂里。

我想要相信上帝。

可是最初在信仰之路上跌跌撞撞的日子里，我感到自身的欠缺和伪装，浑身不适。祷告的感觉是好的，却总夹杂着怀疑；我的感激并非指向上帝恩典或基督信仰，而是对面那个拥有血肉之躯的男人，我感激我们的爱，感激这份爱赋予生活意义，感激他的热情、温柔和体贴。渐渐地，我发现自己在强求，试图用信仰来留住一个男人。但我也在想，可能只需要多一点点时间，我就能达到他的期望。

每个夜晚，我和他一起坐在沙发上，低垂着头，说着下面这些话：

"奉你慈爱的名祷告，阿门！"

但是，每一次祷告都让我清楚地意识到，我永远无法与戴夫自幼被教导要去热爱的信仰相提并论。我同时也深感担忧，即便花费再多时间，我也无法做到像戴夫那样对信仰坚定不移。当他发现这一点时，是不是会离开我。我尝试与上帝对话，但我只是个渺小的女孩，试图在戴夫出生前就开始的对话中寻找维持生活的支柱。

<<<>>>

戴夫搬来俄亥俄州后不到四个月，一天晚上，他坐在沙发上，膝盖上放着一本破旧的皮革封面《圣经》，无精打采，郁郁寡欢，生怕自己辜负了上帝。

"我们没等到结婚就……我没法不去想这件事。"他说道。

"上帝爱你。"我试图安慰他，用手轻抚他的肩膀。

但我逐渐意识到，对戴夫而言，我的身体——他曾爱抚过的，在他的触摸中变得不纯洁，它不再是爱的见证，而是卑鄙、嫌恶、污秽的象征。那几个星期里，羞耻感深深地刺痛着他，将他投入到一个情绪失控的疆域，他从未到过那里，因此没有地图可循。除了倚赖他一生遵从的道德框架，他还能怎么办呢？不幸的是，在戴夫的《圣经》里，女性多被视作物品，她们的身体被视作工具：用来劳动、惩罚、试探的工具。有的女人为耶稣濯足，有的女人不经性交而生下神子，有的女人堕落为妓，然后把男人藏进墙里使他们得救。女人总是顺服的。戴夫所在的教会没有教授当代女性主义的内容。戴夫虽声称尊敬我的工作，却日渐厌恶我写的那些"陈词滥调"。一天上午，英国广播公司（BBC）打来电话采访，讨论我写的一篇关于表情符号中缺少职业女性形象的文章[1]。正是这篇文章启发谷歌创作并上线了十三种职业女性表情符号——包括女化学家、女医生、女水管工和女飞行员。戴夫翻了个白眼说，他觉得我的文章"很蠢"。

一个月后，一个国际委员会[2]召开会议，在全球范围内推广并采用全新的表情符号，十三种职业女性表情符号加入 iOS 表情库。会议特别引用了我的那篇文章。

"嗯哼。"他说着，漫无目的地转着手指。

他的刻薄令我手足无措。戴夫平常都很尊重人，但经常对我做的事或是对我笔下的女性表达不满，以赞美《圣经》的优越：服侍神的女人们要神圣得多，她们是多么无私、多么高尚。可每当他读起一段值得赞美的经文，我都会想到，里面的女人不是与男人平等的伴侣，她们必须恭顺、驯服于男人。更不妙的是，两性的源头总能追溯到一个颇有问题的传说：一个好奇心过剩的女人受到蛊惑，欺骗了亚当，导致他被逐出伊甸园。气候宜人的洛杉矶就好比那个伊甸园，在那里，戴夫仍是处子之身，可以聆听到

---

1 文章 2016 年发表于《纽约时报》，标题为"emoji 表情符号女性主义"，发表后引起巨大反响。谷歌员工受文章启发，向公司提出"应该为全世界的女性工作者新增代表不同职业的 emoji"。之后统一码联盟（The Unicode Consortium）宣布，新增十三种女性职业 emoji 表情符号。这几乎是表情符号有明确性别划分的第一步。

2 这里指的是统一码联盟，致力于开发、维护、发展全球通用软件标准和数据格式的非营利性机构，其成员包含了主要的计算机软硬件厂商，例如奥多比系统、苹果公司、惠普、IBM、微软、施乐等。如果微软、苹果等公司想要发布新的表情符号，需要向其提交申请。

上帝的话语。

我时常想到夏娃，一个女人听取了蛇引诱的耳语，很难不将其理解为她打开身心，接纳了一个想法。

我就是一个想法很多的女人。

戴夫越是求助于《圣经》，他的羞耻感就越强烈。

他就越频繁地把羞耻感发泄在我身上。

深秋时节，我们成了一家三口：戴夫，我，以及他明显的憎恶，如附骨之疽一般。我想起了小时候看过的禁毒宣传：毒瘾被人格化为一团人影，总是隐约跟在你身边，不断低语着，给我，给我，给我。

只是戴夫寻求的不是毒品，而是恢复童贞的身体。

就在几个月前，楼上的卧室里，我站在他身边对他说，我准备好了——如果这是他想要的，那么也是我想要的。不过几个月，我就成了罪人，我看到的是爱，而他看到的却是破坏。

就像朋友们说的，我可以把这种行为直截了当地称为"厌女"。

我也可以把它称作可怕的"羞耻螺旋（shame spiral）"，一个我曾以为他能够挣脱的螺旋。

又或者，这是一种精神崩溃，一种存在危机或精神危机，又或是对"有信仰之人"实质上的解构。

不管我们如何命名它，事实就是戴夫开始尖叫、暴怒，而我总被他羞耻的内核所绑架，被他的喜怒无常所困扰，也开始憎恨并厌恶自己的身体以及我们的肉体之欢。

<<<>>>

我无法准确描述我开始多么憎恶自己的身体，因为戴夫也憎恶它。我尝试过多番描述、不断更改措辞，都无法表明性爱并没有改变我。即使真的改变了，那改变也是美好的，是关系深化的过程中自然的步骤。

作为局外人，我很难帮助戴夫克服羞耻和怨恨。我不明白，是上帝按照自己的形象造了他，又用他的肋骨造了我，把我们二人放在阿拉斯加那座沉睡的渔岛上，让我们找到了彼此，他怎么会觉得自己的所为辜负了上帝呢？我越是努力从信仰的角度与戴夫沟通，他就越固执己见，似乎变得捉摸不透是他唯一能从羞愤中解脱的方法。渐渐地，我们在性上的分歧蔓延到了一切问题上。

戴夫曾辩称，对神的违犯是同性婚姻的根基和温床。

孩子不可在教会以外的价值观下成长。

女人如果喝醉，或者参加男性为主的活动，又或者穿着"过于暴露"，就该部分承担被强奸或被性骚扰的责任。

"我的学生里也有受害者，"我说，"你怎么能说这样的话？"

我没有离开他，对此我感到惭愧，但我也感到自己有责任教育，或者说再教育他。我要规劝他，为了我，也为了所有人。我就像笨拙的基督徒，在脑海中翻阅着经文，抽出一页又一页，希望从里面找到可以拯救我的故事。如果能从耶稣身上找到对我观点的印证就好了，如果能用祂的语言来和他沟通就好了，我想。我们成了决心改变对方的两个人，打定主意要让对方看到自己眼中的真相。

我把他的《圣经》作为依据，查看他在给他力量的篇章旁标注的星号，写下的想问上帝的问题，还有他思考得出的想法。我想知道他和上帝私下对话时说了些什么，以及他认为上帝是如何引导他、引导我们的。

但这一切以一种陌生的语言进行着，我愈发担心自己永远也学不会这种语言。

即便如此，我还是把自己的一切都交托到祷告中。我们开始一同祷告，有时一天祷告多次，因为当人觉得自己理当受罚时，会格外需要神的眷顾。对戴夫来说，中西部的天空太辽阔、太宽广了，他怕上帝一直在天上看着，看到了一切。于是，我们会在熹微晨光下祷告，在暮色四合时再祷告一次，偶尔甚至会在午餐时间各自分开祷告，然后发到对方手机上。戴夫会坐在他停在学校停车场的车子里，而我则待在办公室里，闭门谢客。

我不知道该说什么，但这并没有阻碍我继续尝试。

实际上，在最开始的时候，我的祷告里多是道歉。

然而，无论我如何祷告，如何跪地祈求，都无法在戴夫的宗教中找到自己的归宿。我为此感到遗憾。除了遗憾，还有悲伤。我始终认为戴夫的羞耻感和渎神感是需要我谅解的情绪，因此我会折小纸条放进他口袋，把他最喜欢的糖果塞进他的包里。一天早上，天还没亮，我被小狗的哭喊叫醒，那是凌晨最冷的时间，我领它来到后院，耐心地站着，看它在黑暗里转圈圈。

"快拉便便！"我冲着它喊道，冻得浑身发抖，身心俱疲。

小狗的名字叫奥斯克（Oosk），取自阿拉斯加的一处小渔港，我们正是在那里相遇、相爱的，它代表着我们开始的地方。Oosk 来自阿拉斯加本地方言特林吉特语。一位说特林吉特语的朋友告诉我，这个词和英语中的词汇很不一样。简单来说，它的意思是"可爱"，特定用来形容婴儿或动物幼崽的脸庞。但如果在后面加一个 a——他笑了笑，说——意思就变成了"邪恶、罪恶"。

我喜欢这个词的二元性，只需一点微小的修改，就能代表截然不同的阵营。我也喜欢这个词从我舌尖滚过，脱口而出的感觉。

奥斯克穿过刚落了一地叶子的后院。奥斯克嘴里叼着野生酸苹果，吐进用来取暖的炉火里。奥斯克在午后的阳光下打盹，睡梦中踢着后腿。

奥斯克，奥斯克，奥斯克，我们家庭的新成员，我们的意外之喜，我们周六早上赖床的伙伴，训练着我们的慈爱和善意。它用爪子碰碰玩具，再碰碰我们的鼻子，我们爱抚它的时候，它也会伸出小爪子来回应，发出短促的呜呜声。

这个名字也在提醒着，任何事物都有善恶两面。

"奥斯克（Oosk）还是奥斯卡（Ooska）？"每天早上我都会这样和我们的小狗打趣，它在客厅里来回踱步，摇着尾巴，眼睛又大又亮，但膀胱肿胀，随时可能泄洪。

你会发出一声甜甜的嗥叫，还是会拉在妈妈的枕头上？

今天你是哪只小狗？奥斯克还是奥斯卡？

我也开始以同样的频率对戴夫感到不解。

我对他来说是什么？是他爱的人，还是罪恶的印记？

<<<>>>

道尔顿公路上，乔伊正向前疾驰。她告诉我，和杰克在一起时，最危险的事就是她身边只有杰克。

刚到阿拉斯加的那些日子里，她没几个朋友，走到哪里都是杰克陪着——杂货店，商场，加油站，邮局。多年来，她做任何事情都有他的陪伴，所以刚分手时，她的生活变得很寂寞。孩子们又太年幼，只会哭。冬季漫长又黑暗，整整半年里，每天只有六小时日照；而夏天蚊子成群结队，叮得他们浑身红肿，她只好把孩子们抱进屋里。

"但我必须离开他，"她说，"我真的这么做了。他有时候会打我，你知道吗？打得并不重，我可以忍，但我总感觉，如果继续放任他，他会不止打我一个人。我们还有两个儿子呀。"

她停顿了一下，我本以为她会转头看向我，但她并没有。

"我很抱歉，"我说，"我很……"

"当时这对我很重要，"乔伊打断了我，"那就是不能让我的儿子长大后以为他们可以这样对待女人。"

就这样，她离开了杰克。可这不是件容易的事。

"不只是当单亲妈妈很辛苦。"她解释说，"每个人都很喜欢他，每个人。我们刚结婚那会儿，人们来家里就是为了看他。你敢信吗？他就是那种人，有磁铁般的魔力，能把人吸引过去。"

后来他走了，人们都责备她。

"你没有什么钱，而且被打了，人们就会对你有成见。我也不清楚啦，但我猜测这会让人不舒服吧。毕竟这种事既然能发生在你身上……"她停了下来。

因此，朋友们往来渐少，仅剩的那些朋友看看她，再看看她的孩子们——那么小，那么野，在前院里玩摔跤——都会想，这女人疯了。

"我宁愿疯了，也不愿当某个男人的出气筒。"她对我说，"只是我变得很穷，我为了杰克辞了职，带着两个孩子，一无所有。"

乔伊在诺克斯堡金矿[1]找了一份工作，开推土机。她说这无疑是份男人干的工作。她知道，要想渡过这个难关，必须依靠上帝，而放眼全国，还有哪里比这儿更切合祂的旨意呢？江河奔流，冰川连绵，每到春天，脚下的冻原就如生日蛋糕般柔软，黄澄澄，海绵似的，甜美醉人。

"我没有回老家，"她说，"有父母在身边会好过些吧，但是，呃，不可能的。我拒绝回亚利桑那，拒绝回下48 州[2]。我好不容易在阿拉斯加有了自己的生活，不惜一切也要留下来。"

作为一名基督复临安息日会信徒，乔伊最看重的是遵守星期六为安息日。她决心以上帝为最高优先级，从抽屉里拿出一本日历，把所有星期六都用马克笔画上了叉。

"我决定，这些日子里绝不工作。"她跟我说。

但矿上不同意，说她如果想在矿上开推土机，就必须遵照他们的工作时间，其中包括星期六。

"我想，某种程度上，这是上帝在考验我。祂说：'小姑娘，你有多想追随我？'"

她非常想，因此接受了矿上唯一允许工人周六休息的工作：机械学徒，内容是清洗她几周前在开的那种车子。

"这怎么说来着？各方面看都是一种'降级'，不管在职级还是报酬上，我成了那里赚得最少的人。"

1　位于阿拉斯加，根据 2022 年前三季度矿石开采量，诺克斯堡全球排名第七。

2　多为阿拉斯加州人使用，又称"美国本土"，指不包含阿拉斯加州的美国领土。

她把座位转了半圈，从身后抓起一罐冷冻豆子，又从仪表板里拿出一个开罐器，把豆子倒进一个红色塑料碗里——我都不知道她打包了这个。她继续伸手，拿出了玉米片、芝麻菜、香菜，摘下短小的嫩叶，和豆子混合起来。

她笑着说，这就是道尔顿公路版健康玉米片。

一辆蓝色卡车全速从我们身边超过，乔伊通过车身颜色认出了其所属的运输公司。

"卡莱（Carlisle）。"她有把握地说。

司机朝乔伊按了按喇叭，一只手举出窗外表达感谢。她把无线电对讲机拉到嘴边。

"没问题，哥们！"她沉声说。

她又炮制了一份玉米片。在我们下方，那辆蓝色的卡车疾驰着，阳光反射，熠熠夺目。

我从座位中间的袋子里掏出一张墨西哥薄饼，挤上辣椒酱。她递给我一颗牛油果，朝手套箱比画了一下，那里面有她的小刀。她想切点牛油果薄片加在这份沙拉里，这也无声地回应了我早先在超市里问的问题："你开着车怎么吃这个？"

现在我知道了，她需要我的协助。

我切下一块牛油果递给她。"不过说到底，我相信上帝会传递给我们讯息，"她说，"我也相信祂会不断考验我们。祂给了我那份洗车的工作，为了追随祂，我愿意非常努力地工作，却拿着很少的回报。当祂看到这一切，看到我坚持了下来，就会奖励我。"

她往嘴里扔了一片玉米片，我切了一角牛油果给她。

"是呀，"她说，"嗯……我想神很清楚祂所要做的工作。"

<<<>>>

如果上帝真的会给予我们征兆，那么戴夫和我都无法再对祂的讯息视而不见了。

九月底的一天，我们醒来发现后院那棵原本活力健康的榆树，枝叶上居然爬满了深色的伤痕，渗出黑色的汁液，树干上滋生了成群的吸血蝇。它们把我们的小狗咬得满身脓包——背上、脖子上，就连毛发浓密的大腿也未能幸免。

我们致电一位懂行的树木栽培家，得知这棵树正从内部腐坏，需要砍掉树干，至于留下的树桩——太粗壮，扎根又深，房东甚至懒得挖出来。我开始把这联想成后院发出的一则声明，用肉眼可见的方式提醒我们，内里的朽败终将浮出。

我们想尽一切办法来享受后院仅剩的秋凉，可蝇仍在院子里嗡嗡飞行，困惑地打着转，寻找它们的家，并且在我们身上叮咬出大片红肿。这些肿块刺痛不已，在夜里奇痒无比，令人难以入睡，我们一天天愈发焦躁不安。当我好不容易睡着，又会梦见蝇在我体内钻洞，戴夫则梦见整栋房子被烧毁。

白天也同样不好过。戴夫申请了一份私立学校的工作，他们告诉他，只要能把居住登记转过来，这份工作就是他的了。于是一天下午，他去车管所领取了俄亥俄州驾照并换上了新的车牌。回到家里，他垂头丧气，默默举起车牌让我看。

上面印着一个不可思议的车牌号：GPS 6666[1]。

那第四个"6"算是附带的，他说。我们一致认为，这意思很明确了。

我们的新坐标：地狱。

我开玩笑说，美国中西部可是"魔鬼之握"[2]的高发区，毕竟鲍勃埃文斯和桂格牛排两家餐馆[3]都发源于此。但这笑话太贴合现状，反而令人不适。戴夫相信我们所处的地方正是地狱，车牌号码与后院腐烂的树、小狗背上的脓包一样，都是征兆。

我仍在探索信仰的路上，但显然我探索得不够快，

---

1 在《圣经》中，三个连写的 6 是魔鬼的代号，因此美国人非常忌讳"666"。CPU 制造商英特尔将核心时脉速度为 666.666MHz 的处理器命名为"Pentium III 667"。里根总统从白宫搬到洛杉矶时，将家的地址"圣云路 666 号"改为"圣云路 668 号"。

2 即流行性肌痛（Pleurodynia），一种由肠道病毒引起的疾病，可引起胸膜疼痛。这种痛感仿佛胸部肌肉被撕扯，因此也被称作"魔鬼之握"。餐馆是该疾病的高发地。

3 皆为美国著名的连锁餐馆，供应美式西餐，分别起源于俄亥俄州和宾夕法尼亚州。

抑或是不够坚决、笃定。一部分的我认为没有他我会过得更好；另一部分的我则开始像戴夫一样看待这个世界，把生活中的种种迹象视作辜负了神的证明和恶报将至的预兆——这一部分的我真实又阴暗，迷信又偏执。我想，唯一比找不到神更糟糕的事，就是既没有找到神，又因此失去了戴夫，最后独自流连在暗无天日之地，永不超生。

正因此，面对戴夫变本加厉的恼怒、咒骂和肢体恐吓，我最初的反应也是把它视作一种征兆——这本身就是我应得的惩罚，更重要的是，它表明了我的无用、罪孽和匮乏。

<<<>>>

"这条公路还有一点让我很喜欢，"乔伊指着前方对我说，"你傍晚上路，和一座山擦肩而过，第二天上午回家的路上，你还会见到一模一样的一座山。"

我们也知道，在熟悉的事物中寻求舒适是危险的。你会发现自己陷入了既定模式之中，受困于你的过往、你的人际关系，以及你身旁的男人。

"内心深处，我知道杰克是一团糟，甚至在嫁给他之前就知道。但问题很简单，人们总是指望女人来解决男人的问题。杰克是个失败者，非常失败，但他和所有人都觉得应该由我来把他修理好。"乔伊说。

这点我完全能够感同身受。几年前，我曾坐在一家汽车旅馆的房间里，一旁是我爱了多年的男人，我们在电视上看现场直播，一场龙卷风正发生在 300 英里以南，看着狂风吞噬了房屋，把它们绞成碎片后吐出来。我很爱他，并且时常向他表达我的爱，但我们在一起的五年里，他从未对我说过同样的话。他是爱我的，这一点我能肯定，只是他不知该如何表达。他出轨，说伤人的话，但最后总会回到我身边。那天晚上在汽车旅馆，他喝多了啤酒，看着我，对我说他爱我。这是他第一次也是唯一一次说这句话。他说，真的希望我明白他的爱。

电视上，胶合板被摔成碎片，超市被整个卷走，数英里长的公路像血痂一样从地球表面撕开，我为当地居民深感悲痛，顾不上听他讲话。

五年来，我都以为自己可以把他从酗酒和过去的阴影中解救出来，带他走出那幽暗孤苦、席卷一切的潜流。然而那个晚上，我正在看书，他不停喝着酒，然后一把掀翻了我坐的沙发，像龙卷风一样来势汹汹。我感到自己的身体飘浮在空中，膝盖磕到了咖啡桌的边缘，腿上现出淤青。我立刻明白过来，他正逼我给出反应。

"我想，"他说，"这样会有趣点。"

我用了几个月时间才最终离开了他，交往了一个不那么暴虐的男人。之所以花费了如此长的时间，是因为我认为——至今仍偶尔这么认为，和他在一起时的我，比独自一人时更有价值。

但别搞错了，乔伊对我说，值得女人花时间去拯救的应该是狗，不是男人。

"男人可不像动物。"她说。

事实上，刚认识乔伊时，我们谈论的多是动物：我为收养的两只小狗在背景音里叫嚷向她道歉，小家伙们正在前院里撒着欢儿和松鼠玩耍。"噢，拜托！"乔伊听了笑着告诉我，那时她正在屋外，用塞满花生酱的金刚玩具贿赂她的萨摩耶赶紧尿尿。

其实，乔伊在道尔顿公路开车的头几年，常与她同行的是一只名叫"子弹"的德国牧羊犬。

她迅速看了我一眼，我想告诉她，我懂想要修好一个男人的心情，我能明白，并且同情，因为我也有过同样的经历。

这样的经历我有过不止一次。

"我也有过我的杰克，"我开了口，"只是我们没有孩子。"

我应该感谢他们的不娶之恩，只是内心深处那个自我厌恶的部分仍禁不住怀疑，既然他们身负缺陷，那么和他们纠缠的我，是不是也有着同样的缺陷？

那年秋天，戴夫为我做了几个书架，劈下树桩做成咖啡桌，用树枝编成杯垫，桌面的年轮清晰可见，可以数出树的年龄。

时间变成了有形的东西，一如他的那些礼物。

他第一次朝我大吼时，我吓得蜷缩在帐篷里。那时我们正在弗德台地的红岩和绵延的科罗拉多沙漠之间安营扎寨。那是我们第一次一起度假，是他搬到俄亥俄州之后的第一次出游，也是我第一次真正对他的愤怒感到害怕。起初我还有些迷糊，感觉是别人占据了他的身体，不敢相信他会变成这样。最终理智取代了幻想：这里是沙漠，我是一个女人，正和一个暴怒的男人挤在狭小的空间里。

那一晚，我彻夜难眠，一动不动，试探着制造微小的噪声，看他是否睡着了。我一生从未如此渺小过，如同一只伏在灌木丛中的鸟。小小的网罩外，篝火还在闷闷地燃烧，而我们都不是从前的自己了。当清晨的热气终于蒸腾进帐篷，恐惧仿佛也随着夜晚离去，和剩余的夜色一起被折进了天空里。他转身向我道歉。

"我不知道当时在想什么。"他说。

这只是个意外，我告诉自己。

现在我希望能走到那个沙漠中的女孩身边，希望我可以告诉她，这不是意外。

这件发生在科罗拉多州的事情也曾发生在加州，并且即将有增无减地发生在我们位于俄亥俄州中部的小家里，就在那个我们刚开始构建二人世界的地方。那里的花盆里长满罗勒，食品储藏间里摆放着他家乡的蜂蜜，红色阿迪朗达克椅斜放在后院，摆出利于交谈的角度，其上方就是卧室的窗户。酷热的夜晚，屋内，戴夫正对我大发雷霆。

某个深夜，他正帮我给楼上的客房铺新床单，突然开始哭泣、尖叫，说我是个被毁掉的女人，他也是个被毁掉的男人，我们正走向地狱。然后他哭着向上帝祷告，直到精疲力竭地趴在地上。

"我不想恨你。"他伤心地对我说。

"一个被毁掉的女人。"他重复着，好像我是个腐烂的水果，是颗被苍蝇环绕的软油桃。

<<<>>>

每当我试图描述经过第一年的良辰美景之后，我和戴夫之间发生了什么，我都会想起曾在飞机上看到的积雨云。

天色越浅，轰鸣越沉闷，闪电反而越密集，在云层中跳动着，克制着并未击中地面，也未和任何事物接触。

从外面看，甚至从窗台向下看，都没人能看出我们有矛盾，没人知道戴夫如何撕扯、宣泄，用炽热的目光审判一切，也没人知道我的身体在他眼中是被玷污的东西，肮脏、邪恶、合当受罚。他变得越来越冷漠，越来越疏远，越来越有敌意，令人捉摸不透。有些晚上，他一言不发；另一些晚上，他开口了，却比沉默更糟。

他说："我不爱你，我从没爱过你。"

一天下午，我出去倒垃圾，发现垃圾桶的一个袋子里插着我为他做的卡片。我疯了一样双手伸进垃圾袋翻找，模样野蛮又窘迫，最终从里面找出了更多的纪念品：我们一起看过的戏剧票根，我们在圣诞节拍的合影——圣诞树旁，我紧紧依偎着他。所有这些都被压在蛋壳、橘子皮等各种生活垃圾之下。我把它们一件件取出来，擦掉上面的咖啡渣。

我把它们放进口袋，似乎这样做就有可能补救我们之间的问题。

我说不出为什么他没有直接离开我——或者说，没有明确地离开。我猜测是某种变相的羞耻感令我不断地呼唤他回来，毕竟我们都想救赎自己，戴夫想弥补自己眼中有罪的行为，而我则想挽回他对我的评价。我想要说服他，让他知道他错了，我是可爱的、宝贵的、值得的。

我讨厌自己委曲求全的样子。戴夫的所作所为，以及我对此的反应，都违背了"女性应当得到尊重"这个我原本的认知。如果一个朋友告诉我，她的伴侣这样对待她，我一定会坚持让她与此人分手。我明白，没有人活该感到如此不被爱，但我在乎戴夫，比在乎任何人都要多，我很在意他如何看我，胜过在意朋友、家人、邻居、同事对我的看法。我仍对自己的残忍感到内疚，在他洛杉矶的公寓里，当他第一次谈起自己的处子之身时，我不该嘲笑他，不该对他翻白眼。

让我内疚的另一点是，我觉得自己欠他一段过渡期。戴夫为我跨越了大半个美国，而我最起码应该忍受他的喜怒无常，毕竟我作为他极度羞耻和自我厌恶的源头之一，这是我最应该做的。然而到了冬天，他开始闪避我触碰他肩膀的手，我意识到，我是在为暴力辩解，如同我一生中为其他暴力辩解一样。他不再是我认识的那个他了。我不禁想到了我见过的许多男人，他们曾经看起来是好人，后来却变了模样；甚至在我以为他们是好人的时候，他们其实正对别人施暴。

<<<>>>

戴夫不是第一个引起我恐惧的男人，和众多女性一样，我多年来一直处在对自身安全的担忧中。或者更直白地说，害怕男人会对我的身体做些什么。

今早我和乔伊从费尔班克斯踏上征途，而就在八年前的今天，我和一位大学同学在学校酒吧喝酒。那位同学是我很好的朋友，在我眼中他是个温柔体贴、心态平和的人，有播音员的嗓音和钢琴家的手指。喝完酒，他送我回到家，然后回了自己的公寓，在那里残忍杀害了他爱的女人，接着企图自杀。

埃米莉·西尔弗斯坦当年19岁，与我的朋友凯文分分合合。当晚凯文情绪低落，打电话给女友埃米莉，她来到他的公寓后，凯文说他想自杀，抄起菜刀抵着自己的脖子，埃米莉扑上前阻止，却被他往脖颈和上身连捅二十七刀。后来，他在她的尸体旁啜泣，打电话给警察说，对不起，你们能过来一趟吗。

一年后，我遇到了一个执迷不悟、眼神飘忽的酒鬼，并爱上了他，他就是造成我膝盖瘀伤的罪魁祸首。在他之后，我约会过一个自然爱好者。那是个煦暖的夏夜，我和一位友人在州立公园篝火露营，他的营地就在我们旁边。当我问起他的生活时，他突然提起曾经同居的前女友瞒着他出轨了好几个月。

他说的话像电影台词似的："我没法在那个充满谎言的屋子里和她生活下去了。"

这句台词很优美，充满诗意——我这么对他说，他露出了笑容。

我们一起度过了几个星期，我想起他时总满怀爱意，相信他从某种意义上治愈了我，给了我一个关键的提醒：并非所有男人都想伤害女人。那些炎热的夏日夜晚，我们坐在餐厅和酒吧的户外座位上，听着蟋蟀的鸣叫，伴着酷暑，看着热气蒸腾的人行道，点了一轮又一轮的酒，仿佛美好倏然间无穷无尽。我们一直认为让我们走到一起的，必然是这个世界戏剧般的温柔、必要的喘息和浪漫的恩典。

后来我发现，就在我们相遇的一个月前，他曾在三个不同的地方打碎一个女人的头骨，拿她的头往墙上撞。

听说这件事后，我用了两个小时才鼓起勇气，打电话问他这是不是真的。

"是这样没错啦，"他不情愿地说，"但你要知道她先做了什么事。"

我从未感到如此羞惭，好像对他来说，我是个可以容忍暴力的女人，只要这暴力是有理由的。

这些关系构成了后来戴夫添砖加瓦的基础。类似时刻可以追溯到我的童年，宾夕法尼亚州某片树林边缘，一幢猎枪风格的预制房里。

那是我的朋友阿曼达的家，坐落在我们学区最偏僻的角落，旁边是一座废弃的消防站和一家废弃的餐厅，路上还有一间废弃的磨坊，远到连郊区都算不上，却还没被收购或夷为平地。我们有时会开玩笑说，阿曼达住在一个没人会去的地方。

"就连我爸也不想待在这儿。"阿曼达调侃道。

她还在襁褓中时，她父亲就离开了。

后来家里情况好了起来，她母亲再婚，继父蒂姆从事建筑工作，打造了很多阿曼达的母亲买不起的东西，比如秋千架和后院平台。周末早上，她穿着一身粉色比基尼在平台上晒太阳，把纤细的女士香烟举在晒干的嘴唇间。

快到万圣节时，阿曼达邀请我去她家过夜。那是我第一次外宿，我们用塑料模具做了造型饼干。饼干非常难吃，好在未烤熟的内芯部分还算美味。饼干放在滚烫的棕色烘焙纸上，我们抓起来就吃，大口咬下一只"眼睛"，再咬下另一只，最后只剩下一个"露齿的笑容"。

夜幕降临，蒂姆和阿曼达的母亲开始一根接一根地抽烟。我们坐在柔软舒适的沙发上看《危险边缘》，房间里云山雾罩，光线也在烟雾中弯曲，仿佛沉入了水里，水冲走了天花板的纹理，柔化了法兰绒家具的轮廓。我的眼睛每眨一次都感到灼痛，舌头在牙齿充满颗粒感的表面移动。我从没闻过烟味，更别说待在充满烟味的房间里了。蒂姆似乎察觉到了，一直往我这边看，好像在观察什么。

8点的电影还没开始，阿曼达和她母亲在厨房制作爆米花。蒂姆在沙发上朝我这边凑过来，用力将身体压入柔软的坐垫，我的身子因此不由自主地靠近他。他把粗糙的大手放在我幼小浑圆的大腿上，捏了一把，似乎在查看我的皮肉质量如何，是否柔软。

"你来过夜我真是太兴奋了。"他说。阿曼达很开心，他更开心。他说这种感觉再正常不过了。

我发誓我看到了厨房里阿曼达的母亲，她把目光移开了，不想看到这一幕。

不一会儿，她们端着碗回到客厅，碗里堆满了黄油爆米花。我咳嗽着说身体不舒服——我身体里的某些东西，我受到了惊吓，甚至想不出那是什么。

"我感觉不舒服，"我说，"我想我得回家了。"

阿曼达和她母亲看着我，面露尴尬，蒂姆则紧紧盯着我。

我打电话给父母，哭着说："我难受，我难受，我难受。"我不知该如何说出适才发生的侵犯行为，只能说"我难受"。后来几十年里，我也都是这么说的。

蒂姆坚持要送我回家，叫阿曼达留在家里，说不想让她错过黄金时段的电影，《危险边缘》的最后一轮开奖，以及见证《幸运轮盘》的参赛者能否拿到那辆水上摩托。

皮卡里，他第二次把手放在了我的大腿上。这次，他的语气有些恼怒。

"是因为我们没钱吗？"

"是因为我们没上过大学吗？"

"是因为我们房子小，沙发小，电视小吗？"

阿曼达家和我家相隔4英里，中间要穿越荒野以及各种荒废的人造物，经过木板封住的楼房和无人居住的止赎房屋[1]，终于看到了我家的车道。母亲打开大门，我推开她飞奔上了楼。蒂姆见状耸了耸肩，说了句俏皮话，脚在

---

1 因贷款人无力还款，贷款机构强行收回的房子。

门廊上蹭了蹭。

下次吧，他提议说。可能我还太小了。

他是对的，我太小了，小到无法保护自己，小到不知该如何谴责他的行径，小到还不懂得最危险的往往不是外人，不是走在路上的陌生人——

而是和我们约会、结婚的人，他们个个都和蒂姆一样，原本是在后院为我们搭建秋千架的那个好人。

<<<>>>

坐在乔伊的驾驶室里，我不知该说什么好，也不知这沉默之下涌动着什么。

"男人不像动物，"我重复她的话，"不过说到把解决问题的工作揽在自己身上，我和你犯过一样的错。"

我的感情经历如同一副多米诺骨牌，一块接一块地倒下。我一次又一次被榨取，直到心力耗尽。几个月来，我把注意力集中在戴夫好的一面。这是我的体贴男友，他会在厨房跟着墨西哥传统音乐的节奏按压墨西哥薄饼，他会在房子周围摆放讽刺小雕像。那些小人举着小标语抗议周六上班，以及晚上9点后批改作业这件事。

我想，戴夫是个好人。

然而"好"和"可怕"之间的界线已经完全崩塌了，只剩下那满地代表恐惧的坚硬卵石。

6

　　窗外景色渐次展开，树林逐渐稀薄，我们上了个坡，突然就来到一个叫作育空河营地的地方。这是个坐落在育空河畔的棕褐色模块化建筑，位于道尔顿公路120英里处。建筑四周围着厚实的坚冰，停车场地面黄黄的，我们开车进去，激起飞扬的尘土。一块牌子上写着"餐饮，住宿，加油，礼品"，进门处刷成鲜亮的青绿色。

　　乔伊把卡车停妥，吹了个口哨，我俩跳下车。我的鞋带上顿时沾满了尘土。我喜欢这样，它是我和乔伊这趟旅程的物证，我低着头目不转睛地端详这沾灰的皮革，看得入了迷，良久才发现乔伊正替我拉着门，也才注意到一扇用木板封住的窗户上画了一只实物大小的熊屁股。

　　我还没来得及问，乔伊就给出了解答："曾经有头熊闯进来，这只屁股重现了当时的情景。"

　　屋内温暖的世界里飘荡着肉桂的香味。现在是北极的凌晨，有人正在做肉桂卷。小便时我发现厕所十分先进，有日式设计的铝制坐便器，还有能照出人影的金属材质洗手池，所有功能都是全自动的。从厕所出来，我在前台看到了乔伊，她正在挑选袋泡茶。

"需要补充些草本能量。"她拿起一包洋甘菊茶跟我说。我向店员打听收银台后面的花体字广告上那个"辣汤"是什么。

"有点奇怪，对吧？"店员说。她名叫安，深色的头发在脑后扎成一束马尾辫，两缕发丝垂在前面，如同新鲜的花瓣微微卷曲，落在两颊上。"我们以前不怎么卖吃的，主要卖三明治。但我们毕竟是育空河上往来船只的停靠点，更不用说像你一样的司机了，"她对着乔伊笑了笑说，"你们胃口总是很好。现在又有了日本游客，他们人很多，都是来看北极光，或是游览北极圈的，你听说过吗？所以最近我们开始供应亚洲汤面了，想着挂个广告牌能吸引一些人。那个辣汤，我跟你说，在我们这儿卖得非常好。"

我问说，从 1 到 10，这道汤的辣度能排到几。安回答说，11。

"多适合你！"乔伊怂恿我试试。

我并不饿，但还是点了单，谁能拒绝茫茫荒原中的一碗汤面呢？

安转过身去，用勺子捞起新鲜的面条，然后把刚煮好的汤倒进碗里，让所有食材浸泡在鲜美的浓汤中。她用托盘把面端到我面前，我惊讶于满满一碗的丰盛和火热，原汁原味的面条优美地卷在汤里，里面还点缀着小白菜和萝卜片。

Mothertrucker

"哇，生菜宝宝！"乔伊指着我碗里的小白菜小声说。

我看到靠墙摆着一个调味品转盘，那里面有拉差辣椒酱、红辣椒碎和一瓶辣椒油。安告诉我，这是游客们要的调味品。

"这样挺好的，帮我们提高了服务质量。"她说。

我每样调味都加了一点，味蕾开始感到刺痛。

"辣妹！"乔伊隔着墙高举双臂向我呼喊，让我有点不好意思。

"给生活加点料。"我揶揄道，在她旁边坐下，沉甸甸地靠在她身上。

育空河营地周围简直是从明信片中走出的风景，河水中翻腾着闪光的鱼鳞，笔直的山脉宛如蛋白酥的尖角。乔伊吹着她的洋甘菊茶，把脸凑入芳香的蒸汽中，说："我被打倒过，被生活踩在脚下。但重要的是，我站起来了，成为了一个更强大的我。"

我看着她，等她继续。

"我这辈子都把自己和男人绑在一起，以为这就是女人的本质。"

这种本质无关解剖学或生物学，而是一种无畏的、教条式的忍耐。

"但杰克离开后，就只剩下我一个人了。没用多久，我就能够独立生活了，不只做到，还做得很好。"她啜了一口茶，手指摩挲着杯口，"但我受到的教育不是这样的，没人教我女人可以独立，我以为没有哪个女人能一个人生活。所以当我遇到詹姆斯的时候——你知道的。"

詹姆斯是她在诺克斯堡金矿的同事，也就是那个在教堂里靠过来对我说"这位女士是个传奇"的男人。

我很喜欢詹姆斯。

乔伊当初对他一见倾心，他当时刚离婚，带着孩子。他和她一起吃午饭，与她分享对家人的爱。乔伊喜欢他从家里带饭这一点，不像其他人去外面吃。他的饭盒里时不时会有小胡萝卜、葡萄或小番茄，看来是个懂得照顾自己身体的人。

"遇到詹姆斯之后，我想，他就是上帝在给我挫折之后的奖赏，"乔伊告诉我，"神看到了我所做的一切，祂让我在机械车间里摇晃清洁剂，清洗裹满油污的家伙，让我努力履行周六礼拜的承诺。祂知道时间能使我学会谦卑，当我真的做到了，祂就把詹姆斯带到了我身边。"

在詹姆斯的鼓励下，乔伊拿到了商业驾照，这样她就可以做卡车司机，按照自己的节奏来工作了，还能赚更多薪水——矿上同意了。不管怎么说，"清洗男人用过的东西"这样的工作对她来说实在是大材小用了。

"他很支持我，希望我去外面闯荡。其实，我并不懂自己要做的事。"她对我说，"还好有另一位女司机在，她叫蒂娜，是这一行里我唯一认识的女性。我开始跟着她学习，她说我能学会的，最终我也真的学会了。"

有了开卡车这份新工作，乔伊能够遵守安息日了，于是她把詹姆斯也带去参加礼拜。他们一起坐在长椅上，然后一起在外面吃午饭——通常是吃辣韩餐，乔伊咧嘴笑着跟我说。

"我想是上帝，是上帝在奖励我的耐心，奖励我对信仰的坚持。"乔伊说。

"对啊。"我说。但其实我并不确定，一方面我对此感到认同，另一方面，我也深知把一切解读为上帝的奖惩会有多么危险。

乔伊继续说："遇见詹姆斯后，我想这是上帝奖励我为离开杰克付出的巨大努力，我独自养大了儿子们，也明白了我值得怎样的生活。"

我开始想象，大约二十年前，年轻的乔伊坐在机械车间的户外餐桌旁，许久以来第一次爽朗地大笑。经历了漫长的孤独，她有了和詹姆斯的第一次约会。影院里，票根和爆米花在他们脚下被碾碎。愉悦的心情从第一次约会蔓延到第二次、第三次。我想起戴夫载着我来到埃尔塞贡多海边，看着飞机以惊人的角度爬升，他把我拉进怀里，想起黄昏的洛杉矶，柔软清凉的沙子，想起我找到了归宿的心情。

"我明白。"我说。

"但现在再看，那种想法是有问题的，"乔伊说，"詹姆斯并不是十全十美的。"

"你指的是？"我问。

"我的意思是——"乔伊停顿了一下说，"意思是，作为一个女人，你会遭遇各种打击，以至于觉得某些打击比其他的来得好一些。"

她双手安静地比画着，努力组织着语言。在我继续追问前，她伸手拿了卡车钥匙。

"我知道，追随基督注定要受苦，"她说，与其说是在提醒我，不如说是在提醒她自己，"我不是不能吃苦，只是要分清该吃哪种苦，是耶稣基督的苦，还是人的苦。"

我不希望乔伊认为她的苦难是上帝的考验，不希望她或其他任何人把女性所遭受的虐待视作塑造性格的东西。

"一切杀不死你的，会使你更强大。"这话说来容易，但奏效的情况是多么罕见，且看那些在亲密伴侣的暴力中深受其害的女性，那数百万被剥削、被边缘化和污名化的同胞。这是一句对女性具有规训作用和安抚效果的咒语：我们因痛苦而强大，因此世界等不及要把痛苦施舍给我们。我们的身体——死亡的，残缺的，失踪的——成为无数电影和书籍的基础，成为真实犯罪类节目浮夸的开场，受伤的女人似乎会格外美丽，仿佛痛苦就是女人的妆饰。在我看来，很多时候杀不死你的不会使你更强大，只会造成一个需要用余生去消化的污点。

我还是说了出来："我想我的问题是，我没有宗教信仰，所以很容易区分两者。"

痛苦就是痛苦，美化痛苦是危险的。

"但是呢？"她试探性地问我。

"但是我很久没有留意过这种区别了。"我承认道。

我坐回副驾驶位，身体陷进座椅里，说："我也不知道怎么回事。"

乔伊从一次性杯里长长啜饮了一口茶。我以为她会追问，但她没有，而是点了点头。"阿门，"她说，"我觉得你是对的。没错，这就是我们女性的负担——我们懂得更多，但我们生来就会去爱。"

这不是我想选择的动词。我还是微笑着点了点头。乔伊也点头回应，把钥匙插进了点火开关。

我们把车开回了路上，这时乔伊突然看向我，一脸正色，似乎意识到什么重要的事情。

"你知道我有时候是怎么想的吗？"她说，"我想，女人独自一人生活会更好。"

<<<>>>

幸福是一种极致的体验，而我开始失去感知它的能力。幸福本该是第一要务，可一旦你确信自己一无是处，这种观念就很难扭转，你很难再相信自己值得更好的，甚至不把自己的苦楚放在心上。

和乔伊并肩坐在车里，我反复回想她刚才的话。

"作为一个女人，你会遭遇各种打击，以至于觉得某些打击比其他的来得好一些。"

我相信戴夫带给我的打击是可控的，我把自己深埋进我们的二人世界中，出于对自己的保护，但更是为了保护他。我拒绝了四场婚礼和三场准妈妈派对的邀约，因为我清楚，即便能在人前表现得淡定自若，我恐怕也扛不住这些场合上大量的试探性问题。那些穿着伴娘礼服的漂亮女孩，那些带着自己织的粉彩毛毯来到准妈妈派对的美丽女人，都会抛出这些问题，让我随时可能暴露自己生活中的一地鸡毛。我决不能让任何人知道我真实的生活是什么样子，一旦暴露，她们就会劝我离开戴夫。我担心自己做不到。就这样，我每晚都要忍受他的羞辱和冷暴力，以及我身体出现的生理反应：在睡梦中磨牙，仅一年就把五颗牙磨出了缺口；头疼，一疼就是一整个上午；还出现了严重的胃痛，会一边没胃口地划拉着盘中的食物，一边痛到整个身体蜷缩起来。

每天傍晚下班回家的路上，我处在车流中，知道在家中等待我的那个男人，他的心情捉摸不透，他的愤怒深不可测，他对我的厌恶使我对自己也产生了厌恶。我感激路上的每个红灯，每个被耽误的分秒，给他再多一点时间，他的态度或许就会缓和一点。我说的任何话都可能激怒他，任何迹象都可能被认为是上帝的指示。我不禁想到清教徒，他们可以因感知到"指示和神迹"而迫害任何人、一切人，他们把妇女绑在木桩上，点燃她们的身体，看着她们被烧死。

我没被绑起来，也没被焚烧。我到了家，有些时候迎接我的是塔可饼——用韩式烤肉酱腌制的侧腹牛排，上面撒着小葱圈、老姜和腌辣椒，还有黄灿灿的玉米粒，简直甜进我的心里。而其他时候，我面临的则是戴夫失控的情绪，不断的指责——我不认识上帝。他咒骂、颤抖、尖叫，然后把自己关进屋里。

有一次他告诉我："我不再是过去的我了。"

这令我无法反驳，这种坦白似乎达成了某种突破，尽管只是短暂的。

有些晚上，他会威胁说要打包好所有的东西，一走了之。有些晚上，他真的这么干了。你也许以为我会感到如释重负。但他不在的时候，我感到的只有恐惧。外界充斥着女性被蓄意伤害和谋杀的消息，我在独处时担惊受怕。至少那发生在自家客厅的尖叫是我所熟悉的，是可辨别的，且总在事态升级之前就停下了。

<<<>>>

我们在沉默中行驶了半个小时——表面上出于对大自然的敬畏，敬畏窗外灰蓝色的世界，当乔伊问我在学校

教什么时，我发现自己处在一种审查的主动位置——我不知道乔伊投票给谁，抑或持哪种政治立场，但我知道我的回答具有让我们彼此疏远的力量。

"我主要负责写作研习，"我说，"就是教学生写好看的东西。"

乔伊嘿嘿一笑，猛拍了几下方向盘，"我一直觉得我会是位好老师，"她说，"我喜欢和人待在一起，了解他们，站在他们的立场上。"

我看着她百感交集。作为一个阿拉斯加人、一个服务油田的工人，她的政治立场似乎不言自明。但在很多时候，譬如此时，她又展现出对个体独立的重视，肯定自己的话语权和自主权。乔伊会自认是女性主义者吗？还是会有所犹疑，不去谈论这点？

"站在他们的立场上是件很棒的事，"我说，"尤其当你面对的是与我的学生年纪相仿的人时。"

"哇，"她说，"我敢打赌他们肯定很崇拜你。"

可是，那些听我课的女生又会怎么看呢？我教的现代女性主义文学课上，女生居多。俄亥俄州的下午，阳光洒在她们脸上，她们认真地记下我讲的东西，因为她们似乎相信我所受的教育、所具备的专业知识让我成为一个强大的女性，成为自我的忠实拥趸。

我围绕我喜爱和敬重的作家设计了这门课，这些作家包括丽贝卡·索尔尼特（Rebecca Solnit），特雷斯·麦克米伦·科特姆（Tressie McMillan Cottom），莱西·M. 约翰逊（Lacy M. Johnson），莉迪亚·尤克纳维奇（Lidia Yuknavitch），特蕾泽·玛丽·梅尔霍特（Terese Marie Mailhot）。我要求学生阅读她们作品的选段。那个冬天，就在我和戴夫关系恶化的同时，我与学生们一起阅读思考。那些文章包含了我知道却假装不知道的真相：女性最常被殴打、杀害的地点就是她们自己的家，最常见的加害者是她们认识的男性，其中93%是现任或前任伴侣。

男友，丈夫，情人。

我们读到，有色人种女性更容易遭受侵害，面临同样风险的还有性少数群体中的女性，其中风险最高的是变性者——更不用说超过一种或所有这些意味着什么。

我们还读到，30%的非裔美国女性曾被男性伴侣强奸、殴打或跟踪。

有过同样遭遇的还有45%的亚裔美国女性，以及50%的原住民女性。

"而所有这些面临高风险的群体，相比白人女性，求医、求助妇女庇护所或寻求人道主义援助的概率要小得多，大体是因为她们明白，即便身体受到了严重的伤害，权利体系仍会坚持认为那不重要。"我这样告诉学生们。

学生们全神贯注做着笔记。他们写出笔力强劲的文章，探讨我们的文化，以及加诸女性身上的种种暴力是如何猖獗且系统性的，并最终将其归结于控制。

每天下午结束教学后，我目送学生们离开，收拾好东西，准备回到我暴虐的伴侣身边。我漠视着我和戴夫在道德与素质上不断扩大的根本性鸿沟，而在这背后，或许我更渴望自己并没有落到这步田地，毕竟我花费多年积累了知识，阅读并研究了大量女性主义文本，毕竟——如乔伊所说——我指导的那些朝气蓬勃的学生还崇拜着我。

好在随着 #MeToo 运动如火如荼地发展，全国新闻的中心转向女性叙事，我也开始找到立足点，在我的工作与私人生活之间搭建起必要的桥梁。我清楚地认识到至关重要的一点，那就是务必使国家目睹来自社会各界、不同阶层的女性正面临着相同的困境：她们需要蒙受耻辱、承担风险，才敢说出自己遭到的骚扰和虐待，遑论指控加害她们的人。

戴夫却将 #MeToo 运动比作金枪鱼捕捞。

"没错，你能捕到那些调皮的家伙，"——也就是"金枪鱼"，他曾解释道，"但肯定也会带上来不少'海豚'。"[1]

他沉吟说，那些"海豚"往往也是好人，只是一时冲昏了头脑，或精神状态欠佳。

"每个人都会犯错，犯了错不代表就该失去一切。"他说。

1　金枪鱼捕捞通常采用围网法，这一方法同时也会造成海豚无辜被困在网中，最终死亡。美国在 1972 年通过《海洋哺乳动物保护法》（*Marine Mammal Protection Act*）后，金枪鱼捕捞业者不得不改进捕捞方式，减少对海豚的误杀。

这样说来，难道一个被奸淫凌辱、被剥夺了尊严和自主权的女人，没有失去任何同等价值的东西？难道她应该为发生在自己身上的罪行承担后果？

后来的某天夜里，一场格外难堪的争执之后，戴夫说他担心有一天我会指控他强奸。

"你说什么？"我不可置信地反问，以为自己听错了，可惜我并没有。

在戴夫看来，强奸指控是女性用来对付男性的杀伤性手段，无论用在私人或工作场合，无论事实是否如此。

他补充道，当然有些时候强奸真的发生了，但另一些时候这只是女人取胜的招数。"就像国际象棋的终极杀招。"他说。

"好吧。"我眨了眨眼。

戴夫对我会诬告他的担忧验证了我的直觉（此前我一直不敢确定）：他不信任我，或者说不信任女人。他认为我是危险的导火索，在他的控诉中，我同时成了最恶毒的女人和最差劲的人类，我会把一个真实且普遍存在的罪行作为幼稚的报复手段，只为从他身上攫取权力。

戴夫从未强奸过我。

但那次对话成为催化剂，让我终于第一次产生了离开的想法，尽管有些奇怪——这并非出于对我自身安全和福祉的考虑。长久以来，我深陷自我否定之中，以至于仍在幻想他善良的一面有可能回来，他会停止对我喊叫。这样，我们就能组建一个家庭了，我们会有一个女儿，会用我们初次见面时就讨论过的方式来养育她，教她认识这个世界。我们曾开玩笑说，她会继承父亲的魅力和母亲的勇往直前，当然她还会有自己的奇思妙想，并把它凝聚在亲手为我们制作的艺术品中。

可我怎么和他共同生活下去呢？我们怎么去养育一个女儿，或一个儿子？我虽自视甚低，但能看到我们孩子未来的价值，希望有一天他/她能成为一个聪明伶俐、具备自由思想的年轻人，就像我的学生们一样。

只有当我着眼于自身以外，考虑到某些尚不存在的事物时，我才发现自己遭到了何等错误的对待。面对我这个他所谓最爱的女人，戴夫尚且怒不可遏，能把我说成被毁掉的罪恶之人，能叫喊着直到我胆战心惊，那怎么保证他不会以可憎的面目对待我们的女儿，不会把他那渗透一切的羞耻感灌输给我们的儿子呢？

他的仁慈能持续多久，他对旁人有多宽厚，与我又有什么关系？我在意的是，当他站在我们的家里，看着他亲生子女的身体时，会对他们说些什么？

7

在道尔顿公路170英里处的冻脚营地，今日例汤是辣卡琼汤，搭配红豆、米饭和临时添加的一匙圆形香肠。营地除了这间餐厅（其实也就是摆了几张桌子），跨过尘土飞扬的停车场还有一排乡村风格的客房，200美元即可在附带独立卫浴的双人间住宿一晚，包括八小时稳定供暖，暖气不知从哪里来，蔓延到各处，散发着汉堡的香味。

我和乔伊走进营地，她边走边说："分享一个每个阿拉斯加人都赞同的真理——阿拉斯加人，就是爱喝汤的人。拿出本子把这句话记下来。"

在餐厅柜台，我见到了26岁的玛莎，这个留着棕色刘海的姑娘五月来到冻脚营地，主要工作是舀汤、打扫客房以及为卡车司机和游客们端上满满当当的薯条。我和她说话时，她正在整理一排巧克力曲奇——正是乔伊让我当心的东西，又大又圆，和我的脸一样。

一个比我还小几岁的年轻人生活在这个号称没有常住居民的镇上，让我不由地好奇。我问她平时都做些什么。

"工作之外吗？"她笑道，"我基本所有时间都在工作呀！可能爬山、徒步、看星星吧，我也不知道，就找点事情做。"

玛莎说这里的生活与城市里的没有太大不同，她解释道：你醒来，去工作，然后吃饭。日子都是同样一天天过去，只是这里没有银行和杂货店，也没有商场和面包坊。其实这里没有任何商业，也没有市镇、教堂或民居。这里只有顾客，他们总是饥肠辘辘，有时还蓬头垢面的。他们想要咖啡、咖啡、咖啡，总有人问她最近看到极光是什么时候，或四周是否有值得拍摄的野生动物。总能看到有人在脱掉身上层层叠叠的衣物，外面是零下30多摄氏度的寒冬，幸运的话，能在盛夏遇到零上4摄氏度的好天气。

我问玛莎都上哪儿找乐子，她笑了。"偶尔吗？我会搭顺风车。"

"在这儿，人们只会前往两个地方，要么向南回费尔班克斯，要么北上普拉德霍湾。"

第一次搭顺风车时，她微笑到嘴角僵硬。

"像个傻瓜一样，"她说着，咧开嘴，笑得像恐怖片中精神失常的夸张人物形象，"我就咧着嘴傻笑，跟疯了似的，你能想象吗？但这里的人——会让你感觉更安全。每个人都是来工作的，不会冒着丢饭碗的风险去对一个女人做什么坏事。所以我选择搭顺风车，我不害怕。我想我要去城里。在与世隔绝的地方待了这么久，好不容易有个周末假期，干吗不重新与社会接触一下呢？"

"我去了电影院，又去了几家市中心的酒吧。那会儿是十二月，雪封住了路，我好几个月没下山了。"

接着她去了杂货店。

"我买了一堆蔬菜。走之前我列了一张采买清单，把山上每个人想要的东西都记了下来，多数是啤酒，还有一些点心。然后我搭上另一辆卡车返程，司机是个上了年纪的男人，上车的时候我看到他大腿上放着汉堡和炸薯球。他人很好，这点不错。有时候我搭顺风车还是有点紧张的——你知道是怎么回事吧。"

我的确知道是怎么回事。

在计划这次旅行时，那些查资料的夜里，我得知阿拉斯加女性所面临的危险比美国其他地方都要高。阿拉斯加在家庭暴力案件数量排行榜上常年高居榜首，其中针对土著女性的暴力更是屡禁不止。美国司法部 2010 年出具的一份报告显示，每五名阿拉斯加土著女性中，就会有四人在一生中遭遇家庭暴力，多达 50% 的土著女性会遭遇强奸、殴打或被跟踪，美国白人女性中这一比例不到25%。此类暴力事件多发生在阿拉斯加内陆、偏远小镇和保留地，这些地方往往警力不足，有些甚至连进出的道路都没有。抵达这些受害女性身边动辄需要好几天时间，还经常要动用轮船、飞机，而这些交通工具又常被阿拉斯加的极端天气所阻挠。那里没有 911 报警电话，没有安珀警报[1]。家暴和性侵事件发生后，社区成员往往是首先甚至唯一能做出反应的人。出于种种原因，阿拉斯加土著女性比其他种族更难获得医疗护理和资源支持，甚至更难对侵害她们的人提起刑事诉讼。

道尔顿公路上很少有女性失踪，但在整个阿拉斯加州，女性失踪的频率高于其他各州。落后的数据收集和上报机制加剧了这一问题，我们无从得知土著女性失踪和被杀案件的真实数字。但从国家犯罪信息中心提供的数据可以看到，仅 2016 年一年，全美就有超过五千七百名土著女性被报失踪。据倡议团体称，这一数字并不全面。在涉及 18 岁及以下土著女性的案件中，高达 31% 甚至没有执法记录。

玛莎继续说道："我们都是中西部人，所以有很多话讲。他在冻脚营地把我放下，我给了他酬金。大家都很开心，他们好几个月没见过奇多零食了。"

总之，山上的生活比山下强，她说。玛莎 2003 年毕业于威斯康星州的一所大学，然后做了四年灭虫工作。

"虫子，各种各样的虫子。"

她通过网上搜索"阿拉斯加"这一关键词找到了现在这份工作，认为来到冻脚营地将是一场冒险。这份工作说好听点身兼女佣、服务生、旅店老板三职，说不好听就是

1　Amber Alert，主要用于美国和加拿大的儿童失踪或绑架预警系统，命名来自 1996 年在美国德克萨斯州被绑架并最终遇害的 9 岁女童安珀·海格曼。

个打杂小妹，可那又如何？好歹她来到了阿拉斯加，且不管怎么说都比杀虫强一些。

"你每天都能在这里遇见不同的人，"她说，"有时是外国来的游客，印度的、中国的、新加坡的，有时来的是一个已经见过几百万次的卡车司机，但当你搭他的顺风车往北走，就会发现你们竟有那么多共同点。"她笑了笑，接着说，"有时来的是驼鹿或驯鹿，它们只是来停车场闲逛，却给游客们带来很多欢乐。每天都是新鲜的，你能从每个人身上学到点东西。"

<<<>>>

他们说第三次，幸运之神就会眷顾。

而我在第三次时才发现戴夫可能会伤害我。

他在俄亥俄州对我叫喊过，在科罗拉多州的帐篷里对我叫喊过，在初春三月，他又一次对我进行肢体上的恐吓，以前所未有的强度逼我屈服。

那时我们前往洛杉矶拜访他的家人和朋友，住在我预订的一间民宿里。我喜欢它纯白的装饰：白色的桌子，白色的床单，白色的地毯，一切都昭示着住在这里的情侣没有经历过我们关系中的黑暗。

洛杉矶是一个阳光明媚、常年温暖的地方，四季如夏。我们的第一次约会就是在这里，在码头上并肩而坐，在摩天轮上手拉着手。我希望这次造访能补救我们的关系，希望争执不会跟随而来。

一天晚上，我们和戴夫的朋友共进晚餐——在一家意大利餐馆进行四人约会。棕榈树间悬挂的装饰灯闪耀着洁白的光芒，茶灯许愿烛恰到好处地摆放成优美的姿态，每根面条都雅致地卷曲在盘子里。

这位朋友是戴夫在教会认识多年的一位男士，与他一样是基督的信徒，戴夫希望能在这一危急时刻得到他朋友的指导。我原本不想去，但禁不住他一再乞求。

"你的出席意义重大。"他说。

我点了意大利宽面。我们坐在树下，桌上铺着白色亚麻桌布。没人碰面前的切片法棍和放在小罐里的自制黄油。这名男子的年轻太太向我讲述她室内设计师的工作，关于沙发、南向窗户之类的。而她的丈夫，就在离我半米远的地方，公然对戴夫说他不该和我在一起。

"你们不相配，不能同负一轭，"他朝我这边示意，"和这样一个女孩在一起，你要小心。她会引你偏离你的信仰。想想布兰登吧。"

布兰登曾向一位无神论者求婚，后来就再没有出现过。他们坚信他已经背弃了上帝。

"这个女孩，"他重复道，"我不觉得你们之间会有好结果。"

他的年轻太太仍在谈论着橙色皮革的古旧感和球形

穹顶灯的美感。我想大闹一场，却只看到我爱的男人沉默着点了点头。戴夫没有为我辩护，没有说出我如何迁就他，和他一起参加礼拜、一起每日祷告。关于我的内心、性格、我作为一个女人所取得的成就，他只字未提。

最后，他们把我们放在了民宿门口，在这个我曾以为能修复我们关系的地方。我终于忍不住了，在路中间哭了起来。

"进屋，"他说，"进屋。"

进到屋里，我仍啜泣不止，他开始暴怒，吼叫。他高喊说，我错了，我不该认为他朋友的话冷酷无情，不该认为他的沉默是罪过，我应该看到如此简洁的评价背后有何等非凡的价值。他尖叫着，双手狂乱地挥舞，接着一把将我推到卧室一角，又推到浴室，最后把我逼到马桶背后，我的身体开始颤抖、惊栗、抽搐，我终于认识到，他真的可能伤害我。

我吓得发抖，低头看着自己的胳膊、躯干，看着整个身体蜷缩的样子，看着他是怎样使我的身体蜷缩成这个样子的。与此同时，戴夫——他也在看着这一切。

片刻之后，他默不作声，夺门而出。

我在床上呆坐了几分钟，一动不动。我可以打电话给很多人，很多家人和朋友都会帮我脱离险境，但我没有拨出任何一通电话。

我告诉自己，我很好。他只是吓唬我。他刚刚就是发脾气而已。

几小时后他回来了，天已破晓，粉白色的天光从棕榈树下慢慢染上来。他给我看了一张刚才拍的照片，两棵树缠绕在一起。这是神的又一个指示。上帝没有放弃我们，他说，我们要继续努力，共同成长。

他手里拿着两杯卡布奇诺，表面蕨叶形状的拉花泡沫正细细碎裂。

"我在垃圾桶后面和上帝谈过了，"他说，似乎这描述合理得很，"祂告诉我，共同成长往往会造成强烈的不适。"

他把咖啡递给我，我感受到他温暖的手掌覆在我的手上。每次发狂之后，他似乎都很乐意照顾我，好像炫耀他的温柔能弥补他一开始未能给予我的善意。

他在我身旁的床上坐下，伸手抚摸我的胳膊，手指先是滑过我的胸口，滑过锁骨，再到我的下颌，摩挲着我的皮肤——他曾对着吼叫却未下手的皮肤。

"那种颤抖很奇怪，"他终于开口说，"我不知道你的身体怎么会那样。"

我从我教学用的书中了解到，这正是虐待的机制：施虐者开始掌控你的故事，你与世界的关系，有时涉及你和自己身体之间的关系。他们开始重写叙事："这好奇怪，你的身体怎么了。"

白色的床单像烟雾一样缠绕着我们的脚踝。

我也开始觉得自己奇怪起来。我的身体刚才的反应真是奇怪啊！

<<<>>>

我在餐厅后面找到了乔伊，她在卡车司机桌旁闲逛。那是张又长又光滑的木板桌，卡车司机专座——上面有一个用三种语言标明的牌子。

乔伊和一位名叫迈克的司机坐在一起，他看起来不超过25岁，头戴棒球帽，身穿工装裤和印有"DIESEL"字样的黑色帽衫。他属于乔伊口中的"新人"，他们看着《冰路前行》长大，然后飞来阿拉斯加，想在这儿赚笔钱，认为自己属于美国依旧狂野的那一部分。

"这些家伙也没什么不对，"乔伊后来对我说，"只是他们不遵守交通规则，总是挑战极限，想比别人开得快一点、难度大一点。但这会危及我们所有人的安全。"

坐在卡车司机桌边，迈克拿起鸡块蘸了蘸田园沙拉酱，跟我说这是他开卡车的第二年，此前从未做过这类工作，还说他计划永不退休。

"我想我永远不会厌倦这份工作。"

在他身后，挂着一系列镶框的照片、媒体报道，以及为冰路司机们制作的手工艺术品，其中就包括曾登上《卡车司机新闻》（*Truckers News*）2006年10月刊封面的乔治·

斯皮尔斯（Georgie Spears）。

封面标题是"与阿拉斯加卡车司机同行在最危险的运输之路上"。

照片中的乔治身穿牛仔连身裤，手里拿着1加仑[1]容量的塑料保温瓶，里面装满了咖啡，上面写着"装满它"。

在另一面墙上，我看到拼贴在一起的明信片，它们来自世界各地的旅行者、《冰路前行》的粉丝，以及短期到访的司机，其中一套明信片来自"马德和弗朗尼"，他们从冰岛、新西兰、莫哈韦沙漠和圣克拉丽塔发来了爱的讯息。

除此之外，还有裱在框里的北极熊照片、冰山照片和巡逻车照片。巡逻车亮着灯，警示有驯鹿正在过马路。墙上还张贴着运输公司的广告和关于努力工作的正能量海报。其中一张海报上，一群男人紧紧牵着彼此的手，白色的皮肤上沾满滑腻的油脂，下面印着一排字："能干的手"。

一张海报上印着"我今天一定不会受伤"，照片里是林登运输的卡车，下面用粗体写着："这就是我的誓言！"

所有这些似乎都是宣传手段，让人忘却在这条路上工作所伴随的风险。但另一幅画却让我心脏漏跳一拍，画中一辆十八轮大卡车在夜色中平稳地行驶，圆胖的司机握着

1　1加仑约等于3.79升。

方向盘，面带微笑。然而卡车车身却与耶稣融为一体，耶稣正盛气凌人地指向前方。"别怕，我与你同在"，下方一块匾额如是写道。

"你知道这营地的名字是怎么来的吗？"一位年长的卡车司机转过身来问我。他戴着绿色毡帽，穿着法兰绒外套，已经 70 多岁了。他灰色的头发在脑后扎成马尾，末端又编成精美的小细辫，他有着我见过的最和善的脸。

他告诉我他名叫里奇，是乔伊最好的朋友之一。

"最好的朋友！"乔伊对我说着，伸出胳膊搂住他的肩，"天，我爱死这哥们了。"

"这地方的故事，也是被吓坏的人的故事。"里奇告诉我。

冻脚营地始建于 1898 年，正值淘金热的鼎盛时期，当时这里还叫作板岩溪，设有一个赌场、两家公路餐馆、两间商店和七间酒馆。随着阿拉斯加的冬天越来越深，人们的顾虑也日渐加重，最终几百名淘金者犯怵，两手空空地撤回了南方。

"但有些人留下了，"里奇告诉我，"然后在 13 英里外，一个叫怀斯曼的小镇上，他们直接从河床上挖到了金子。"

"就像因勇气而得到加冕，"另一个人插话说。他名叫唐纳德，和里奇差不多年纪，正在吃蓝莓钢切燕麦粥。

"这里全天都供应早餐。"乔伊告诉我，然后对玛莎说，"我要一份蔬菜煎蛋卷，加墨西哥辣椒、蘑菇和番茄，但不要甜椒，谢谢，里头有甜椒我会生气的。再来一份自制炸薯角，谢谢！"

我点了一份太阳蛋配薯饼、黑麦吐司和弹牙培根。

"所以，现在不要临阵畏缩，"里奇指着乔伊说，这话让我想起在机场时乔伊发来的短信，她也是这样措辞的，"听这位小姑娘说她要带你北上普拉德霍？"

"她是这么说的。"我说。

"你准备好迎接激动人心的旅程了吗？"唐纳德说，"这位女士，她可是能拖起比自己还重的货盘呀！"

里奇转向我说："往前几英里，你会在路标上看到一堆女人的名字。那些小溪、小山和弯道，都是以怀斯曼的女人们命名的，她们留下来，让当地繁荣了起来。我讨厌叫她们妓女，毕竟她们的工作在当时有别样的意义，是村子的重要组成部分。不管怎么说，那就是她们，人们用这里的山川河流来纪念她们。"

"那是挺令人佩服的。"我说。我看到乔伊撕开奶精的盖子，闻了闻。

乔伊边搅咖啡边说："里奇是我在这儿结交的第一个朋友，在这条路上工作了有——多久来着？"

"从它通车开始。"

"里奇算是帮助建造了这条路。"乔伊说笑。

"你帮过我，我永远忘不了那次。我卡车的一个通风口冻住了，当时我正在阿提根山口，需要退回到桥上。我把整条路都堵住了，身后等着一大排卡车，但只有你伸出了援手。"

"没错。"

"我永远不会忘了那一天。"

"我们需要你让开路呀！"唐纳德搅动着他的燕麦粥，插了一句。

里奇笑了，转身面对我说："鉴于你是新手，告诉你一个规则。如果你的车坏掉或是滚到了沟里，记得一定要把整条路堵住，让所有人都过不去，这样的话，肯定会有人来帮你的。"

他大笑，唐纳德也笑了起来。看不出他们是否意识到这是我绝对不会做的事。

"我会记下来的。"

"你最好记下来，这可是不成文的规定，"他开玩笑说，"只有我们这些老人知道。"

点的鸡蛋来了，我们立刻拿起刀叉。

"好吃！"我对乔伊说。

"真好吃！"乔伊表示赞同。

在她身后，福克斯新闻提醒着观众提防民主党人的观点，镜头切到唐纳德·特朗普站在讲台后发表演说。他穿着蓝色西装、打着蓝色领带，说话时双手放在胸前，下方的滚动条上用红字写着"福克斯新闻最新消息"。

"我谴责美国的执政者，"他说，"我谴责历任总统。我谴责议员。"

一位年轻司机盯着电视，手上的鸡柳悬在半空，芥末酱滴到了桌面上。我切开蛋黄，看到里奇正打量着旋转调料架上的果酱。

唐纳德·特朗普是这些人眼中的英雄——卡车司机、油田工人，或者更宽泛地说，阿拉斯加人——这不足为奇。这是个尤为受益于共和党政策的地方，这里的大多数人更重视财政利润，忽视过度开采、剥削劳力和滥用政策的后果。事实上，这里的城镇和产业都只为了经济利益而存在，也确实带来了近几十年的经济腾飞。占地 20 万英亩、其下蕴藏着约 250 亿桶原油的普拉德霍湾，在三十五年前达到了产油量顶峰，日均成品油出产量约为 200 万桶。但时过境迁，石油储量逐渐枯竭，近期日均产量已降至 2800 桶。石油价格也在走低，全球竞争已经有了新的格局。

乔伊告诉我，我们今晚将要入住的普拉德霍湾酒店，在许多年前曾住满了石油工人，还有大量为他们服务的厨师、杂工和餐厅服务员。但渐渐地，大堂变得空荡，健身房冷清了，淋浴间外再没有人排起长龙。

"很难不让人担心，"乔伊说，"因为，我是说，没人希望连洗澡都要排队，但这会让人忍不住想，没有了石油的油田会变成什么样？那些在油田上过了一辈子的人该怎么办？我又该怎么办？"

她说，这并不是非黑即白的，也不是有油没油的差别。它关乎一种谋生手段，是勤劳诚实的人民养家糊口的方式。

"这个地方建立在致富的保证上。当这里的财富枯竭了，你会怎么做？"她问我。

"我不知道。"

她告诉我，你会重新开始，找到下一个可以钻井的地方，重建生活。

"北极国家野生动物保护区。"她说。那是一片未经开发的广袤土地，常被称为"美国最后的大荒野"，占地约 1928 万英亩，一望无际，却是世界上最脆弱、最敏感的生态系统之一，也是多种国家珍稀动物的家园——包括驼鹿、狼獾、驯鹿、北极熊和无数种候鸟。而其地下还埋藏着预计 57 亿到 160 亿桶原油。

1960 年，艾森豪威尔总统正式宣布这片土地为联邦保护区。此后几十年里，多届总统与国会都成功遏制了开采石油与天然气的企图，主要考虑到该地区气候恶劣，生长季短，因此遭到任何破坏都没有足够的时间恢复。从 2018 年的航拍照片中，还能看到 20 世纪 80 年代中期用于勘探和测震的车辆留下的，伤痕一般深深的车辙。

那是横贯冻原之上的缝线。

然而，开采保护区长期以来都是共和党的第一要务，因此这片土地的命运随着每届大选载浮载沉。如今，乔伊告诉我，"老大党"[1]控制了参、众两院及总统之位，开采拥护者们欢欣鼓舞，这是他们距离将"美国最后的大荒野"工业化最近的一次。

"我不知道这是不是我想要的，"乔伊说，"但至少有事发生，至少我们没有假装问题不存在，阿拉斯加人的生计不重要。"她咬了一口煎蛋饼，继续说，"我两种都想要，你能明白吗？这片土地当然重要，但这些人是我的同胞，他们的生存权也很重要。"

我思忖着她的用词——"我的同胞"，究竟哪些同胞的生计重要，哪些的不重要？

据阿拉斯加共和党参议员莉萨·穆尔科斯基称，在保护区进行钻探能给阿拉斯加人带来无法估量的巨大就业机会，且仅需十年，就能创造高达10亿美金的油气收入。这一计划的反对者提出，若减去因此对环境造成的不可逆破坏，收益便只剩下冰山一角。美国进步中心近期发布的一篇分析报告称，穆尔科斯基的计划"未能考虑生产成本与市场条件，尤其是原油价格走低一项，且基于过时的信源进行了估算"。

更重要的是，开采项目将对环境造成波及深远的、永久性的破坏，危及该地区的野生动物和脆弱的生态系统，

1　老大党（Grand Old Party，简称 GOP），美国共和党的别称。

并且会摧毁在这片土地上生活了数千年的阿拉斯加土著部落——哥威迅部落。

"我们是驯鹿的人民，"哥威迅部落成员萨拉·詹姆斯在《驯鹿崛起》一书中写道："驯鹿不仅仅是我们的食物，更是我们本身。它们存在于我们的故事和歌曲中，塑造了我们看待世界的方式。"

哥威迅人是土地的勇猛捍卫者，坚定地抗议在北极国家野生动物保护区进行石油开采。他们表示，开采保护区不仅会夺去成群驯鹿的生命，也无疑会抽干哥威迅人生命的养分。

"这太难了，"乔伊说，"太难了。我当然不希望有任何人失去家园、失去狩猎场。而且土著居民是先来的，我明白，也尊重这一点。但等油田干了，我们这些人该怎么办？"

我看着她，还有里奇、唐纳德以及其他我还不知道名字的面孔。我绝不希望他们的生计受到威胁，可我没说出来的是，阿拉斯加北部的土著群体也有活下去的权利，且这权利比任何人的都更有说服力——毕竟他们才是这片土地最初的主人。当他们的食物和猎物被耗尽、关键的迁徙路线被破坏、村庄被摧毁，他们也会面临和我们一样的问题，可解决起来却比我们难上千百倍。

乔伊看着特朗普，痴笑着说："我不懂，但我觉得他干得挺好的。"

玛莎给我们添了些咖啡，乔伊把它倒进两个一次性外带杯里。

"我们该上路了，"她说，"快到傍晚了，国家气象局的预测说整晚都会很晴朗，现在走的话，能看到日落时空旷的冻原，而且像今晚这样的情况，会有幻日。"

我为转移话题而可耻地庆幸，感到如释重负。我请教她什么是幻日。

"幻日是一种错觉。"乔伊告诉我。

太阳的光线照射在冻原上，折射出无数微小夺目的彩虹，在空中形成光环，这种现象被称作"幻日"。

"到处都是明亮的光。"她说。

我想象着我的小梗犬跳跃在月球般荒寂的白色冻原上，扑向一块冻土，把小爪子探进那魔法般的蓝光中。

"听起来很美。"我说。

里奇和唐纳德将要往南走，他们各自给了我一个拥抱。

唐纳德把手搭在我肩膀上，说："跟你说，我要是有你这样的教授——乐于了解各种各样的人——我就会去读大学了。"

"你现在很好呀！"我说，"这里也是一种课堂。"

"里奇跟我喜欢开玩笑说，我们上过大学，上的是道尔顿大学。"乔伊说。

他们相视而笑。这是我渴望拥有的友谊。

"再见，"乔伊最后说，拥抱他们俩，"也许这个月尾我们会再见面。"

"希望吧！"他们说。

我们推开门，寒气涌了进来，乔伊赶紧靠向我。

"唐纳德的爸爸也是个作家，和你一样，"她说，"欧文·S. 伯恩（Erwin S. Bourne），你可以去搜一下。他写了七本书，但唐纳德总说自己一本也没看过，没时间看。他说等退休了，不想再开卡车了，就去没人的地方租一间小屋，在那里看这些书。希望他能做到吧。在这儿跑运输的人都有关于退休的远大梦想，说着到时候要做的事情，但真相是残酷的，他们很可能来不及退休就去世了。"

我们爬上卡车，乔伊喷洒了一些挡风玻璃清洁液，洗掉玻璃上的虫子。

"有个叫利昂的人，"她接着说，"几个月前跟我说他要退休了，要去一间小木屋钓鱼。三个月后，他从'刀刃'（也就是路上铲雪的卡车）上栽了下来，没几天就死了。这种事不好说，你根本预知不了。"

我看到里奇和唐纳德也爬回了他们车里，试探性地招手，我也招手回应。

"没想到他们这么友善。"

乔伊点点头，抬手迅速点了一下额头，敬了个礼："没错，那两个人，是我见过最和善的男人。"

我很快想到了詹姆斯。乔伊从兜里掏出手机，研究了一下。

"感谢 GCI，有几格信号，"她说，"趁还有信号，我快速给家里打个电话，詹姆斯肯定想知道我们现在怎么样了。"

她下了车，一手叉着腰，扫视着四下的灰尘和蚊虫。詹姆斯接了电话，我可以听到她的声音。

"最好是你性感的老婆大人！"她笑着说。

我一个人坐在乔伊的车里，假想这是我的车，一辆大卡车，而我就是"卡车妈妈"。我舒展地坐好，手搭上方向盘，感受着手指下紧绷的皮革。我拿起她放在仪表盘上的太阳镜，给自己戴上。

"这是神的土地！"我说。

乔伊的痕迹在哪里呢？我翻看着她放在门上的东西，有一瓶兽医开的止痒喷雾、一只毛刷和几根发带，还有一支高露洁 360° 牙刷，一瓶澳洲黄金牌古铜色美黑乳液。

谁能想到"卡车妈妈"乔伊也会用美黑乳液？

我还发现了一包隐形发夹，一瓶粉色的"清新晨光"香型空气清新剂，一张西谷高中 2016—2017 年的停车许可证（是萨曼莎的），一张"70s Gold"CD，以及一张她因膝盖受伤而贴上的无障碍标签。

乔伊的声音从车外传来，我听到她说，叫萨曼莎听电话，接着她尖叫起来。

"萨曼莎！！！16.8，萨曼莎！16.8！你肯定想不到你妈做到了什么！"

她为自己实现的里程数欣喜若狂。我之前从她口中了解到，萨曼莎拿到了驾驶学员证，母女俩会时不时在皮卡上展开竞争，看谁能实现最佳油耗。

"这在道尔顿公路上算不错的了，你哪天也来试试看。"她挑衅地说。

我透过后视镜，看到她笑着挂了电话，把手机放在胸前，叹了口气。我透过她的太阳镜看着她，然后她转身攀回车里。

"詹姆斯说明天这里要开始刮大风了。"她边说边拉上门，从我头上摘走太阳镜。

"这意味着什么？"

"意味着你有好戏看啦！"她说着，拍打了几下方向盘表示强调，"我们得慢慢走了，可能要在普拉德霍多住一晚，看情况吧。"

她的手机响了。

"噢！看看是谁！"她说，"是我的朋友李·格雷斯！"

乔伊说，李每天都会给十几个人群发一条短信，与神有关的。

"通常是我当天正需要的东西，"她滑着手机，对我说，"今天发来的是，以赛亚书53：5：哪知他为我们的过犯受害，为我们的罪孽压伤。他必不叫你的脚摇动，保护你的必不打盹。困难是未知的，但神的旨意是确实的。愿你有领受耶稣祝福的一天！"

"他每天都发这样的信息吗？"我问。

"差不多，"她答道，"我经常担心他的安全。有趣的是，我并不知道发送列表里的都是哪些人，他们对我来说就是一串串没有意义的数字。"

"有了这条信息，至少你可以知道李没事，对吗？"

"哦，那倒是真的，"乔伊点点头，"我好像从没这么想过，但你是对的，能发信息说明他还活着。"她从齿间吐出一口气，"我的天，你知道吗，要是李·格雷斯不在了，我真不知该怎么办，真不知道。他让我感觉上帝在车里，与我同在。"

我又一次想到了冻脚营地墙上的那幅画，耶稣的手指向北方。

"我总会回李·格雷斯的消息，有时还打电话给他，"她看着窗外说，"怎么小心都不为过，你永远不知道哪次会是最后一次。"

接着，她唱起了一首我没听过的赞美诗，当然，大多数赞美诗我都没听过。

我尝试跟着她的调子哼唱，但充其量也只是和声而已。

乔伊用解释的语气对我说："有时我感觉累了，就会听摇滚乐，但如果我感到害怕，就会唱赞美诗。这是我最喜欢的一首，《亲爱主，牵我手》。"

她挺直身体，开口歌唱，歌声轻柔地在驾驶室内流淌。

"经风暴，过黑夜，"她的声音轻快，"求领我，进光明；亲爱主，牵我手，到天庭。"

我看着她，聆听着，微笑着。

"当你一个人在路上的时候，心里真挺害怕的，"她说，"你知道我安息日不工作的，所以我通常在周日出发，和很多人不一样。因此路上经常只有我一个，一路都不会碰到几个人。我一紧张就唱歌，唱啊，唱啊，唱啊。雪绕着车打旋儿，老实说，我看了都晕车。但你猜怎么着？我没被困住，也没死掉，为此我感激上帝。"

"下一句是什么？"我问。

"亲爱主。"她哼唱。

"牵我手，到天庭。"我们齐唱。

"这就对了！"乔伊说。

"我会唱了？"

"你会唱了！"

在她对神的全然信任中，在我们对她勇气的嘉许中，我看着乔伊，而她望向远方，开始唱下一首赞美诗。

8

我们到了"过山车"附近——那是数个连续的急陡山坡，会导致车速急剧上升——这时乔伊突然问我对女性主义的看法。不过她并没有提到"女性主义"这个词，而是问我怎么看劳拉·施莱辛格博士 [1]。

"我完全不了解劳拉·施莱辛格博士。"我说。

乔伊却对她了如指掌。

她兴奋地说："哈！她是个小个子的犹太女人！"

这位小个子犹太女人是男女关系的专家，乔伊告诉我。例如她有一条离婚守则，很好记，因为都是 A 开头的：只有当一个男人出现虐待（abuse）、成瘾（addiction）或外遇（affair）的行为时，才能与之离婚。

1　劳拉·凯瑟琳·施莱辛格（Dr.Laura Schlessinger，1947— ），美国电台主持人，作家。《劳拉博士电台》每周播出三小时，主要内容是回应听众寻求个人建议的电话，时常混有关于社会和政治话题的简单评价。她的畅销书包括《女人搞砸生活的十件蠢事》《正确照顾和喂养丈夫》。她是首位获得美国广播协会"马可尼奖"年度人物的女主持人，是第一批凭借自己的广播节目，进入美国国家广播名人堂的女性。2000 年，她以 1300 万美元的收入位列福布斯名人榜前一百名。她曾发表反对同性恋、歧视黑人的言论，节目收视率因此下降，广告商停止赞助。2010 年 8 月，她宣布不再做广播。她曾创建过一个网站。启动时，31 万人同时访问，导致页面崩溃。网站上经常讨论女性主义的相关内容。她在 1970 年代曾自称是女性主义者，但现在明确反对女性主义。

"劳拉博士说男人是简单的生物，女人应该放聪明些，利用好这一点。"乔伊说。

劳拉博士认为，一段成功的婚姻里，女人要对男人忠贞，并且做好几个基本事项，维持家庭的和谐与平衡。

"男人想要女人与他们做爱，"乔伊自顾自地说，摊开手一条条数着，"还要女人让他们感到安心，要照顾小孩，要料理家务。"

劳拉博士不是我喜欢的女孩。

从乔伊的反应我能看出她认可劳拉博士的清单——做到这一、二、三，男人就会爱你到永远。这种保证必然是诱人的，如果这样就能让女性免于受害，想必全美国的女人都会买账。

"女性主义者都讨厌她，"乔伊接着说，"但我觉得她是另一种形式的女性主义者，因为她认为女人应该被当作女王一样对待。女王哎！劳拉博士会说'男人能穿越鲨鱼出没的水域只为给你带来一杯柠檬水，你也应该以同样的热忱对待他们。'女性主义者可以尽情生气，但说实话，她是对的。不管你喜欢与否，劳拉博士是对的。萨曼莎还小的时候我就开始听劳拉博士的演讲，要是能早些听到她的话，我就能躲过一些悲剧了。"

乔伊原本可以躲过的悲剧是，按照劳拉博士的话，如果一个男人是酒鬼或瘾君子，五年内不要和他结婚。

"因为戒酒和戒毒真的很难做到，"乔伊说，"劳拉博士还说，不管他是什么人，只要他对你不是认真的，就不要和他发生关系。”

乔伊眺望着窗外的冻原，洁白广袤，无边无际。

“女人是专注的生物，一旦投入就是全身心投入。所以男人的认真很重要，而认真的表现就是投入时间。”

我分不清她指的是杰克还是詹姆斯，抑或两者之间的某一任。乔伊和我有很多并未说破的事情，或许是羞于启齿，或许因为我们都爱着有问题的男人，又或许内心深处我们都意识到彼此并不熟悉。即便如此，在沉默背后，我们之间仍然有着共通之处。面对相似的人生经历，我们都承认，自己耗费了生命去讨好那些不值得的、慢待我们的男人。

有太多话开不了口，有太多事不敢发问，我不敢断言劳拉博士是对是错，但从我们陷入沉默，望向灰暗远山的模样来看，很显然，对男人少一点依恋对我们二人都有好处。

她让我承诺回家后一定听劳拉博士的演讲。

“我会的。”我答应道。我在说谎。

然后乔伊跟我讲述了她的梦想，一个劳拉博士令她相信能够实现的梦想。那是一匹马，是她在分类广告网站上看到的，马的主人不想要它了。

“它很小，是一匹白马，真的很可爱。所以我对詹姆斯格外体贴起来，”她吐露说，“因为我真的很想要那匹小白马。"

那匹小白马比乔伊见过的任何一匹马都漂亮，她想象自己骑着它穿行在小屋和荒野之间开阔的牧场上。

但它的价格超过了他们家的储蓄，要买下它的话，他们还需要先买一辆拖车，把它挂在詹姆斯的皮卡后面，然后把车开到南边的无人区，在那里接上小白马。

但她心意已决。

"只要说服詹姆斯就好。"她说。

我开始想象，在他们荒野中的小屋里，她为丈夫做着早餐——黄油煎饼配蜜瓜，可能再加点培根。丈夫下班后，她为他冰敷膝盖，晚饭后一起看重播的战争老纪录片。我看到一位妻子为了取悦所爱之人而付出的辛劳，尽管这份爱是复杂的，爱的回报是一匹小白马——她可以爱护它，喂它吃胡萝卜，骑着它走在山野里。

"我想要拥有它，"乔伊苦笑着说，"詹姆斯说我们不需要它，其实我们需要的，只是他还看不出来罢了。"

爬上"过山车"的第一个山坡时，我感觉到脚下的轮胎打滑了，然后车子准备俯冲。我用了很长时间才学会分辨对新事物的恐惧（一种必经的不适感）和身体处于危险时做出的恐惧反应，两者有着本质的区别。坐在乔伊身边，对新事物的恐惧令我振奋不已。卡车颠来簸去，我们坐在车里，仿佛飞了起来。

"呜呼！"乔伊振臂高喊，"这就是道尔顿公路！这就是'过山车'！"

我弱弱地说了句"耶"。

"拜托！"乔伊说，"大点声！"

她高喊起来，我也跟着高喊。然后我们一起放肆地齐声高喊，声音嘹亮狂野，如动物一般，喊到身体紧绷，喉头的肌肉拉扯着我的脖颈。我感到全身舒展，体内的一切都软化了，每块肌肉都松弛下来。

"好玩吧？"乔伊大声说。

"好玩！"我喊道。确实很好玩！

她笑起来，笑得很美，洁白的大牙闪闪发光。

我很欣慰，这4000英里的旅途不止让我见到了乔伊、让我们开启了公路之旅、让我得以远离一个残暴的男人，更如我所期望的，这段经历稍许荡涤了我内心的恐惧。我想起戴夫和前任们，想起他们是如何令我惧怕一切的。

乔伊又叫喊了起来，我也叫了起来，感到恐惧荡然无存。

我们的身体在颠簸中起落、碰撞，这是我许久以来第一次喜欢待在这具躯体里。我安心地体会这一刻，幻想乔伊骑在她的小白马上，而我就在她身后，幻想我们在长满柳兰和紫羽扇豆花的田野里奔跑，穿过一丛丛金露梅和红色毛地黄，没有困难，没有惧怕，无须战斗也无须逃跑。远处的山脉如炭黑涂抹而成，卡车载着我们疾驰。

一个上坡，又一个下坡，我们全然沉浸其中。

<<<>>>

回到俄亥俄州，日过成周，周过成月，转眼又是一年。过去的戴夫没有回来，他只是变得更加沉默寡言了。我试着去适应他，多关注他好的一面，但我总不由得想起邻居院墙边的欧洲野苹果树，树上结满了果实，鹅卵石一样沉甸甸的，压弯了枝头。

与此同时，这个世界充满了温柔的事物，我努力让自己注意到它们。紫菀花盛开，高高攀附在我们家的塑料外墙上，花朵上趴着瓢虫宝宝，又小又轻，连斑点都还没长出来。燕子在中西部的田野上穿梭，掠过玉米金黄的秸秆。在我们小镇每周举办的夏季农贸市场上，穿绿衣服的妇人拎着小篮子售卖螺丝椒。秋天早晨，杯中咖啡温热，脚下拖鞋绵软，我们一同享受着这些微小的喜悦。有时在夜里，古董灯柔和的粉色光芒中，我依然觉得戴夫的面庞那么好看，不禁越过我们之间的嫌隙去抚摸他。

在那些仍怀有爱意的时刻，我们能把彼此照顾得很好。承认这一点并不容易。有时，我甚至能从我们的组合中发现无穷的乐趣：在叠他的黑袜子的时候，在用水管冲洗后院露台的时候，又或是在准备双份而非一份三明治的时候。戴夫喜欢帮我洗车，喜欢做烤肉。有天晚上，天暗下来，空气变得潮湿，雨浇熄了后院的篝火，云开雨收之后，戴夫在新燃的篝火旁开心地烤起了棉花糖。

又一个冬天到了，我们享用着夜晚的篝火。到了夏天，我们在俄亥俄州河床上纳凉。我感激这一切，感激所有简单的小事给了我们表达爱和温柔的机会。

我慢慢教导自己成为一个低欲望的女人。

但这些快乐中间潜藏着我无法掌控的愤怒，很难预料这种愤怒何时会激化。我们之间的和平不过是幻象而已。

就在那时，我开始看到她——一个和我身形一致的女人，在卧室之间游走，在我们的后院晒太阳。她是另一个版本的我，一个安静顺从的妻子，在外人面前臣服于她那迷人的丈夫，私下里则畏惧着他。她是一个眼里只有孩子的母亲，一个埋首家务的主妇，一个放弃了朋友、想法和激情的女人。天长日久，我看到她的世界渐渐变得越来越小，越来越孤寂。她照顾丈夫和子女，逛杂货店，去教堂，过着压抑天性的生活。

她就是我，是一种我可能度过的人生。她令我害怕。

<<<>>>

那年春天，就在水仙花盛开、郁金香吐艳的时节，我开始酗酒，戴夫也开始酗酒，我们的相处就像煤油遇上了火一样，硝烟弥漫。

在一个朋友的建议下，我开始看心理医生。第一次治疗中，我对医生说自己饮酒过量——这是真的，却不是事情的全貌。

"你觉得自己为什么会饮酒过量？"

"因为喝醉的时候我什么都感觉不到，"我说，"这让一切变得简单多了。"

我告诉她，我的经历拼贴成了一种令我担忧的图景：那个送我回家之后转身就杀了埃米莉·西尔弗斯坦的男人；那个把我正坐着的沙发掀翻，并嘲笑我瘀伤的男人；那个殴打前女友的露营客；以及把我逼到角落缩着颤抖，事后带着卡布奇诺回来的戴夫。

我担心这些画面化为了自己的一部分，暴力的男人与我如影随形。他们不仅是我周围的人，我见过、认识过、了解过的人，更是被我吸收的事物，是深居我体内的冲突。

"那么，现在和你在一起的那个男人呢？"

"我还和他在一起，是因为至少我熟悉他的那种疯狂。"我说。

心理医生沉默了许久。

"但我担心好景不长，"我试着打开心扉说，"就像身处暴力的环绕中，包围圈在一次次缩小。"

我一直很难过，我说。我委曲求全，借酒浇愁，妥协了自己的信仰，活成了自己认不出的模样。我向她讲述戴夫以及我们日益恶化的关系，包括他的暴怒和他偶尔的柔情。我还提到他似乎很享受伤害我之后又来关心我的感觉。

"他离开之后，"我说，"我就成了一个自己完全不认识的人，对着电话苦苦哀求，求他回来。"

我好像一个空心的人，甚至不在乎回来后向我问好的究竟是哪个他。

"一半时间，他让我害怕；可另一半时间，我敢说，他就像是这世界上唯一重要的人。我是不是疯了？"

她说，你并不是疯了。她告诉我，研究表明，家庭暴力与赌博激活的是相同的神经介质。

就好比我对拉老虎机上瘾了，想转出三颗樱桃。我所做的一切都是为了从戴夫身上得到他的善意和慷慨，为了赢得一种好的爱，避开不好的爱。

我以为这就是爱的真谛：受伤，然后继续去爱；恐惧，然后仍然继续去爱。

"把它想象成一个赌场，"她说，"你进去的时候就知道自己会输，但仍然有小小的可能会赢，赚得盆满钵满，得到自己想要的一切，这导致你不断回到赌场。"

这就是我重蹈覆辙的原因。

爱上给你带来痛苦的男人，这是非常现实又棘手的问题。你会以为他们情绪有多强烈，爱你就有多深，以为温柔总伴随着残忍。而实际上，残忍不是爱的副产品，而是他们爱的表现形式。

"我们一起帮你做到。"她说，意思是帮我走出来。

每个星期，我都会造访她那间能够俯瞰河面的咨询室。慢慢地，我变得更自在了，有足够的勇气向她讲出一切：那些戴夫为我做的美好的事情，还有那些尖叫，恐吓，以及他那如刀剑般尖锐的话语。每个星期，漫长的回家路上，我都在车里听着她的声音，那声音伴我度过那些恐惧升级的时刻。她的话轻轻安抚着我，帮我调整回感官聪慧的状态，重新感受到健康和安全。

一天夜里，戴夫暴怒，我把自己锁在卧室里。第一次，我给朋友发去了短信："我感觉安全受到了威胁"。

我想过报警，想过换锁，想过把他的东西送到仓库去，然后告诉心理医生，我做到了——我已经和他结束了。那感觉该多好啊！

但我没有。反而是戴夫在那天晚上离开了，就像他惯常会做的那样。几天后他又回来了。当时我正在准备晚饭吃的烤鸡和根茎菜。

"闻着真香。"他说。

他那几天睡在朋友家的折叠床上，睡得背疼，整个人凌乱不堪。他对我说，很抱歉。

我告诉他，我在看心理医生。

"她说这是虐待行为。"

我等着他出手打我，然而他只是清了清嗓子。

我在他身上看到了我一开始爱上的那个人。看到我希望他成为的样子，看到他假扮的样子，最后我看到了他真实的模样。

其中任何一副面孔，都是他不可分割的一部分。

"我不喜欢你这么做。"他开口说。

"我做了什么？"我的眼泪夺眶而出。

"你一直向她谈论我。而且你觉得她能帮到你。最重要的是，她只听到了你的一面之词。"他说。

这就是他那方的真相，他相信能借此正当化他所有的行为。

他剥下一块鸡皮，吃了下去。

真相像烤鸡的肉，稀松平常，暴露在光天化日之下。

9

越接近普拉德霍湾，景象就越奇异。

在这北极圈以北数百英里的地方，万物都粉妆玉砌之下，连险境也分外妖娆，这掩盖了这片土地上四伏的危机和敌意。结冰的坑洼闪烁着光芒，北极狐在雪地上飞奔。乔伊提醒我，光就是神，祂与我们同在，无远弗届，即便在我们恐惧之时。

"祂也在这个驾驶室里。"她说。

这就是为什么她深感幸运能以这份工作为生。

"我可以感受到祂在我身边，"她说，"而且我赚得不少。"

可其中的危险呢，我叹道。

"我会尽量保证安全，"她说着手在空中打着拍子，"我也不是为了自己，主要是为了孩子。我很想他们。我不想和他们待在一起吗？当然想。我尤其想念萨曼莎，她只有 17 岁，我得照顾她，看着她。"

她咬着指甲周围的皮肤，检查了下后视镜。

"我见过的事够多了，明白我得赚钱养家。作为一个女人，你必须养家，我非常强烈地感受到这一点。而且保护孩子的最好方式就是账户里有钱，以防不测。我在这条路上谋生，不只是因为我喜欢，也是因为我必须这么做，你懂我的意思吗？我需要知道我能够照顾自己和家人。"

"祂一直在我们身边，"她说，"但说不上为什么，在这里，我感到比任何时候都靠近祂。"

我坐在副驾上，的确感到一种稳定的平静，仿佛被包裹在蚕茧中。不知是因为上帝还是乔伊，路上的世界更柔和了，多了些鲜艳的色彩。不知是因为上帝还是乔伊，我感到自己充满力量，变得坚强、稳固、自持。乔伊在身边给我的感觉，就如同他人所述上帝在身边的感觉一样。她就像温暖的睡衣，像母亲哼唱的摇篮曲，像在炎夏里托住我身体的大地。她是源源不绝、温暖美好的回忆。

"在想什么呢，小辣妹？"她问道。当她看着我笑的时候，我意识到她在我阴暗沉郁的内心点燃了一把火焰。

"没什么。"我笑了笑说，然后打开一袋奇多，拿了一块塞进嘴里。

"不要吃垃圾食品，"她警告说，"我们快到普拉德霍湾了。"

我靠着窗户，感受着关节的僵硬。我渴望抵达目的地，但同时也想独占这段时光，不想与任何人分享我的乔伊。我们正在北极国家野生动物保护区的西侧，乔伊说。窗外的景观不断演变，每 10 到 15 英里就会出现一种新的地貌。开始看起来像一片灰蓝色的海洋，山峰高耸，很快就变成了荒漠般平坦的冻原，再前行几十英里，我们恍若来到了月球。

"就是那儿！"乔伊指着挡风玻璃的前方说，"幻日！"

它光芒四射，洁白无瑕，好似一个金灿灿的光环被安放在大地上。

乔伊把车停好，并承诺接下来会加速前进。我来不及提出异议，就和她一起冲向了冻原的怀抱。我们身后是大山投下的阴影，脚下的地面金光流泻。天空如同一个金黄的拱门在眼前展开，与大地构成一副三棱镜，发出耀眼的白光。仿佛有人把水晶球摇晃出了漫天飞雪，而我们安然无恙地站在球体中心。

"我的天哪。"我说。

四周看似空无一人，但我知道这片土地充满生命。

这是哥威迅人的土地。

我朝路的东边看去，田野蜿蜒穿过土著峡谷和晴朗山谷，山峰锐利陡峭，育空河奔流不息。除了哥威迅人，在阿拉斯加北极区域还居住着塔纳诺人[1]、科尤康人[2]和因纽特人，他们在几千年前迁至此处，在这片土地上定居，创造出丰富多彩的文化。他们发展出语言，研究动物迁徙和

---

[1] 在美国 2010 年人口普查中，塔纳诺人口为 246 人。

[2] 科尤康人的传统领地位于科尤康河和育空河沿岸。科尤康河沿岸相对与世隔绝，直到 1898 年育空河淘金热吸引上千人来到这里。数千年来科尤康人靠狩猎和诱捕为生。今天，许多科尤康人仍过着类似的生活。

气候节律，借此繁荣壮大。如今约有九千名土著居民仍生活在这一区域，分散在十五个村落中。我们或许看不到他们，但这不代表他们不存在，我们所做的决定仍对他们有着直接的不利影响。

"尽量保持安静！"乔伊说，这块地方看起来渺无人烟，但其实"总是－已经（always-already）有人居住"。这是文学理论家和哲学家常用的术语，表示已经发生并且仍在发生（总是）的事情。活动家安德烈亚·史密斯（Andrea Smith）在《异族父权制与白人至上主义的三大支柱》一文中解释道，白人至上主义的支柱之一就是"种族灭绝逻辑"。

她写道："这种逻辑认为土著居民必须消失，事实上，他们必须永远消失，以便非土著居民合法拥有该土地。抱持着种族灭绝逻辑，非土著居民成为土著居民一切资产的合法继承人——土地、资源、土著精神和文化。正如作家凯特·尚利（Kate Shanley）所指出的，在美国殖民想象中，土著居民是一种永久的'在场的缺席者'，这种'缺席'在每个转折点上都会强化一个信念，那就是土著居民确实正在消失，占领土著领地是正当的。"

我的思绪回到冻脚营地，回到关于在当地钻井的争论。

乔伊用力握了握我的手。

"我不知道这是不是禁忌，"她说，"我总会对着幻日许愿，如果灵魂受到感动，我还会祷告。"

她闭上眼睛，双手合十。我也跟着做。

我们是在许愿，还是在祷告？还有其他我们能做的吗？我回想起在金心教会学校，乔伊的牧师恳挚的发问，如果我们靠着对上帝的爱就能驱除邪祟，世界会变得多么不一样。为什么只能是上帝这样一个无形无影、难以捉摸的存在来拯救人类的心灵？作为人，我们自己就足够了，我们也有行此好事的力量。

乔伊放开我的手，我们静静地站在一起，在幻日白亮的光芒下，欣赏着这片广袤富饶的土地。我想起童年那些酷暑的夜晚，烟花绽放在父亲那杂草丛生的田地里。附近的小溪旁，我赤着脚，用脚趾去抓水里的石头，从泥里捉起小龙虾来观察它们的身体结构。它们血红的小钳子抓挠着，急切地要我放手。我认为幸福就是获得自由，从长期安家于此的人们手中夺去一切，并持续对他们施以剥削和虐待——这种短视实在匪夷所思。

我回头看向公路，白色的碎石飞扬着，沿着路缘堆积起来。这一天里，我见到、认识并接触了几十位声称以阿拉斯加为家、在这里讨生活的男女，他们中有卡车司机、餐馆服务生，还有偶尔乘坐飞机从头顶飞过的油田工人。他们原本生活在与此地迥异的地方：其他城市，甚至其他州。他们的工作所支撑的行业——同时也是使乔伊的生活充满意义的行业——不仅与土著政治对立，也与土著文化和土著生活对立。

我很感激乔伊，尤其感激她给了我这样一次经历，但我开始对来到这条公路感到内疚，坐在乔伊的车里，在这片不属于我们的土地上，我也成了加重其伤口的一员。这条公路象征着乔伊的自由，象征着安全感，但从我们所在的制高点远远望去，它划开山谷的样子，多么像疤痕划开身体。

发生在这里的事情也在世界各地上演。我乐在其中的美式生活，其实质就是坚持一套基于利益的等级制度，让边缘人群自生自灭：社区崩坏，风景毁损，食物和居住资源枯竭。输油管道在美国最贫困的社区上架起，这些地方本就暴露在环境污染和因此导致的疾病之下，苦不堪言。根据美国全国有色人种协进会的报告《跨越栅栏的烟雾》，近期拟建的两条输油管道——大西洋沿岸管道（全长 600 英里，起于西弗吉尼亚州，经弗吉尼亚州向南穿过北卡罗来纳州东部）和山谷管道（全长 300 英里，从西弗吉尼亚州西北部到弗吉尼亚州）——都会对贫穷落后的土著和黑人社区产生极为不利的影响，这些社区已经受害于距离他们家园仅几个街区的工业设施所释放的有毒污染物。

报告中说："这些危及生命的重担是系统性压迫的结果，这在传统能源行业中普遍存在，对社区健康、经济和居住生活构成重大威胁。"

往西几千英里处，达科他输油管道——曾引发全球一万五千人参与的大规模抗议和静坐示威——在开通仅仅两年后就被下令关停并清空石油。随后发布的一份深度环境调查显示，美国政府未能充分研究"对人类环境质量造成的影响"。管道行进的路线穿越了无数印第安土著圣地，包括苏族[1]部落领地和立岩印第安人保留地，仅2017年一年，就发生了至少五次泄漏事故。其中尤为引人关注的是一起168加仑泄露事故，就发生在伊利诺伊州帕托卡的管道终点附近。

我看向公路对面。

一次又一次，美国的工业化进程依赖于追踪已然错误的断层线，其中包含系统性种族歧视、生态破坏及贫困问题。社区被全然颠覆，生活方式被打乱，土地和身体被毒害。与此同时，美国的富人们却变得更加富有。

我看着乔伊，她也看着我。我们都是帮凶。

"站好了。"乔伊说。

她跑回卡车旁，留我一人站在晴朗的冻原上。脚下的泥土踩上去如蛋糕一般松软。我看到乔伊把手机推到引擎盖上，像我教她的那样找了块不规则的冰，让手机靠在上面。手机屏幕在白炽阳光下闪闪发光。接着她跑向我，照相机数着倒计时，闪光灯亮起的一刻，我知道会拍下怎样

---

1 北美印第安人中的一个民族。奥斯卡最佳影片《与狼共舞》是与苏族有关的电影中最有名的一部。

的画面：在日落粉霞前，幻日闪烁，雾气悄悄围住两个已不再陌生的女人。

"笑一个，快！"她说。

她的胳膊搂着我，所以稍后打印出的照片中，两个女人好似合二为一。我们来自截然不同的世界，但当我们站在一起，窥视着这个我们本不该来的地方时，我们又是如此相似。

<<<>>>

回到卡车里，我把头倚在车窗上，头顶的日光陷入地平线，余晖足以给驾驶室笼上一层薄雾。这般天气、这般状态下，时间开始漫无目的地流逝，一瞬间困意袭来，恹恹欲睡，再一睁眼却是许久之后，仿佛钟点和日子都失去了意义，仿佛我们二人被塞进了一个时间停滞的小口袋。

终于，乔伊看向了我，问我将如何把她的故事讲给那些想听的人。

"我也不确定。"我说。这个问题让我有点紧张。如果说过去几年教会了我什么，那就是答应人们用他们想要的方式去讲述他们的故事。但这是十分危险的事情，比如几个月来，我都在讲述我和戴夫的故事，但这个故事与事实毫无关系。

"你会怎么讲我的故事？"

乔伊的故事也是很多女性的故事，它关于力量——并不只是我此前所想的，因为她身处一个由男性支配的行业，更是因为她曾被命运推来搡去，遍体鳞伤，但以某种方式痊愈。

"我相信你会知道如何讲述的，"她说，"不过最重要的是你要讲到我的朋友们，他们对我意义重大。"

当然，她有很多故事可讲。但究竟哪个故事更值得讲呢？尤其在这里。她说，每英里都会有一个故事，有些地方甚至不止一个故事。

她选择讲出她的朋友鲁克斯的故事来填补安静。

"我的朋友鲁克斯，他是个非常棒的卡车司机，人很风趣，喜欢说个不停。"

但和这里的很多人一样，鲁克斯也有酗酒的毛病，乔伊告诉我。

"一天晚上，我在这条路上遇见了他，在冻脚营地，看得出他喝醉了。"

她解释说，如果被抓到喝酒，你会丢掉工作，还要面临罚款等诸多后果。

"更不用说你在危害所有人的安全，"她说，我能感觉到她语气中的愤怒和失望，"那些被你危害到生命的人，你根本不认识，他们不过是受生活所迫而在这条公路上工作。"

这是完全自私的行为，但鲁克斯从来不是一个自私的人。"喝酒会让人变得自私，"乔伊说，"我尽力为每个人着想，但是饮酒本身就是一种危险。"

她与鲁克斯的那场交锋之后，没过几个月，鲁克斯就去世了。他去费尔班克斯帮一个朋友搬家，然后骑摩托车返程。他总会在摩托车后座系上一只小狗。乔伊说那只小狗还有件黑色小皮夹克。

"你能想象吗？"她说，"穿着小皮夹克的小家伙，一人一狗穿着配套的衣服，他们是一道风景。"

那天晚上，鲁克斯没戴头盔。摩托车在湿滑的路面上打滑。他那天喝了酒吗？乔伊也不知道。她只知道那是个黑暗寒冷的孤夜，那个晚上她的朋友鲁克斯去世了。

"但你肯定想不到，那只狗活了下来。"她说。

"谁带它回家了呢？"我问。

"不知道，"乔伊说，"但我相信，上帝总是同情无辜者。"

我想到鲁克斯，荒芜的道路上，他的摩托车前轮依然空转着。

乔伊接着说："我希望那只小狗现在住在某个大房子里，有一大堆玩具和一张大床。但我也希望它还穿着那件夹克。"

"我也希望如此。"

乔伊点点头，凝视着远方，似乎这样会好受些。

她最终开口说："没人给他竖十字架，我猜是因为他不是死在这条路上的，而是死在费尔班克斯。但我认为是这条路导致了他的死亡。这么长的时间，没有人可以说话，这么孤独，周围一个人也没有，也难怪他会像很多人一样依赖上酒精。这条路多黑啊，没有可以落脚的地方，那种安静想想就很可怕。"

我能懂。

我想象一个独自坐在驾驶室的男人，他承受着漫长的时间，恶劣的天气，厄运高悬的紧张感。对我而言，这一切都被乔伊的笑声，被她的故事，还有她的陪伴冲淡了。我想到缺少了这些的每一天，乃至整个月，那大把空虚的时光，无人打扰，该有多么孤寂。

乔伊的眼里充满泪水，我能感受到鲁克斯的离去给她带来的悲伤。一方面，我明白她在为我讲述她的朋友鲁克斯，但另一方面，她的故事描绘了一幅更大的图景：这条路固然危机四伏，但其危险不仅限于陡坡和风暴，雪崩和迎面相撞。看着我们座位之间的空隙，我明白乔伊和我都从更早的人生中学到了，爱的匮乏不逊于世上任何一种危险。某种程度上，更甚于世上任何一种危险。

我的肩膀靠在车窗上，一天的沉重让我有点犯困。等我睁开眼，看到阳光为乔伊的面庞浅浅镀上一层金边，勾勒出她眼睛下方柔软的皮肤。她的皮肤紧致，清透有光泽，白里透着红。

"我经常想起他。"她说。

我睡了多久？十分钟还是一小时？

"谁？"

"鲁克斯。"她说。

她很高兴我能眯上一会儿，但也很高兴我醒了过来，她说很想念我的陪伴，需要有人帮她坚持下去。

"坚持什么？"

她说道："鲁克斯，是时候这么做了——我想过，但从没做过。鲁克斯和我们其他人一样，被卷入某种难以抗衡的东西里。我们这些卡车司机，我想我们都在逃跑。我们不断寻找着什么。鲁克斯是我们中的一员，我才不在意他死在哪里呢。"

"你们在逃离什么？"我问。

"有时候，"乔伊继续说着，像在自言自语，"我们倾向于记住人们最坏的一面，因为这能让想念变得容易些。但我们应该记住他们最好的一面。"

我仿佛看到戴夫，他手臂上金色的毛发闪着光芒，他身上有洗衣粉的香味，他的手指触碰着我的皮肤。

"我想我没有这样的困扰。"

"我也是，"乔伊认同道，"这或许给我带来了不少麻烦。很多人都忘记了，但他们本该记得。我想让人记住鲁克斯本来的样子，而不是被这条路改变后的样子。你懂吗？我要给他竖一座十字架。鲁克斯值得被记住。"

"我会让你信守诺言的。"我说。

乔伊点头："对的，太好了，很好，很好。他的故事很有价值，我们需要记住他的死给我们留下的教训。这条路会以无形的方式杀死我们。我们也要记住我们的朋友，鲁克斯。"

卡车开始向上爬升，我提高警惕，抵着仪表盘来稳住身体。

"就是这儿了。"乔伊说。

阿提根山口出现在挡风玻璃外，陡峭惊悚。路面反着光，潮湿黑暗。警示牌提醒："小心雪崩"。就在不远处的路堤上，我看到一杆杆 11 英尺高的枪，是公路巡逻队用来引爆雪崩的。

定时引发雪崩能帮助道路维持稳定，乔伊解释说。

卡车开始吱嘎作响地爬坡，乔伊递给我一片口香糖，她解释说，接下来会爬到 4739 英尺高的山峰，这时开始嚼口香糖是明智之举。

"你的耳朵会砰砰砰砰砰。"她说。

这里有反乌托邦式的景观，完全没有我想象中色彩斑斓的悬崖。我们所处的海拔太高，看不见太阳，铅灰色的云裹住我们的车灯，雾气爬上我那一侧的车窗。我在岩石崖壁上寻找山羊、驯鹿的踪影，寻找雪崩的迹象——奇景或险境，均至野至丰。

"这儿就是我们跨越大陆分水岭的地方……就在这儿！"乔伊呼喊道，"也就是说，往北的所有河流都汇入北冰洋，往南的所有河流都汇入白令海。"

我没看到什么河流，只有厚重的灰色砾石和云团一起簇拥着陡峭幽暗的群山。卡车继续爬升，发出嘎吱嘎吱的声响。我开始担心起我们的引擎来，万一它熄火了，我们会沿路下滑，最后稳当地停在路边，还是会翻滚下山，当场丧命？我紧紧攥住安全带。穿越阿提根山口是"过山车"中最险要的一环，你的身体被拉高又拉高，却看不见前方的事物，不知何时会开始下落，焦虑会在这一过程中不断累积。

"我害怕。"

"别往下看！"乔伊喊。

但我不知该看哪里，视线无处安放。

"看窗外！"她下令，"看有没有小的白大角羊[1]！"

她讲解道，白大角羊会像白色小亮点一样出现在地平线上，它们不动你根本发现不了，看上去就像画家用细小的笔尖蘸上白颜料，轻轻点在山上。

我眯起眼睛，试着观察悬崖上的风吹草动，按照指示寻找白大角羊，可除了我们的卡车，万物都静止不动。

乔伊也承认："可能今天太冷，白大角羊都不出来了。"

---

1 即戴氏盘羊，有弯曲褐色的角，皮毛颜色由灰色到黑色或由白色至浅褐色。腹部和腿的后部是白色的。它们有白色的臀部斑块和黑色的尾巴，遍布阿拉斯加东北部、中部和南部山脉。

我尝试把视线拉回天空，但就算尽最大努力，还是止不住往下看，一次比一次低：先是看车窗，再看窗下的内饰。最后索性直接看向最低处——好家伙，脚下深不见底，一条笔直的绝壁，向下延伸，全无护栏，下方除了深沟别无一物。卡车上下颠簸，轮胎拼命挣扎在失控的边缘。

"要是再冷一点，我就会用链条锁住轮胎。也许我该把轮胎锁住的。"乔伊说。

"别告诉我这个！"

乔伊笑着拍打我的大腿。

"我开玩笑的！"她说，"只是开玩笑！"

可我不觉得好笑，双手攥起拳头，塞在两股间。卡车继续爬升，云层逐渐稀薄，化作缕缕青烟。我试着让自己冷静下来，摇下车窗，羞怯地伸出一只手，将一朵云握进掌心。

"看吧？"乔伊说，"好玩吧！"

云朵湿漉漉地绕在我的指间，袅袅升起，飘荡在我们的驾驶室中。我或许不懂如何祷告，但我懂得如何倾听，就像玛丽·奥利弗[1]诗中所写的："我知晓如何留意，我知晓如何去度过我这段狂野且宝贵的生命。"

---

1 玛丽·奥利弗（Mary Oliver，1935—2019），美国诗人。以书写自然著称，长期隐居山林。1984年她的第五本诗集《美国原貌》获得普利策诗歌奖，1992年又凭借《新诗选》获得美国国家图书奖。

"嗖！"乔伊说，我也跟着说："嗖！"我抬头刚好看到前方峰回路转，下坡开始了。两侧的风景急速下降，落入洒满阳光的山谷。

　　我把阿提根山口看作一道分水岭，那陡峭尖锐的山峰彻底颠覆了我过往的生活。或许这是我天真的妄想，或许是因为乔伊竭力的驾驶，可正是这两者把我带到了此地。冻土从干裂的大地破土而出，冻原下闪着电光蓝。我想走出车子去感受这一切，把手按在土地上表达感激，但乔伊跟我说，现在停车不安全，等到了普拉德霍湾，我们会有足够的时间。

　　接着她急踩刹车，指向巍巍群山。

　　"它们在那儿！"她比画着手势喊道。

　　白大角羊就在那儿迈着小步奔跑，好似随风转动的白色小风车。

10

距离北方的普拉德霍湾还有 30 英里，狂风席卷，卡车被吹得左摇右晃。车窗外能见度仅 4 英尺，眼前的一切都是白蒙蒙的。夜幕终于降临，乔伊用摇篮曲迎接它，随着节奏轻点制动踏板，想必过去的十三年她都深受这旋律的熏陶。

"情况还好，不是很严重。"她说。

她掰开一盒有机草莓，一口口咬下去，草莓只剩下梗。从她咬着下唇的样子，我能看出情况并不好，她很紧张。这是乔伊第一次露出恐惧的神色。她用两指夹出一颗草莓，车轮一步一滑，拖着这台机械沉重的身躯，跟跄前行。

"没那么糟啦，"她补充道，"刚到能让你长记性的程度。"

她的意思是记住要小心，要稳住，要知道死亡是有可能的。她紧握方向盘，每根手指都攥成一个小拳头，仿佛每多一点努力就能让我们离最坏的可能远一点。

乔伊解释说："所以我们现在看到的，就是所谓的

'冰雾'。"

冰雾像幽灵一样绕着我们的车盘旋，车窗结上了霜，我们看不清路。乔伊伸手擦拭玻璃。当太阳下山，热气蒸腾，能见度迅速降低时，空气冷到足以使雾结成冰，冰雾就会出现。她用指甲刮着玻璃，划开雾气在车窗内凝成的冰晶。

"我不喜欢这声音。"我说。

"我也不喜欢。"乔伊说。

仪表盘显示当前温度为零下 16 摄氏度，接着又跳到了零下 19 摄氏度。雪花像白色的厚墙一样被推到我们面前，沿路积雪迅速地越堆越高，民用无线电台里传来混着杂音的男声，提醒我们前方路况更为严峻。

"收到，"乔伊说，然后她看向我，"我们不是真的这样说话的，但有时候我会假装这么说。"她接着对无线电说道，"谢谢你，哥们！很感谢。"

这就是卡车司机会为彼此做的事，是里奇、唐纳德等人边吃蘸汁薯条边谈论的事，也是为什么人们会在餐券上写下救命恩人的传说。

这便是示警、保护并最终拯救彼此的意义。

"也许附近并没有人，但你还是会朝暗处呼喊，因为你永远不知道这些话会有什么用，"乔伊说，"我的心态是，要么你已经掉进了沟里，要么就在掉进沟里的路上。所以，必须时刻保持警醒。"

"不用。"那位卡车司机回话说。

我的手指紧绷着，脚死死踩住汽车地板。车子滑向一堵冰墙，乔伊再次抓起对讲机。

"你说的是真的！"她对着话筒，"这太糟糕了！"

我尽量在位子上坐好。我能感到风在撞击车窗，它呼号着，仿佛一头猛兽。

"我还有一个故事要讲给你听，但你不能——不能把它写进书里！除非我死了！等我死了你才能讲出这个故事！"

"好的。"我应允道。

她终于褪去了强悍的卡车司机形象，取而代之的是我一直期待她讲出的故事，她对公路生活本来面貌的如实描述。我不相信乔伊没有一个故事来讲述这条路如何让她变得坚强，或者至少试图磨炼她的心志。狂风继续撞击驾驶室，我准备开始一场真诚的对话，关于她所忍受的种种破事和来自其他卡车司机的刻薄言语，关于路上的男人们怎样的粗鄙，这些都令她感到独力难支，似乎这条路上没有她的立足之地。

乔伊开口说："有一次……"

我竖起耳朵。

"我实在忍不住要拉屎了。"

事情是这样的：可想而知，这儿没有休息站，没有盥洗室，移动厕所也很少，且很难遇到。

"而且说实话，移动厕所更难办。"她告诉我。

我会意一笑。

"那天风很大，但我真的，真的憋！不！住！了！"

她找到一个路面变宽的地方，决定把车停在冻原上，然后下车在货物背后解决问题。

"我当时拖的是……我也记不清了，可能是钢管？……反正是又大又重的东西。就这样，你懂的。想着我至少该隐蔽一下，万一有别的车路过呢。"

于是，她蹲下，拉屎，然后就看到一辆卡车白亮的大灯照了过来。

"当时我想赶快完事，"她笑着说，"可是这大便啊，在这大风天，你知道压力多大吗？我有点怯场了，根本拉不出来。"

"怯场？！"我也跟着笑了起来。

"没错！"她说，"就好像得了拉屎恐惧症！我慌忙着打算站起来，想把脱到脚踝的裤子提起来，遮住我的小三角裤，可那辆卡车、那位司机，不停地朝我开过来。他肯定能发现是我，首先他会来查看，因为担心我遇到了麻烦。然后他再看看驾驶室和车身颜色，就会知道那正在拉屎的屁股，是我的。"

乔伊在座位上扭动屁股，重现当时的场景。我笑得喘不过气来。

"所以我开始扭来扭去，"她接着说，"终于把屎拉了出来，提上裤子，可那坨屎！它……"

她笑得前仰后合。

"我的那坨屎，被风卷了起来，开始翻滚，边滚边结冻，就像动画片《结霜的雪人》似的。接着，它滚……到……了……马……路……上……就在他的卡车前！"

"大便风滚草！"我笑得太厉害，甚至笑出了眼泪，乔伊也边笑边冒泪花。

"没错！太对了！"她说。

她用力喘着气，泪水大颗大颗地顺着脸颊流下。

"我从没提过这件事，"她说，"但好家伙，他看到了，我的超大坨大便风滚草。"

她看着我，咧嘴一笑，泪水沿着两颊的皱纹奔流。她从未像现在这么美，卸下防备，无所畏惧。

"他看到了，而且他知道，他完全知道那是啥。"

她说："让我再讲个故事。"

她抹掉眼泪，"这个故事你可以分享。"

她指向一个英里标志，但车速太快，我看不清上面的数字。

"就在这个地方，一个黑漆漆的冬天，冷得要死，我遇上了一场风暴，我是说，一场大暴风雪。"

我从座位上直起身子，试图看清前面的路。雨刮器结上了冰晶，每当我们开过坑洼或开上斜坡，我都能感到厚重的积雪摩擦着车轮，前轮毂盖几欲脱落。

"跟这会儿不一样，"乔伊察觉到我的焦虑，对我说，"现在，就像我说过的，辣妹，虽然恶劣但不算太糟，只是冰雾而已。但我要说的那一次——那次我真的吓到了。什么都看不见，前面什么都看不见，左边看不见，右边也看不见。"

我们撞上了一个坑，车打滑，但乔伊稳稳地握住方向盘。

"现在的卡车司机培训会教你，在能见度低的情况下，应该沿路肩行驶，因为你看不见有什么车朝你开过来。要知道，开过来的都是巨大的卡车，而且开得很快。但路肩也是个问题，因为它们是阿拉斯加州政府建的。在一些地方，尤其是北部，路面比冻原高出 8 到 10 英尺，因为萨加瓦纳克托克河——我们叫它'大水沟'——经常发洪水，发洪水的时候，路面被淹，谁都过不去，有时能耽搁好几天。你只能干等着，在车里看电影。公路变得像一个大露营地，我们走出车，互相问候，分享零食之类的。但你也要知道，堵在路上的每一天都会造成几百万美金的损失。"

"我有读到过。"我表示。

"没错，所以他们把路加高了，这也没什么，只是这下就没有护栏了。本该装上金属指示标，就是那种粗大的金属杆，告诉你路在哪里。但它们在暴风雨中被冲倒了，也可能一开始就没装好。本来每 15 英尺就该有一个，但有些地方大概 100 英尺才有一个，如果是为了省钱，这实在是个烂法子。不管怎么说，当时我就在路上，开着车，瞎开，根本什么都看不见。"

她摇了摇头。

"我看不到路的边界在哪里，哪里开始是冻原，所以我决定在路中间慢慢开，放松点，努力适应前方路况。幸运的是，那天我想和萨曼莎多待一会儿，所以比平时出门要晚。我觉得就是出门晚救了我的命，因为路上除了我就没有别人了。"

"所以你孤身一人在路上，遇到了你曾见过的最大的风暴。"我说。

"是的，天很黑，天气很坏，很恐怖。"

乔伊告诉我，有些夜里，她甚至感觉自己要死了。北极的某些夜晚格外寂寥，没有星星，也没有月亮，只有一片坚硬、黑暗的穹顶，这会让人不禁怀疑自己命不久矣。

那些夜晚，你会救赎一切，原谅所有人。你会简短祷告，因为你知道该祷告了。

你在等待最后的时刻，你认为这是上帝的考验。你把自己卑微的灵魂臣服在这蕴藏着无数灵魂的宇宙面前，你的痛苦与他人的别无二致，你遇到的问题亦然。

她所讲的，就是这样一个夜晚。

"我以为我要死了，内心的紧张一下子就消失了。我停下车，举起双手呼唤上帝。就在那时，我看到了它。"

"上帝吗？"

"不是，不是，是一只小狐狸，白色的小北极狐。它就在我前面大概 10 英尺远的位置，被三匹白狼追赶。"

她说就像一个童话故事：一只身披雪花的小狐狸，奔逃留下的小脚印消失在它身后，可是这只童话中的小狐狸全身是血。

"血到处都是，"她说，"我不知道该怎么办，我真的很同情那个小家伙，它显然受伤了，而且敌人数量比它多。"

乔伊看着它们，想着给它做个见证。当它走到她的卡车前时，突然转身，站在车灯下一动不动。风在它四周呼呼作响。

"我不知道该怎么办，"她告诉我，显然她正在目睹一只动物的最后时刻，"它已经累坏了，完全没力气了，可是除了继续跑，没有别的办法。"

然后它消失在她的车灯下。

"它可能在说再见吧。"我猜测。

"不，"乔伊说，"不是这样。我想那只狐狸内心深处是知道的，那些狼最终会抓住它。所以它穿过我所在的那条路，想着卡车的噪声也许能为它争取一点点时间——狼是怕噪声的。这就是它的用意吧，想在地球上再多活一会儿。"

我感到我的心脏仿佛要跳出胸膛。

最后我问："那些狼，它们抓到它了吗？"

乔伊看着我没有说话，面色惆怅。

"我不得不开走了，"她说，"谁又说得准呢，这里的生命就是这样。那只狐狸，它的状况实在不乐观。"

我的头靠着窗户，皮肤贴在冰冷的玻璃上。

乔伊说："山上的世界——当然山下也是，有时是极为冷漠的。"

从后视镜中，我看到我们的尾灯在雾中闪烁。

"所有东西都想活下来，"乔伊似乎察觉到我的不适，对我说，"在这里开车，这种事见多了，无比常见，大家都想活着。像我之前说的，那些可怕的开夜车经历。你以为自己要死了，所以你原谅了所有辜负你的人，忘记了伤害和挑剔，放下了所有世俗的怨恨，向上帝臣服。你变得更适宜去爱，于是祂决定让你活下去。"

她向我伸出手，柔软的手掌搭在我的手肘上。

"这条路能让你改头换面，"她重复道，"这条路就是活着的一种方式。"

接着，就像得到提示似的，电台传来裹着电流的声音："前方有一头死驯鹿，尸体仍在雪中流血，引来一群狼觅食。"

"情况不简单，"司机补充道，"33英里处，附近的人，如果你正往北开的话，它就在你左手边。"

"留意它，"乔伊说，"或者别被它分了心？我也不知道。"

我瞥向窗外，黑暗中阴影涌动，我几乎看不见前方道路，更不用说远方有什么东西在环伺。我们静悄悄地缓缓驶过 35 英里和 34 英里处，乔伊轻踩刹车，终于我们看到了那头驯鹿，距离公路不到 30 英尺。

狼群倏然抬头。

"看！"乔伊说，"就在那儿，这并不是常见的事。其实就连我也是第一次见。它们肯定是引诱小驯鹿，使它脱离鹿群。这样的恶劣天气，是顿美餐。"

"可怜的驯鹿……"我说。

"只是你这样觉得。"她说。

她向狼群打了个招呼。

狼群继续低头进食，她对我说："我们都想活下来，辣妹，这个世界不过是我们所有人为了活得久一点而奋斗，有些人得到了，有些人没有。而决定谁有谁没有，是上帝的工作。"

11

普拉德霍湾出现在视线中时，就像天堂一般，万丈光芒从云层洒落。地平线上升起的第一幢建筑就是上帝的化身，在这里，它是一幢建在挑高结构上的模块化房屋，提供暖气、食物和遮风挡雨的屋檐，以及一个冰沙吧——乔伊打趣说。

我摇下车窗，让风从指隙滑过，雪花在指尖上打着旋儿。

"敬请期待！"乔伊说。

突然，一阵歌声响起，手机嗡鸣着传来爱的讯息，来自萨曼莎、詹姆斯等无数人。我们距终点还有 12 英里，信号只有两格，不足以发出一条报平安的消息，更不用说发出一张我们的合照，却足以接收此前累积的消息，每声嗡鸣都传达着来自远方的问候。

"帮我个忙好吗？"乔伊问道，她摆出双手握着方向盘的姿势，对我说，"安全第一。"

我拿起她的手机，几十条来自全世界的消息一拥而上，在屏幕上闪过。

"别管那些，"乔伊伸出纤细的手指，在空气中做出左滑的手势，告诉我，她只想看家人的消息。

"希望你已经平安抵达，"我大声念给她听，"那条是萨曼莎发来的。还有，别在外面待太久。"

"那是詹姆斯吧！"乔伊笑着说。

这些消息提醒着乔伊她在这世上的位置和价值，是她与世界联结的纽带。她说边开车边发消息实在太危险了，但有时——她微微一笑说，只是有时，当她能看清前方路况，且天气良好，艳阳高照时，她会偶尔允许自己读一条消息。

"一点点爱，一条小小的消息，就能帮助我跑完最后的几英里。"她大声说。

我笑了，试想经历过漫漫长路上的无边黑暗以及对死亡的恐惧，终于看到天空沿着车的引擎盖变成蓝色，那时能看到詹姆斯的消息，想必对她意义非凡吧。

他说，我想你了，小姑娘。

我留意着我的手机的动静，但它在背包里一声不响。

你真笨，笨死了。我对自己说。

父母知道不要发消息给我，我告诉过他们路上没有信号，只有在安全抵达费尔班克斯之后才有可能发出消息。但我并未跟戴夫说这么多，一部分是因为我要让他想念我，并且告诉我他也想我。

我想让他告诉我，他很抱歉，非常非常抱歉。他知道出于冲动的侮辱是有害的，对我们的关系没有帮助。我想看到他的承认和道歉，看到他列出举措来纠正此前的种种不当行为，例如接受心理咨询，学习管理愤怒。即便现实总不如愿，但我依旧愿意相信，他终会找到办法来修复我们之间的关系，而我这几天的缺席能让他更有动力去做这件事。

但我的手机上一条消息也没有。没有承诺，也没有宣言，只有美国边境的工业光辉笼罩在我们四周，物资堆积如山，孤独亦然。

"可以帮我个忙吗？"乔伊问道，"既然有了点信号，麻烦帮我打给普拉德霍湾酒店，号码在快速拨号上，找前台的乔琳，请她帮我们留点上等肋排。"

她告诉我，今天是星期天，是神圣肉食日。

这是普拉德霍湾的传统，每个星期天，各酒店和工地都会提供一模一样的餐食——"你从没见过这么大的一块肉"。

我想象着通红的酱汁在肥美的肉排上晶莹流淌。

但电话一直无人接听。

"没关系，"乔伊说，"我想我们也不一定需要一块巨大的半熟肉排吧。"

可是我已经在幻想那块牛肉了，佐以拌入了黄油的土豆泥，如果有青豆就更好了，这叫我怎么抽离出来！

"我可以再试一次吗？"

乔伊允许我再试三次。

"乔琳肯定在忙。这可能是上帝在暗示我们，会有更好的东西来填饱我们的肚子。"

"也可能上帝是在考验我们？"我试探说，"可能我们得证明我们值得这块牛排？可能祂想让我们臣服于那神圣的、滋补的——"

"肉的力量？"

"这种力量神秘莫测。"我说。

"你对上帝的感知蛮不错哦。"

"我听说祂作工的方式很神秘。"

乔伊笑得眼睛眯了起来："你总是能把我逗笑。"

"你觉得有可能会剩一点吗？"

"你见过的最好吃、最大块的肉，在一间几乎全是男人的餐厅里，你觉得呢？"

"好吧……"我说，"好吧。"

我努力压制自己对肉的幻想，可除此之外我只能想到加油站卖的方便食品：软塌塌的火腿芝士三明治，里面裹着生菜叶，淋了些微辣芥末酱；一袋玉米片，两颗凉掉的水煮蛋，装在一人份塑料包装袋里。算了，我还是回去我的土豆泥、肋排和青豆的异想世界吧。

我驱使自己继续想接下来的事情。明天早上，我将穿上我的蓝绿色比基尼，涉水步入北冰洋中。此行的刺激和活力将在那一刻达到顶峰，就在北极海岸线上，我将埋头下潜，背对冰冷的天空。这会是对北极的终极臣服，我会请乔伊记录下这一切，发到我和她的 Instagram 上。或许第一张照片里，我还处在震惊之中，咧着嘴浑身颤抖。下一张，我双手高举，摆出胜利的姿势，得意扬扬。可能我会请乔伊拍一连串照片，在电脑上做成定格动画，再配上音乐。将来我要把这段视频给我的孩子们看，看我曾经多么年轻又坚定，无所顾忌。我走进零下 5 摄氏度的北冰洋，穿着蓝绿色波点比基尼，从头到脚都展示着什么叫作强悍，什么叫作对生活说"是"。

"等我们到了那儿，我想带你认识几个女人，证明我不是这里唯一的女性。"乔伊说。

她让我不要误会，她很荣幸我找到的是她。但如果不让我认识这里的其他女性，则是不诚实的表现。这些女性同样在极地建立自己的事业，忍受着恶劣的气候和孤独的处境，找到了养家糊口的方法。乔伊固然是唯一的女性卡车司机，可在北坡，仍有许多英勇无畏的女性活跃在各自的工作岗位上。

"这里的女人格外引人注目，"乔伊说，"也让我们更容易找到彼此。"

她说我和她们的见面很重要，因为她们的故事也值得一讲。同时也应该让人们更好地了解到，是什么人在勇敢直面阿拉斯加的残酷极地。

"我想，你听说过——"乔伊停顿了一下，若有所思，"他叫什么名字来着？那个离家出走的巴士男孩（Runaway Bus Boy）？还有熊先生（Mr. Bear）？"

离家出走的巴士男孩和熊先生是两位美国男子，因善于忍耐阿拉斯加的偏远而闻名。克里斯托弗·麦坎德利斯逃离了他那物欲横流的失调家庭，在全国各地旅行，不拒绝搭便车等一切能助他前行的手段，最终，他在费尔班克斯郊外荒野上的一辆废弃校车里安顿了下来。几个月后，他死于饥饿，也可能死于有毒的浆果。但现在，他活在诱人的美式传奇之中：我们永远的少年，身穿法兰绒的彼得·潘，腰间挂着一把折叠小刀。他是天真的理想主义者，追寻着尘世之外的某种东西。

麦坎德利斯如此广受爱戴，以至于费尔班克斯郊外的许多旅行团都推出了主题旅行路线，号称要跟随他的脚步去偏远的森林与河流探险，会途径麦坎德利斯的旧校车和他的遗体被发现之处。

"142 路巴士之旅，一睹克里斯托弗·麦坎德利斯最后的安息之地！"——"迪纳利荒野"导览项目对其如是宣传道。

据我最近一次查看，这条路线获得了很多五星好评。

熊先生本名蒂莫西·特雷德韦尔，是另一位因死在阿拉斯加边远之地而著名的美国男子。特雷德韦尔放弃了他在下 48 州的生活，每年夏天都在卡特迈国家公园和灰熊一起生活。他认为熊是自己的家人，相信仅凭一人之力就能确保熊不会伤害他。

在多数人看来，他是个自恋的疯子，但他也是我最喜欢的电影《灰熊人》的主角。这部电影由沃纳·赫尔佐格执导，他捕捉到了特雷德韦尔对熊独特的狂热，同时也聚焦于导致特雷德韦尔避世的人性：灵魂深处，根深蒂固的孤独。

"真是个疯子，"乔伊对我说，"我才不管那个男人是怎么想的。熊会杀了你，它们想都不用想就会杀了你。"

熊确实杀死了特雷德韦尔，不假思索。但多亏了赫尔佐格，我了解了一些乔伊所不知道的事情。我告诉她，特雷德韦尔并不是孤身一人，他死的时候，身边还有他多年的女友阿米·哈格纳德。也只有她，会出于对蒂莫西的爱而陪伴他在夏天前往卡特迈，尽管她很害怕熊，也相信熊可以杀死他们。

阿米身材高挑，有着金色的长发。在一张照片中，她穿着橄榄色运动衫，脖子上围着防蚊网。但在特雷德韦尔所拍摄的数百小时的影片中，阿米只出现了几秒钟。特雷德韦尔在叙事时坚持宣称他独自与熊共处，因此拒绝让阿米出现在身旁。

在电影的结尾，赫尔佐格探讨了阿米在片中的缺席——以这种方式向她致歉——并推测她在特雷德韦尔人生中的存在感比电影中呈现的要强。

我告诉乔伊，和人们所想的不一样，阿米并非和男友同时死去，而是在熊群咬死了男友后，才被袭击而死。在我看来，这表明了她一直陪伴在他身边，至死不渝。

"我们应该知道她，"乔伊的声音越来越大，"我们应该知道好女人会为了爱做出什么疯狂的事情。"

我背诵了电影里的最后一句台词，来自验尸官的话："阿米陪伴着她的爱人、伴侣、朋友——还有熊。最终，临死前，在她身边的是熊。"

乔伊沉默了许久。"验尸官没有骗人，"她说，看得出来她生气了，"别搞错了，她不是因为和熊待在一起才死的。像她那样——像我们这样的女人，我们会死，是因为和残暴的人待在一起。"

即使再也救不回阿米·哈格纳德，我们也要为她正名，乔伊对我说。我们要改写阿拉斯加的故事，从现在起，她将带我开启以女性为主题的旅程。

"我会把我知道的人都带给你认识，"她宣布，"我要让你认识的第一个人，就是道恩。她在餐厅工作，是我的好闺蜜。"

道恩有一双圆圆的大眼睛，笑起来像卡通人物。

"让人见了就忘不了，"她说，"你看到道恩就会笑出来，不过我不确定她在不在，不知道她今天是否当班。"

她解释说，北坡的工人都按照严格的时间表进行轮班：上两周，休两周；或者上两个月，休两周。北坡环境恶劣，尤其是冬天。在这里，一份工作的最大优势是可以时常离开这里。

乔伊说："大家赚钱然后带回家，回家看孩子、约会，干些要紧事。然后再飞回北极，开始下一个循环。所以即便道恩不在，也会有其他人在，像是萨万娜和珍。"

萨万娜、乔琳、珍——正是像她们一样的女性，让普拉德霍湾成了宜人之地，让乔伊的路途有了意义。她们或许不会开大卡车，不懂如何捆绑几千磅[1]重的货物；她们涂樱桃润唇膏，戴十字架或生月石项链，在表象之下，她们有着同样的独立精神和专业素养。

"她们让这个地方变得有趣，"乔伊说，"很快你就会看到，这里的生活只与工业有关，只有工作工作工作。"

早上，工人们在永恒的夏日中醒来，或者，在永恒的黑夜中起身。钻井工人轮班工作十二个小时，从中午干到午夜，或从午夜干到中午。两周的轮班听起来短，但无不被孤独、寂寞和极度劳累所支配。如此循环，令人生厌。

"他们甚至星期天也要工作，包括圣诞节和感恩节。普拉德霍湾的工人能休息的唯一假期，就是超级碗。"乔伊说。

她告诉我，那里有一家很大的自助餐，供应蟹腿、牛排和大虾。

"现在你就能看到一些工地了，"她指着地平线说，

---

1 1 磅约等于 453.6 克。

远方的建筑像圣诞灯串一样闪闪发亮，"它们看起来很小，但都是障眼法，其中一个里面有封闭式玻璃天井和瀑布呢，瀑布呀！"她笑着，"多数都有日光浴床、篮球场和电影院。"

我们眺望远方。

"还有爆米花什么的！"乔伊补充了一句。

所有休闲都是为了暂时摆脱孤独的纠缠——只能在记忆中重逢的孩子、配偶和家人，相隔数千英里、数个时区的家乡——以及摆脱这无穷无尽的冬天，从十月一直延续到来年五月，天地一片雪白，气温不时骤降至零下50多摄氏度，形成人类无法生存的酷寒。这片区域只有六个星期能免于霜冻，到了七月还在下雪。接着夏天来了，带来了无尽的白昼，北极植被在干裂的土地上抽芽：蓝色的勿忘我，粉瓣星点的印第安画笔小花，柔红的柳兰，紫罗兰色的山月桂。乔伊告诉我，盛夏的冻原像草甸一样绿，微风和煦，只是蚊子多，偶尔出现的海鸥会飞来内陆找垃圾吃。

"你会以为自己来到了中西部，"她说，"还会以为是多萝西[1]的龙卷风搞的鬼。"

但你并不在堪萨斯州，你在阿拉斯加，这里的土地承载着持续的变化。

1　童话故事《绿野仙踪》的女主角，在故事开头被龙卷风刮到了奇幻的国度。

"我们开采的那座油田……"乔伊说,"它正不断地沉入地下。"

新建的建筑都要先打上混凝土支柱,否则内部热空气的辐射会融化外部,进而形成沼泽,最终整栋建筑可能会被吸入地下。

我们的车离目的地越来越近了,即使在夜幕的笼罩下,我仍能感觉到巨大嘈杂的工业网络向外四射,波及那些游荡的麝牛、驯鹿、熊、红狐和北极狐。

"明天,我会带你去冻原拍一些电视上的那种照片,不是我们之前看到的那种,没有血,没有伤口,没有内脏,我是说麝牛和灰熊。你会打印出来挂墙上的那种照片。"

我眺望远方,看到地平线上散落着红色的石油钻井平台。我们缓缓驶入城镇,经过了第一栋建在支柱上的房屋。男人们聚在仓库门口和皮卡车斗里,从十八轮大卡车上卸下一箱箱淡奶。现在是四月,天还是黑的,停车场的灯光却把四周照得如天堂般明亮。我把车窗摇下一条缝,想听听外面的声音,乔伊说这是她最喜欢的部分:漫长的独处之后,终于能从声音中得知其他人的存在。

"这是不是最美妙的声音?"

是的。我们周围,男人们在交谈、大笑、吹牛,用一次性纸杯喝咖啡。我们的车开过时,他们微笑着,有人还举起手向我们打招呼。他们蓄着山羊胡,剃着平头,手机挂在结实的腰带上。他们头戴棒球帽,身穿御寒的厚工装。他们穿着公司的雨衣抽烟，雨衣裹住胯部，袖子卷到肘部，他们眯起眼睛看了看天空，打赌雪会在哪天停。尽管他们与我交集甚少，但现在，我们共同分享着美国最北端的夜色。

乔伊把车停进普拉德霍湾酒店前的停车场。

她说："我相信有这样一个计划，上帝赐予你的东西，祂有一天也会拿走。不管祂设定了怎样的时间线，我都为自己能成为这计划的一部分感到荣幸。每次来到这里，我都会简短祷告一下，感谢仁慈的神护佑了我的安全和健康，我也会感谢自己的身体，这样的久坐可不容易。"

她双手合十，低头祷告。

我看着外面乳白色的天地，如同身处魔法水晶球之中。月亮低垂，冰与铁的世界在月光下熠熠发光。

"阿门。"她说。

"阿门。"

我们解开安全带，走出卡车，乔伊突然停下来，向我伸出手说："我很高兴耶稣爱我们。"

看着她的脸庞映在月光下，我的心又一次被击中，与第一次见到她时一样，我从没见过这么美丽的人。

"我也是，"我说，"我也是。"

她笑了："准备好搞点吃的了吗？"

"剩下的上等肋排？"我满怀希望地说。

"不是啦！"她大笑着说，"肯定都没了！但如果我了解这些男人——我确实了解——我保证他们会留点沙拉给我们。这么跟你说吧，在世界之巅，没有什么比沙拉更好了。"

<<<>>>

好不容易来到世界之巅，我才不要用沙拉来做庆功宴呢。

以下是我吃的东西：一块T骨牛排，一条口味一般的炸鱼柳，大蒜土豆泥，杏仁煸青豆，蛋奶芝士通心粉——里面加了淡奶和新鲜的切达奶酪碎。看到芝士蛋糕和软饮机时，我啧啧称奇。在转角处的小白瓷盘里，还有我小时候喜欢的精美糕点：盖了一层奥利奥碎的巧克力布丁，里面还埋着彩色橡皮糖虫。

"我的神啊！"我尖叫道。

"不是的，宝贝，这是人。"乔伊笑着纠正我。她把托盘滑到我旁边，我看到她的盘子里堆满了新鲜生菜、罐头桃子和白干酪。

我豪饮了一口巧克力奶，想着再来个酸橙派或樱桃派。我把鱼柳对半切开，蘸了点第戎芥末酱。

乔伊低头看了眼我的盘子，皱起了眉头。

"没关系，"她说，似乎在安慰自己，"我想你还年轻，够年轻了。我们以后再处理你的问题，你还有时间。"

这并不是我当初想象的极地伙食。这里有迷迭香烤猪排和手搓肉丸，墙边还摆着调味品转盘，黏糊糊的瓶子里装着三种醋和四种辣酱。

"这棒极了！"我说。

乔伊告诉我道恩不在，所以由她来带我参观这间餐厅。她领我来到一整面墙的冰柜前，里面放着不含酒精的啤酒、气泡水、纸盒装巧克力奶、V8即饮果蔬汁和各种能量饮料。有些品类我甚至从未听说过，除了红牛和摇滚明星，还有叫作"海狸嗡嗡""毒液"和"NOS"的饮料，有个牌子名称很大胆，叫作"号哭"。[1]

"公司规定，在普拉德霍湾不能喝酒，"乔伊向我解释道，"只要沾一点酒，你就得丢饭碗。在这种地方可不能冒险，所以只能在饮料上多花点心思了。"

她身后的壁挂电视正静音播放着《了不起的狐狸爸爸》。

我们四周都是男人，他们嚼着饭菜，用叉子卷起黄油芦笋面放到盘子里。他们中间似乎有着某种等级制度。乔伊确认了这一点，她点点头，暗示我看其中一张桌子。桌上男女各半，都穿着海军蓝防水夹克。

"领航员和领航员坐在一起，"她指出，"他们的工作是开着皮卡走在前面，看到有载货宽大的大型卡车就发

---

1 这里提到的都是功能性饮料。

出示警。卡车司机们坐在一起，"她示意我看向另外一张桌子，"满手油污的人也和其他手黑黑的人坐在一起。"

我想我必须破除一个关于油田工人的迷思。接下来我在餐厅遇见的男人们，和里奇、唐纳德并无两样。他们给我看各自石油钻井平台的照片，分享北坡最大的一次风雪，给我看缓冲慢的模糊视频，那里面是他们某天晚上走到外面观赏到的北极光，震撼极了。他们和我谈起那些好女人——妻子、女友、母亲，她们在等他们回家，支持他们从事现在的工作。她们是堡垒的卫士，是他们的基石和背后的力量。

我原本以为这些男人会表现得不屑一顾——对乔伊，对她的工作，也对她身边的我。我承认，我以为越往北走，遇见的男人就会越粗鲁无礼。在我脑海中有这样一幅图景：那些男人选择生活在美国最后的大游乐场中，正是因为在这里可以无法无天，他们可以肆意调笑，讲荤段子，品评我的胸部和嘴唇。而面对这些骚扰，我只能忍气吞声。

这是一个悲惨的事实：遭受虐待的人，会假设在任何地方都可能受到虐待；看到任何与虐待者有相似特征的人，会假设将遭到此人的虐待。内心的慷慨、包容皆离你而去。这样的猜疑毫无益处，只会使人错失快乐。你的智识不断试图去预判、筹谋，然后逃之夭夭。这种"战斗或逃跑"的行为驱使你带着敌意面对这个世界。它不会使你圆满，更不会使你获得力量。

相反，它让我感到十分渺小。

这些男人在我们身边，坐在整齐的长凳上，跟我讲着他们的孩子又抓到了什么鱼，在少年棒球联盟上取得了什么成绩。那些孩子在科罗拉多州、密西西比州、缅因州等。这些男人留着胡须，有着圆圆的大眼睛，他们伸出画满文身的手臂去打可乐，同时讲述着孩子们在充气城堡里举行的十岁生日派对，正计划的浪漫惊喜之旅——去全包式桑德尔斯度假村 [1] 弥补一再错过的周年纪念和情人节。

来到普拉德霍湾酒店时，他们又饿又乏，空虚寂寞，只能从意大利饺子上收获慰藉。他们想念随处可驾车抵达的世界，可以点到大虾炒面的世界。他们告诉我，这里太艰苦了，那么偏僻，那么寂寞，还好有乔伊永远友善的脸庞和充满活力的笑容。他们深情地说出她的名字，告诉我同一件事：乔伊的朋友就是他们的朋友。

一名男子提出要带我们去坐飞机，或者去育空河淘金。我为自己此前的判断感到羞赧，为自己的偏见感到惭愧。

我笑着回答他，看情况吧。其实我是为了和乔伊待在一起，不是因为担心自己的安全，也并非感到自己像个不属于这里的闯入者，我只是不想失去任何与乔伊相处的

1　Sandals Resorts，主打的方向是为情侣打造浪漫度假体验，连续十八年在世界旅游大奖中被评为"加勒比地区领先酒店"品牌。

时光。

乔伊搂着我的肩膀，几个男人鼓起掌来。"你做到了，"乔伊说，"你抵达了世界边境。"接着她对人们说，"这位是辣妹，她的名字将会传遍世界。她是我的朋友，辣妹！"

辣妹和"卡车妈妈"，我们举起塑料杯，一杯巧克力奶和一杯无糖杏仁奶碰撞在一起。旁边的男人们也举起杯子，参与到这欢庆的时刻。我们碰着杯，高喊"干杯"，说着祝贺的话语。

乔伊满意地笑着，说："我们该休息一下了。"我们正准备离开，一名油田工人用右手神秘地打了个手势，说："姑娘们，如果改变主意了，就冲我喊一嗓子，我给我那台老四轮车加满油，带你们去冻原上走走！"

"这是什么暗语吗？"我贴在乔伊耳边说，而她只是看着我，露出了失望的神情。我们已经筋疲力尽，可经过大堂时，乔伊在前台停下脚步，转身四顾，在架子间寻找着什么。这时萨万娜出现了，我还没来得及介绍自己，她和乔伊就像十几岁的孩子一样尖叫起来。

"乔伊！乔伊！乔伊！"萨万娜喊道。

"萨万娜！"她们抱着跳着，乔伊喊道，"哦哦哦！这是辣妹！埃米！我的小教授朋友！"

萨万娜浑身散发着温暖的光，双颊泛着柔和的桃红。

萨万娜欢迎我来到普拉德霍湾郊外，来到戴德霍斯，告诉我这里和地球上任何地方都不一样，只是现在天黑看不清楚。萨万娜的工作是为客人登记入住，办理退房，以及经营礼品店，店里出售糖果、杂志、薰衣草沐浴珠、炫彩运动衫、啤酒杯垫、设计俗套的烈酒杯，还有上面印着"北坡民兵：上帝，枪炮，石油"字样的棒球帽。有的帽子上印着普拉德霍湾的轮廓，最北端绣了一颗星星，下面写着"到此一游"。

乔伊和萨万娜热火朝天地聊着冰钓，我则浏览着店里的 T 恤，拿了一件绿色的 T 恤放在胸前比画。T 恤上面印着一只卡通北极熊，它看起来很无聊，表情冷漠，似乎对这个世界完全不感兴趣。北极熊下方是黑色加粗的大字"普拉德霍湾"。

我拿着这件衣服去结账，萨万娜转身把它塞进了塑料袋里。

"哇，我也最喜欢这件绿色的。"萨万娜说。

接着她带我们走出大堂，乔伊晕乎乎地靠在我身上，像分享秘密似的低声说："我从没在这儿过过夜！"

她告诉我，通常她只在这里逗留两个小时，一个小时用来吃饭聊天，另一个小时去健身房锻炼，举举铁，为穿比基尼做准备。她对我晃了晃手指，说："说来就来，说走就走！"

"即便是半夜？"我问。

"当然喽。"她笑着说，"得赶回家见老公孩子呀。"

萨万娜转过身笑着说："但你总会来跟我打个招呼。"

"那是必须的！"乔伊说着，轻轻掐了下萨万娜的胳膊，"运输公司对送货时长有很严格的规定，所以我总是回到冻脚营地才睡——我还是会睡的。这次是全新的体验。"

"这么说，这次算是外宿咯。"我说，"我们可以熬夜，然后给对方化妆！"

"还可以互相做美甲，"乔伊补充道，"谈谈接吻和男孩之类的。"

萨万娜带我们走进客房，那里只有两张双人床、一对床头柜、一个小书架和一台 20 世纪 90 年代产的电视机——像黑色的大方块。

这已是我们所需的一切。

我们放下行李，乔伊看向萨万娜，两人对视了许久，一言不发。

"很高兴见到你，"萨万娜最后说，"好久没见了。"

"确实很久没见了，"乔伊说，"我有段时间没工作了！我受伤了！"她抬了抬腿以示强调。

"我知道。老实说，我都以为你不会回来了，可把我伤心死了。"萨万娜说。

我开始明白乔伊所说的，是这些女人让普拉德霍湾变得宜人，让她的旅途有了意义。她们或许不会开大卡车，却具备不逊于其他人的专业精神，而这种品质往往被忽略。

萨万娜倚在门框上，眉开眼笑。

她说："好吧，我得走了。你走之前再来找我？"

"明天一大早就去找你！"乔伊说。

萨万娜走后，乔伊环顾房间，咧嘴微笑。

我们坐到床上，打开背包。我从里面拿出专为此地准备的卡哈特背带裤，还有一双羊毛袜和一件依旧气味芬芳的圆领衫，是鲜花和佛罗里达柑橘的香味。乔伊把打包得像瑞士卷似的衣物展开，是一条亮粉色运动短裤和一件诺克斯堡金矿的帽衫。她脱掉衣服，穿上运动裤，在腰间系好松紧带。

"我去健身房骑一会儿动感单车，"她说，"我的精神已经累了，但我的身体不累。"

我说我要去洗澡。

"我身上一股尿骚味。"我说。

浴室在大堂的另一边，一条狭窄的走廊里有几个淋浴间和厕所，还有一台用于空间除霉的工业级烘干风扇。水是热的，可廉价织物浴帘在热气的裹挟下不断往我的小腿上贴，我刚用脚把它蹭掉，它又会立刻黏上来。

这里真好，我想——在美国的边境之地，还能有淋浴间可以洗澡，享受着安全洁净、舒适温暖的环境。这本是人类最基本的需求，但我已经很久没有体会过了，我已经很久没有感受到安全了。

接下来，从神经末梢传导而来的喜悦，通过神经递质瞬间席卷了我的大脑，那么简单纯粹的快乐。我是什么时候成了这样一个女人，会因难得的独处而感到愉快舒适？我是什么时候抛弃了力量和勇气，只为换取一个令我变得软弱的男人？

我闭上眼，回想起 7 岁那年，那时我十分能干，一个人就能把鱼钩甩进水里，鱼钩划破湖畔绿树映在水面的倒影。

然后想到我 11 岁时，和哥哥弟弟一道在家后面的田地里奋力拨开灌木，从比我还高的马利筋和香蒲间穿过。

16 岁，我乘火车去费城，参观特罗卡德罗剧院和马特博物馆，在那里看到了一柜子有关窒息危害的文件，研究了各种用于扎人和刺探人体的医学器材，还端详过一套整齐排列在书架上的人类头骨。

24 岁，我搬去与家相隔五个州的大学攻读研究生，第一晚我一个人在家熬夜，吃比萨饼，喝啤酒，听着流行音乐拆箱玻璃杯。

我曾经是个坚强独立的女性，即便独自一人也不会忘记追寻快乐。可现在，我 30 岁了，却不知我的快乐都去了哪里，不知怎样才能找回它。

我冲洗干净，用毛巾裹住身体，站在浴室镜前，抚过身上的线条和皱纹，摸着鼻子的曲线。工业风扇在呜呜作响，抽走我身上的水分，我突然觉得有一件事比一切都要确定：我是一个带着很多遗憾的女人——做错了很多事，走了很多弯路——但我犯过的最大错误是，让一个男人来决定我是否值得，并且当他说我不配时，我选择了相信他。

从浴室回来时，我看到乔伊把脚抵在墙上，做着拉伸和放松的动作，同时还在用手机软件听西班牙语——动物词汇单元。她不时停下动作，翻过身来趴在地上，用手指按住手机。

"多线程工作。"她解释道。

"看出来了。"我说。

"El oso[1]"手机播放道，"El oso"乔伊跟着复述。

我跟她说，尽管我学习了几年法语，还在国外生活过七个月，但我对法语的了解停留在七年级的一次露营。

"Raton laveur，意思是浣熊。"我告诉她。

乔伊笑着耸耸肩："法国，我一直想去看看。"

"你应该去。"我心不在焉地说，好像这样就能解决问题。

"我死之前会去的。"乔伊笑着说，"但这种旅行要花很多钱。"

21岁的我并不懂这是多大一笔钱，当时还买了薰衣草香皂寄回家。直到此刻，我还没有意识到这笔钱对很多人而言是负担不起的。

---

1 西班牙语，意思是熊。

多么希望我可以回到过去，把这趟旅程送给乔伊。

"唔，好吧……"她说。我们人生的差别不言自明，但这也是乔伊最大的优点：她似乎并不在意，也不去评判这些差别。

乔伊一骨碌从床上爬起来，从背包里掏出洗漱用品：一块肥皂、几根牙线，还有一管上面写着"发泡剂"的天然牙膏。

"发泡剂是什么？"

"不知道。他们承诺说里面不含氟和甘油，但我只是喜欢他们的广告语：'祝你旅途愉快！'，这不就是我在做的事！"她说。

"应该是'乔伊旅途愉快'。"我调侃道[1]。

她拿起枕头打了我一下。我从包里掏出我的比基尼——蓝绿色，点缀着波点，沿着腰部收紧。

"明天我要去北冰洋游泳，"我对她说，"早上 8:30 和下午 3:30 有班车出发，你可以和我一起下水，或者站在岸上帮我拍照。"

对于像我这样不在油田工作的人，搭乘戴德霍斯北冰洋穿梭巴士是进入水域的唯一途径。这也是为何有大量游客从费尔班克斯乃至安克雷奇飞来普拉德霍湾，却只待上一个下午。这趟行程可不便宜，费用包括导游和巴士，还

---

1 在英语中，乔伊的名字 joy 与旅途 journey 的第一个音节发音相似，journey 对应的是 joyney。

有为防止恐怖袭击而进行的强制背景调查。网站显示，他们保证提供原汁原味的北极体验。浏览评论你会发现，这条路线在老年游客中颇受青睐，尤其是刚退休的夫妇。他们攒了少则几个月、多则几年的钱，终于可以一睹美国极北之地的风貌。

"啊！坏了！"乔伊懊恼地摇摇头，"这条旅游线路只在五月到八月之间开放，辣妹，我们恐怕来早了一个月。你可能没看清细则，就连我也没法让他们通融。"

我想拥有一个勇敢的瞬间，想要感受我的身体在北冰洋的寒冷中挣扎，想要感觉自己被净化了，获得新生。我无数次想象过这个画面，想让乔伊帮我拍下来，想把它摆在我的办公桌上。我觉得它应该能代表什么，比如证明我已经找回了一度遗失的东西。

等到有同事或学生问起，我都会酷酷地说："哦，那个呀，那是我在北冰洋游泳。"

然而现在，我不得不在距离北冰洋 8 英里的地方停下来。

北极是什么样子的？当被问到这个问题时，我该如何作答。说这里出人意料得整洁、舒适、古朴？我花掉自己一个月都赚不回的钱，飞去阿拉斯加北部，尽情享用全熟牛排、芝士面条和烩土豆？这里精心准备了丰富多样的甜品，用来招待那些温和有礼又充满好奇的男人，他们会兴致勃勃地和我聊他们的孩子？没错，这里是有北极熊，偶尔能看到；没错，这里有时会刮大风，但多数时候我眼前都是发霉的地毯，十二小时轮班的工人，以及一盘盘馅饼。除此之外，粗糙的床单、袋鼠蘸酱饼干、《莫里秀》[1]、福克斯新闻，算吗？

有那么一刻，我想笑自己怎么突然这么蠢，居然对一个瞬间如此执着。不管那场标志性的泳游不游得成，能睡在北阿拉斯加的一间小屋里，靴子里塞着几张20元钞票，已是特权。也正是这份特权，让我能够离开俄亥俄州。我有足够的实力支付三段航班和一间安全的酒店房间，可以暂离工作一周，并且就算在北极遇到紧急情况，也有医疗保险的保障。在特权的加持下，像我和乔伊这样的白人女性，即便遭遇不幸，也会有训练有素的专业救援人员来搜寻我们，把我们运出北极；即便最坏的情况真的发生，至少也会有人来讲述我们的故事。

我爬上床，裹紧被子，头发湿漉漉地披散在棉质枕套上，水沁入织物的纹理中。窗外，油田上的可移动集成房屋里点亮了星星灯火。我闭上眼睛，感谢自己来到了这里，和戴夫之间隔开了一段距离。感谢我们的床和床单，尽管它们有些硬、有些粗糙。感谢乔伊的友谊，感谢我们温暖的房间。感谢这个夜晚，它就像从天堂垂下的一根绳索，把我们牵离公路，远离种种危险。

1　由莫里·波维奇（Maury Povich）主持的美国著名脱口秀节目。

乔伊爬上房间另一边的床。

"我可以为我们祷告吗？"

"当然。"

乔伊从背包中取出《圣经》，我听见她翻书的声音。"大卫的诗！"她大声宣布。

我闭上眼睛，清空思绪，聆听她的话语。多年来，在戴夫身边，我一直试图扮演另一个人，假装信仰着身边人的信仰以求得到喜爱，以求不被抛弃。但我不想在乔伊面前伪装自己，她允许我看到她的一切，那么我也报之以同样的真诚。

乔伊读道："耶和华是我的牧者，我必不至缺乏。他使我躺卧在青草地上，领我在可安歇的水边。他使我的灵魂苏醒……"

我想象着曾经的我，那个女孩住在青翠的牧场上。

我看到幽深的山谷，看到我和戴夫养的小狗，它小小的尾巴疯狂摇摆着。我看到那些夜里，它觉得有必要挤在我们中间，充当我们身体之间的缓冲物。我看到自己蜷缩在马桶后，看到自己站在街上大哭。

"我一生一世必有恩惠慈爱随着我；我且要住在耶和华的殿中，直到永远。"乔伊念出最后一句。

我想象着美德，想象着爱，它们像外套一样可以穿在身上。我想象自己去哪儿都穿着这件外套，想象穿着它待在一间没有伤害的房间。

我听到乔伊坐起来关灯，床垫被压得吱吱作响。随着开关清脆的转动，床安静了下来，四下一片空寂。

"我喜欢这一段。"我在黑暗中说。

"是吗？"乔伊笑着说，"上帝是美善的。"

我咀嚼着这句话，上帝是美善的。

外面，雪花在灯光下打着旋儿。接下来发生的事，或许终究是上帝的旨意，也或许是受到乔伊的感染，它的发生是因为我们都感到安全，因为我们的身体都疲惫而温暖，因为我们待在一起。

"乔伊，我的男友戴夫……"我说，"他对我吼叫，他把我逼到角落里，一直吼，直到我倒在地上。"

雪花旋转着，在漆黑夜空画出白色的残影。

"我也不知道为什么会来这里，因为我觉得必须来？为了让我和他之间产生距离？我是个聪明的女人，乔伊，我真的是，但我还不能清醒地看待这件事。我总觉得来到这里，看看世界有多么美丽广阔，不光是北极和普拉德霍湾，而是一切。我想这可以给我带来一些改变。"

乔伊沉默不语。我想告诉她，内心深处我已经开始相信我们彼此相通——我就是二十年前的乔伊，她就是二十年后的我。前提是，我能重整生活，离开糟糕的男人，迎接更好的感情，用我所学的知识做点有用的事。帮助其他女性，就像乔伊帮助我一样。

我告诉她，我倍感羞愧。我的脸在北极的暗夜中烧得通红。

"天哪，我不知道，我那么努力去做正确的事，过去、现在，一直都是。但我总是落到被男人牵制的地步，舍弃我全部的力量、坚韧和优势。这次，我选的伴侣尤其粗暴，但我没有离开他，因为我怕自己已经没有独立生活的能力了。"我停顿了一下，接着说，"我的天，这是不是你听过最愚蠢的事？"

我听到乔伊起身，床单摩擦床垫的声音。她坐上我的床，把身子挪到我旁边，一手抱膝，一手紧紧地搂住我。我感到她的手掌覆在我的额头上，她的另一只手在黑暗中摸索着我的手，握住了它。

"不，不，"她重复着，"我觉得这一点都不蠢。"

除了我的心理医生，她是第一个让我能直白讲出这段遭遇的人，讲出戴夫对我说过什么、做过什么。我们看着窗外的雪越积越厚，我期待听到充满智慧的话，但乔伊什么都没说，只是摩挲着我的脑袋，开始哼唱一首我没听过的赞美诗。被子下我的身体非常温暖。她的手掌温暖着我的皮肤。在那个漆黑的夜里，我们看着外面的雪花转啊转啊，我逐渐感到恍惚起来。

我快要靠着乔伊睡着的时候，她起身没入了黑暗中。

"公路有很多种方法来治愈人，它也会治愈你的。"她说。

我非常想相信她，但如果我们都想错了，我实在不知道该怎么办。

她接着说："无论如何，现在我知道了。相信我，我说过，我们是灵魂姐妹，对吧。"

12

我醒来时，乔伊不在旁边的床上，有那么一刻我怀疑昨晚只是一场梦，那些对话根本没有发生。我扫视着这间小房间，乔伊的床单皱巴巴地散落在地上，但她的靴子仍在床垫下方。

她应该没走远。

我掀开被子，冰冷的世界汹涌袭来。我站起来，伸了个懒腰，接着就听到了她的声音。

"乔琳！"她说，"乔琳！我一直在找你！我还祷告了！"

在走廊上，她向乔琳解释，她祈祷二人的行程能够交汇，我们到达普拉德霍湾的时候，能恰好赶上乔琳当班。

透过玄关，我抬起手，温柔地对她们说了句早安，下一秒就发现自己没穿裤子。

"哎哟，没关系的。"乔伊满不在乎地挥着手，把我拽到她身边，"没事的，小妹妹，都是自己人！"

我把 T 恤拉到膝盖处，尝试把衣服再抻长一点，然后招手问好："嗨！"

乔伊紧紧搂着我的肩说："这是乔琳。"

乔琳来自密西西比州，从她拖长的口音就能听出来。她听着音乐打扫房间，清理灰尘，还负责铺床和擦洗屋内水槽。她的工作是为油田工人提供些许热情和友善，让人恍若身处更高级华美的场所。

"我的工作就是让普拉德霍湾酒店更像酒店。"乔琳慈爱地笑着说。她扎着马尾辫，一只耳机在半空晃荡着，另一只正播放着类似爵士的音乐。她补充道："有时还需要帮乔伊留一些上等肋排。"

"我们试过了！"乔伊说，"我们打过电话！"

我问乔琳为什么会来北极，她说她一直梦想能生活在海边。

"可是，北冰洋吗？还有其他那么多沿海城市呢。"我问。

"噢，我也不知道，"乔琳挥舞着双手，应该是某种无意义的动作，"工作就是工作嘛，工作，就是为了付账单。这里和其他地方都一样，老实说，我更喜欢一个人待着，只要知道自己靠近海，我就很开心。"

她看着乔伊，咧嘴一笑，指着离我们最近的一扇窗户，乳白色的窗帘遮住了部分景色。

她说："乔伊也知道。要是说为什么来这儿？部分原因是，我总能感到海就在我心中，总想坐船去海上看看。"

"你该去海上看看！"乔伊哀求道，显然这不是她第一次这么说了。

乔琳微笑着摇了摇头："但我从没这么做过，从没行动过。"

乔伊推了推我，说："这位也想去海里呢。"我尝试给出一个笑容，但最终难掩失望的神色。她加了一句："可是这位姑娘不要坐船，她要靠自己的腿游过去。"

"坐船还是容易些。"我说。

乔琳笑了，告诉我："你会吓到的。"

她解释说，前方的油田和海岸线都设有多个检查站和封闭围栏，拥有最高等级安全许可的人员才能进入。

"境内恐怖主义，"乔伊插了一嘴，看着我，用手指模仿放烟花的动作，"只要有人点一根火柴，这一切，所有人，就轰地一下全炸了！"

这"轰地一下"还没有出现过。

但猛烈的爆炸曾出现在别的地方——在西得克萨斯和得克萨斯城，因此油田至今仍是禁区。工人们唯一获准离开安全区域的时间是季节性社交活动期间，其中包括名为"戴德霍斯冲刺"的活动，参加者沿霍利湖徒步 2 英里，在行至半程处可获得一枚代币，能兑换一个汉堡、一份薯条、一块包在光泽保鲜膜里的巧克力饼干，以及一个苹果或一根香蕉。

"可好玩了，真的。"乔琳说。她告诉我，外面的土地神秘无比，无人染指，无人涉足。当有人出现在那里，聊八卦、吃汉堡、赶蚊子，那场景说不出的奇怪。

"偶尔能看到麝牛，鸟总是很多。"乔琳说。

乔琳告诉我，油田公司都很喜欢吉祥物，比如卡莱运输公司的那头穿着披风的北极熊。

"他可是活动上的焦点，"乔伊笑着说，"因为他会跳舞，翩翩起舞那种。"

我脑海中出现一只硕大的吉祥物，甩着蓬松的尾巴，随着后街男孩的音乐和尼克·拉奇的浅吟低唱。

"这就是这儿的一些小乐趣，你知道吧？"乔琳说。

乔伊微笑着说："我知道。"

"真可惜你没法参加这次活动，"乔琳说，"海水是灰色的，很好看，但那些游客才是真正的风景线。他们总是打扮成一个样子：时髦的薄风衣，洁白的科迪斯帆布鞋。"

"没错。他们待在戴德霍斯营地，周围的油田工人都穿着工作服、脏牛仔裤，戴着安全帽，这真是——怎么说来着？反差强烈？"

乔伊和乔琳都笑了，接着把话题转到了夏天上。乔伊告诉我，她八月会再来，并再次提醒乔琳该登船出海了。

"你必须去，今年没有借口！我们只活一次！"

乔琳拍着大腿笑道："你知道吗，我这个月就要56岁了！"

乔伊去年十二月刚满50岁。

"我们成功活了半个世纪!"乔琳笑着,对我说,"好了,很高兴见到你,认识你真好!"

"这是上帝的安排,"乔伊的手指在空中转了个圈,说,"上帝让你今天当班,让我们三个人能碰面。"

回到我们的房间里,乔伊和我看着窗外的积雪。

"我们该走了,"她说,"天气预报说接下来天气很糟,如果我们再多留一会儿,可能就会被困在这里,你还要赶飞机呢。"她把帽衫的拉链拉到胸口,再浑身扭动着把衣摆拉平整。

我还以为我们会在这里待一整天,一瞬间我有点失落,尽管并不知道这里的一天是什么样子。可我也不想被困在普拉德霍湾,恶劣的天气会使我倍感紧张。乔伊看着我,揣度我的表情。我能看出她急切想回到詹姆斯和萨曼莎身边,和狗、马匹,还有父母团聚。

"好的,"我回答说,"走吧。"

她安慰我道:"到家之后,我给你做晚饭,有驼鹿和沙拉——我和萨曼莎打的驼鹿哦。"

她看着我,露出笑容。

"我爱你,你知道吗?你就像我的女儿一样,我不会只拿冰山生菜和蛋黄酱来招待你的,我会为你好好做顿晚饭。"

我笑了笑,把我的卡哈特背带裤塞回包里。我以为可以在这里穿上它,装扮成正宗北坡范儿,但它太笨重了,在卡车里没法穿。我卷好袜子和厚运动衫，乔伊把背包往肩上一甩。

我有种强烈的感觉，觉得自己在走下坡路，逐渐滑落回戴夫和我的旧生活中。我跟随乔伊的脚步，走过普拉德霍酒店空旷的走廊，经过淋浴间、餐厅和接待区，经过礼品店里俗艳的 T 恤和日历，直到那时我才发现，原来我一直试图从乔伊身上寻找奇迹，试图让她替我完成工作。我必然不是第一个朝圣的人（只不过我来的是北极），也不是第一个在凡人身上看出神性的人。我来到了她身边，带着伤痛而谦卑的心，寻求远超祈祷的恩典。

事实上，我原本期待在北坡会发生一些惊人的事件，一些改变生活的事情，一些深刻、神圣的事情，它们能使我脱胎换骨，能将我从现实中抽离出来。不管这想法多么天真，我都曾以为在普拉德霍湾的短暂停留能给我带来力量，让我成熟、清醒。或许这太过轻易，于理不合，但如果这不是事实，那就什么都不是了。

在经文中，这样的奇迹在一瞬间发生，神的造化如电光火石。鱼涌进挨饿之人的网中，河水在上帝的脚下分开。水化为酒。盲人重获光明。哑巴舌头上的魔鬼被驱走，突然可以开口说话。

来到酒店外面的停车场，我靠在卡车旁，熟悉的不安感再次袭来。我还没等到自己憧憬的那份大彻大悟，还没体验到一场思想地震，就要打道回府了。

令我失望的不是在普拉德霍湾的匆匆一瞥，不是被挡在北冰洋之外，甚至无关今天的阴沉天色——我们动身时，已经起风了，头顶阴云密布。令我失望的是我自己：对于最需要做的事情，我多么没有信心。

毕竟，乔伊能带给我的只是一趟北上道尔顿公路的旅行，一顿有沙拉和烤驼鹿的晚餐，以及送我去机场坐飞机回家。而我将再次走进自己厌恶的生活之中，不知如何逃离，又或者我知道如何逃离，但不敢踏出一步。

乔伊靠在卡车旁说："听着，你敢信吗？你到了这里！你来到这儿不是为了写故事，而是为了活出你自己的故事。你来到了比北极圈还北的地方，有多少女孩能说她们做到了？"

我的问题是，我始终在等外界来替我完成这场艰难的自我革新，如果信仰做不到，那就靠爱，如果爱也做不到，那就靠普拉德霍湾。

"你得记住，在北坡，包括在生活里，有时你能指望的只有多活一天。"乔伊对我说。

"但你的每一天都很了不起。"我说。

我看着她，神情沮丧。

"乔伊，你的 Instagram 吸引了我，因为它那么真实地呈现了你的世界，现在我就在你的世界里。雪，公路，北坡，都和你照片中一模一样。你的照片如实地反映了你的生活，诚实地展现了你每天的日常。"

我踢着停车场上的沙土。

"但我的照片不一样，它呈现的是一个编造的故事，和我本身的生活完全不同。"

乔伊沉默了，手里拿着钥匙，和我一起望向地平线，看着进进出出的车辆。

"我真傻，"我说着，语气缓和下来，"竟然以为这趟旅行能深刻改变我的整个人生，改变我和男人的相处模式。"

"跟我来。"乔伊开口，示意我跟上她。

我看着她，眨了眨眼睛。

"跟我来呀！"她又说了一遍，于是我跟了上去，她沿着停车场的边缘走着，踢着沙土，把手伸向天空。

"想听个故事吗？"

她转过身来，我们面对彼此——她皮肤柔软，眼神温柔，长发及腰。我感到我的身体正变得僵硬。

"这是个真实的故事，你可以讲出去。你想听吗？"

故事的主角是托比——北坡的一头灰熊，多年来一直游荡在北极海岸线和普拉德霍湾油田的木材堆中间。它从一间仓库踱到另一间，闲庭信步，观察着工人们。渐渐地，它成了镇上的吉祥物。每个人都认识托比，电台里播报着它的行踪。它是粉丝们的心头好，可它也是危险的，乔伊说，当然，它多数时候都离人很远。

"有一种互相尊重的默契，你明白吗？毕竟它与人类共享这块地方。"乔伊说。

托比偶尔也会捣乱。有一次，工人们抓到它在一台钻井旁，砸烂一箱箱咖啡奶油。

有一次，他在停机坪上呼呼大睡。

还有一次，在土著努伊克苏特族捕猎到鲸鱼的第二天早上，它钻进了装鲸鱼肉的袋子里，大嚼鲸须和白软的肉块。努伊克苏特族居住在距离海岸几英里的一座北冰洋小岛上，工人们帮他们把鲸鱼存放在陆地上，等他们需要时再来取，以此作为工业化的小小补偿。

"有大概五六十个装满鱼肉的袋子，工人们正准备将它们储存起来，"乔伊解释说，"想象一下这个场景：这些袋子里满满都是鱼肉，有些鳍还挂在外面，鲸须大概10 到 15 英尺长。鲸鱼的内脏、肉块都很大，因此不能完整地塞进袋子里。"

当工人去外面查看时，只见一头庞然巨熊四仰八叉地躺在那里，酒足饭饱，昏然睡去。

"空气里充满了独有的臭味，那种气味……"乔伊沉浸在回忆中，微笑着说，"那天我刚好来送一些箱子，你根本想象不到，死掉的鲸鱼会有多臭。托比睡得很熟，完全不在乎这个世界。我旁边那些男人——你知道我不说脏话的，但他们就是这么说的，他们大眼瞪小眼，然后——"乔伊模仿着他们四下环顾的样子，"他们说，天哪，你这个死胖子，敢吃鲸鱼，你这个王八蛋！"

我喜欢这个吃鲸吃到晕厥的黑毛大家伙，问乔伊我们是否还能见到它，再多待一会儿，开车到处转转，说不定能遇见它。

"总的来说，它是头好熊。"乔伊说。

她踢出一团灰尘"云朵"，黄色的薄雾缓缓升起。我看着她，等待着。

她说："但后来，就是那一次。"

几年前，托比闯进了普拉德霍湾酒店。当时是晚上，工人们正在吃饭，准备去上班或去休息。现场有几百人，分散在大堂、餐厅和健身房里。但不知是谁把一扇门打开了。

"这本身就很有风险。"她说。

于是工人们打电话给镇上一位名叫唐的警察，他到达后，不得不朝那头熊开枪。

"唐很爱那头熊，"乔伊告诉我，"比任何人都更爱它。但他不得不这么做，为了他自己，也为了其他人。"

那是一个令人心碎的时刻，可生活就是如此。

她说："我们很幸运，能爱上一些不暴力的东西，但当暴力成为它的一部分，唯一重要的就是爱能持续多久。"

我看着她，悲痛万分，不知说什么好。

她接着说："你想知道真实的生活是什么样子吗？我们要不断做决定，艰难的决定。我们的生活就是由一个又一个决定组成的。可能某天你做了某个决定，感觉很棒，但这不意味着新的一天，你还会做出相同的决定。"

我沉默了半晌，看着一辆卡车驶入停车场，它小心缓慢地移动着。

"我知道我让你失望了，也没必要装作不知道。这里很美，但也很艰难，就像南边的世界一样。你可以继续做同样的决定，又或者，下决心做点不同的事情。"她说。

她看着我，表情似乎在说，自己想说的不只是那头熊。

她回到原先的话题说："我听说，他们把托比的皮剥下来做成了标本，一开始挂在机场大厅里，类似戴德霍斯欢迎你这种。但后来，唐写了信给他们，也可能是有人替他写的，最后唐带走了托比，认为它应该属于一个有爱的地方。唐很爱那头熊，"乔伊重复道，"如果有人配得到托比，那绝对是唐。"

"即使他开枪打死了它？"

"可能正因为他打死了它——做了他该做的事。爱是很复杂的。"

我们良久没有说话。她牵起我的手，我们一起走到冻原上，她指给我看一片正在生长的土地，干裂的泥土中已然长出了一簇粉色的杜鹃花。

乔伊弯下腰，指着花朵根茎交织的地方。这里原本只有空荡无垠的泥土，此刻却有地衣附着在岩石上。"这个地方，和世界上任何地方一样艰难，"她说，"所以一切事物都要团结在一起，男人和女人，植物和动物。"

她跪下来，拨开一朵极地之花浓紫色的花瓣。

"那些比我们更早生活在这里的土著和猎人，包括依旧住在这里的因纽特人，他们懂得一些我们永远不会懂的事情。尤其是，他们懂得接受改变。我想说的是，我们需要改变。"她说。

乔伊解释道，这些人的的生活无非是对不断变换的环境做出反应，规划迁徙、捕鱼和生计。这些族群之所以繁盛，只是因为找到了拥抱荒野的方法，适应了这片土地上的种种变化。

"你看这片风景，现在到处都有花在开，很漂亮吧？但四个月后呢？"乔伊站起身，给牛仔裤掸了掸土说，"你眼前的这一切都会被冰雪覆盖。这是个充满变化的地方，也充满危险。两者总是一同出现。"

一只蚊子钻进我的耳道里嗡嗡作响，乔伊从衣袋里取出两顶网帽，给了我一顶。我把头套进帽子里，把网拢在发际线后面。

乔伊说："听我说，地球上没有比这里更动荡的地方了，学会适应才能活下来。"

这里面有我们应当学习的东西，她说。

"这是个很酷、很不一样的地方，这里的人们非常辛勤地工作，生活在这里的男人们是我见过最好的人，他们会对你倾囊相助。但不要以为这儿的事情就是真理，以为这儿有什么特殊的魔力之类的。这里有的一切，你的家里也有。"

乔伊站在这片开阔的旷野上，显得那么渺小、那么脆弱。她俯下身子去触碰大地，地表之下蓝色荡漾。我也蹲下来和她一起观察，土地比我想象中更柔软，那抹深蓝晶莹光滑。

"永冻层。"她说。

我的手机还在卡车里，但我知道照片并不重要。重要的是此时此刻，一个毫无疑问绝对无法复制的时刻。

"真美。"我说。

在这短短的几秒钟里，在这飞驰而过的瞬间，我在"卡车妈妈"乔伊身旁，在阿拉斯加极地萌芽的春天里，触摸到了永冻层。我想起五个月前、三个月前、一个月前的那个女人：她站在后院，拍打着枕头，它刚被一个男人尖叫着扔到窗外。

如果我能对那个女孩——或成千上万和她一样的女孩——说点什么的话，我只想说："你值得很多很多的爱，不必穿越整片大陆来提醒自己这一点。"

我曾是强大的，如今依旧强大，且会继续强大下去。

我用拇指摩挲着那片蓝色。

"我们上路吧，"乔伊说，"看看返程路上又为我们预备了什么。"

"好的。"我直起身子说。

我们转身往回走，但乔伊突然停下来，观察着我。她向两侧伸展双臂，好似一位穿着卡哈特背带裤和蓝绿色法兰绒的小个子耶稣。

她说："听这片风景的声音，我们可以成为任何人。"

她开始旋转，而我在一旁看着，晕眩而昂扬，差点没听到她接下来说的话。

"你可以成为任何人，"她接着说，"你可以离开他，你知道的。"

13

返回费尔班克斯的路途在感觉上变短了，也使人更为困倦，体验在达到顶峰后，逐渐落回到熟悉的轨道。窗外的世界光彩夺目，湿气氤氲，仿佛圣诞节清晨的灯光。我把头倚靠在车窗上，额头下的玻璃随着每一块石头、每一处斜坡、每一次车轮的扭转而震动。

乔伊在座位上默不作声，端详着拇指处的皮肤。

她告诉我，在这种地方，天空只有两种模式——阴沉的雾天，明亮的晴天。今天属于后者，冬季的阴霾被驱散在辉煌炫目的阳光中。

"很美，这样的光线下，一切充满了希望。"她说。

我们后方10英里处出现了一辆卡车，仿佛天幕下的一颗蓝色圆点。乔伊认为还有大把时间，不用着急，于是我们把车泊入停车带——这是接下来几英里中仅有的几个停车带之一。乔伊说，那辆卡车和我们同一个方向，且开得很快，她要为他让路。

"他比我们更着急，可能是在阿提根山口耽搁了，现在快要迟到了。"

她指了指远处，布鲁克斯岭上那宛如水墨画一般的层峦叠嶂。

"他是从那些山坡上下来的，速度很快，所以我们得给他让出空间来。"

我揣摩着"空间"这个概念，它是多么主观，因而多么危险。在家那边的朋友中，只有两位知道我和戴夫的关系实际是什么模样，可就连他们也不了解具体细节。我只向乔伊和心理医生坦陈了一切，我的隐瞒主要是因为对自己的表现感到羞愧和尴尬——总是在争吵后打电话求他回来，或是接受他的道歉。一位朋友基于她所知的情况，形容我生活在"怀疑虐待的阴影"中，即一种介于"明确可辨的虐待"和"普通的伴侣冲突"之间的灰色地带。她解释说，怀疑的阴影使我难以认识并接受自己的恐惧，让我始终无法承认，自己处在一段虐待式关系中。我从没说出过这句话，因为我觉得我和戴夫不是我当时认知中虐待式关系的样子。关于虐待，我从电视节目和黄金时段警匪剧上看到的是伤痕、乌青的眼圈和挥舞的拳头，受害者生活在阴影中，她们安静、内向、羞涩。

而我多数时候都以自信的形象示人，我工作，并且周游世界。戴夫和我出现时，我们总是举止得体，一对般配、平衡的佳偶。

我的朋友坚称，我所遭遇的就是虐待，虽说她也没见过这种虐待形式。她的前夫曾拿陶瓷碗砸她，导致她一个月里只能穿着靴子走路，直到骨头复位。

"那才是虐待。"我对她说。

"虐待有多种形式，"她说，"肢体恐吓正是家庭暴力的开始，它会和所有迹象一样变本加厉。如果你感到害怕，担心自己的安全——这不是无中生有，其背后是有原因的。"

无论有因与否，长期以来我都生活在这样的观念之下：虐待意味着伤痕，家暴即身体上的暴力。这是社会对我们欺骗性的规训，将痛苦以等级划分。但这只会使家暴愈演愈烈，并使受害者愈发沉默。世上对女性施加暴力的方式如此之多，以至于形成了一种谬误，似乎某些形式的暴力比其他暴力更可容忍，只有最糟的情况才值得关注。

"他从没打过我。"我对朋友说。

如今和乔伊一起坐在驾驶室里，重温这段对话，我发现，戴夫是否动过手已经不再重要。我似乎终于看清，我不会再允许任何人让我在沙漠里夜不能寐，担心会被所爱之人杀害；不会再允许任何人逼得我在厨房门廊里抱头自卫；不会再允许自己躲在马桶后全身发抖或畏缩在小狗身后寻求庇护。

即便只是回忆这些时刻，我都会浑身紧绷，连脚趾都在靴子里蜷缩起来。

那天，我向那位朋友倾诉了此前从没说过的事情，小心翼翼地开启一段回避了数月的对话。我回顾起在洛杉矶和戴夫之间发生的事，他如何把我堵在浴室，我的身体如何开始战栗。她指出不可忽视语言的作用。

"你必须给这种体验取一个合适的称呼。女性一旦这么做了，就不会再忽视自己的经历，就会开始正视他对你身体所做的事情。我们谈及家暴的时候，指的不仅是皮肉之苦，也包括施加在精神、心灵和思维方式上的暴力。"

她说："你一直都处在恐惧之中。"

她并不知道我在汽车收纳箱里藏了把小刀，在床头柜里藏了瓶辣椒喷雾，以备必须逃离他的时候，能够迅速逃离。她所知的是，他把我贬低得一无是处。

"听我说，即使不使用肢体暴力，男人仍然有无数种方式来摧毁女人。要反对男性暴力，我们就必须反对给男性暴力的表现形式设限。说出来，'这是虐待'。"

"这是虐待。""这是虐待。"

当天说出这句话时我稍有不适，可在这个早晨，它不再那么涩口了。我的脑袋在车窗上磕磕碰碰，我试着去接受这句话，它即将重塑在俄亥俄州等待我回归的生活。

"这是虐待。""这是虐待。"

透过狭小的车窗，乔伊和我注视着那辆前行的蓝色卡车。车厢内散发着制热的气味，后座上吃剩的香菜已经枯萎发黄。我的脚下晃荡着各种物品：乔伊的折叠刀、六袋袋装净水片、应急照明弹、手电筒，还有乔伊的亮橙色反光登山背心。短短四个月后，在她的葬礼上发布的照片中，她正穿着这件背心。

但这个早上，她还活着，等待着。

希望存在于这样的光线下。

蓝色卡车开了过来，又开走了，然后乔伊把车开回了路上。我往车窗上一倒，在颠簸中小憩。每次醒来，乔伊都在那儿，紧握着方向盘。她有时咬着手指上的皮肤，有时自如地操作刹车，有时向庞大卡车里的壮汉挥手致意，壮汉也笑着挥手回应。有时我看到她用两颗门牙撕开谷物能量棒包装袋的一角，有时她尝试从座椅的凹陷处捞出一颗咸杏仁。她吃杏仁时会扔起一颗到空中，然后张嘴接住，偶尔会失误。

乌鸦盘旋在路旁的一条河上。"这儿，"她指着那边告诉我，"每年夏天都有人淹死在河里，水不深，但流得很快。"

驯鹿在河对岸吃草。我们注视着河流和荒野，直到它们消失不见。

我回头看她时，她正轻轻揉着眼睛。

<<<>>>

在阿提根山口南侧，卡车爬坡变容易了，我们陷入了一段轻松的沉默。天空蔚蓝，空气凉爽，这次我不找羊了，定睛凝望前方。当道路终于平缓起来，乔伊转过身来看

着我。

"你知道我是怎么想的吗？"她拍着方向盘说，"这条路非常治愈，每次返程，回到费尔班克斯，都好像有了一个全新的开始。"

我知道她在做什么，她想让我们回到戴夫的话题上。我握着一包彩虹糖，坐立不安，拿出一颗野莓味的放在舌头上。

我说："这多扫兴呀！我是说，这不会很扫兴吗？同样的事情循环往复，你不会烦吗？回家，出门，然后又回到一成不变的生活里。"

"我喜欢我的生活！"她对我说，"无论如何，我想我们都得找方法去喜欢我们的生活。如果你不喜欢现在的生活，那么就是上帝在告诉你需要做出一些改变。"

我翻了个白眼，虽然知道她是对的。

"你回家之后会做什么？"她问道。

"不知道，"我说，"夏天快到了，可能要把花圃种起来，再把烤架从后院的棚子里拖出来。"

乔伊没有看我，目不转睛地看着路。

"和戴夫一起？"她问。

"我也不知道……我想，我不知道。就像你说的，我爱他。"

"是的，我是这么说的。"

我可以感受到她刻意轻描淡写地提起这些事，可我依旧身体僵硬。我有一种一反常态的戒备。乔伊从头再来时几乎一无所有，还要负担两个年幼的儿子——而我，有朋友、家人和社区的支持，然而每次想到最终会与戴夫分开——且这一刻逐渐临近——我心中都会激荡起一股原始的恐慌，那是一种喘不过气的感觉。这么多年，我都只作为他的伴侣而存在，一旦我不再是他的伴侣了，剩下的我又是谁呢？

风景变换不休，山脉波动，耸起，又在后视镜里消失不见。几个小时过去了，树木逐渐重新出现，一开始树干矮小，枝条稀疏，由于日照太短而生长迟缓；接下来，随着日照逐渐充足，枝干也越来越粗。我们迎面开进了一个冰雪覆盖的山谷，乔伊吹着口哨，看向窗外。

"看！"她指向窗外一块被森林大火烧焦的斑驳土地。我在想，如果我的整个生活都被夷为平地会是什么感觉，走过黯淡的废墟，熟悉的一切都化为了脚下的焦土。

乔伊说："森林大火是上帝重新开始的方式。"

被大火烧过的地方，经过几年就会长出繁盛茂密的新树林。

我想象未来这里焕然新生的样子，树木经过精心筹备，不慌不忙地生长。我想象作为一个没有男人的女人，一个自我满足的女人会是什么感觉。或者说，多年后的我会是什么样子，会有多么美好、多么自洽。我会有一个新男友，他的触摸不会让我毛骨悚然。我想象每天清晨，他温暖的肌肤贴着我，我们充满希望地开启新的一天。

乔伊直起身子对我说，女人唯一真正获得幸福的方法，就是驱除所有钳住自我那棵粗大树干的利爪。

"男人喜欢伤害女人，"乔伊说，"社会却有意无意地教导我们，这是我们应得的。你必须把这些东西挖掉，每一天，你都要挖掘。"

我说她在混用比喻。我像个自作聪明的 15 岁小孩。

"你想要营造一个火的意象。"我说。

她接下来的举动是我万万没想到的。她猛踩刹车，然后盯着我，我们就这样坐着，一动不动地停在道尔顿公路中央——这是我们不应该做的事。

"我受够了！"她愤怒地喊道，"别扯了，我不知道这个男的，他到底有什么能耐，或者他在干什么——但你在这样的感情里是没有希望的。你没理由委屈自己，我看得出你的内在很美，但他在毁掉它，我敢肯定。你想要这次旅行改变你，那你必须自己努力，你要对改变有信心。过去的就让它过去，你必须把这个男的甩在身后。"

她大喊着，我开始流泪。而她并没有就这么算了。她很生气，她有理由生气。我也生自己的气。

乔伊说得对，解救自己是我的任务，而我何其有幸，一切资源都为我所用，来帮我完成这个任务。

最终，乔伊松开了刹车，确信我听进去了她的话。卡车缓缓发动，开过一座葳蕤的山丘。她刻意保持沉默，让我在不适中沉浸思索。她想让我明白，这趟旅行可以成为我的森林大火，但前提是我允许它成为。有无北冰洋，有无极端天气体验都不重要。阿拉斯加可以是我重获新生的起点。

"你早先说的是认真的吗？你真的觉得这里是神的土地，在这里最能感受到祂的存在？"我问她。

她隔着玻璃轻敲着窗外的世界，山风吹下一阵洁白柔软的雪。"当然，我怎么会感觉不到呢？"

她伸出小指在空中旋转，搅动着驾驶室内的空气。

"尤其是在此地、此时、此刻。这是神的国度，是的。当我一个人待在卡车里，我能格外清晰地听到祂的声音。我能完整地听到祂，因为没有东西阻隔我们。"

"即便有我在，也可以吗？"

"有你在，祂的声音更洪亮，"她说，"你有善良的灵魂，上帝很喜欢。我绝对听到了祂试图对你说话，同时祂也在对我说话。祂要我保护你。"

"祂说了什么？"

"你是我的灵魂姐妹。是上帝把你带到这里来讲述我的故事。"

"我并不知道你的故事。"

"你当然知道，你正在我的故事里。"

她看着我，一言不发。我环抱双臂，看向窗外。她说话的方式与戴夫一样——如同戴夫声称在垃圾桶后面听到了上帝的声音；他在洛杉矶骑着车，侧耳倾听加州上空的话语——只是她的话没有操纵、剥削的感觉，也不预示着进一步的伤害。她的言语、她的信仰都很真诚。

她说："也可能，祂要我把我的故事讲给你听，因为祂知道你需要它。"

突然间我意识到，我对普拉德霍湾的失望简直大错特错。我想走道尔顿公路，想直面北冰洋，都是因为我觉得这次旅行、这片海能让我坚强起来。但从一开始，把我带到乔伊身边的，就是我自身的坚强。

重中之重是乔伊的故事。她的寥寥数语是我的闪电。她的爱，她的脆弱，让我有了把生活付之一炬的力量。

乔伊从我身上看到了可堪拯救的东西，她希望我也能看到，这样我就能拯救自己——回到家之后，从戴夫和我们的生活之中，从我书写了三十年的自我故事中，拯救出自己。

"说实话，我不知道我在信什么了，上帝，或非上帝。我想你也有所察觉。"我说。

"是的。"

"我花了很长时间试图强迫自己，或者说假装，因为我想要被爱，被接受，而信仰是我获得这些的前提。这种情况持续了太久，久到我都麻木了。但你说的这些话安慰了我，你说你能听到祂，我相信你。"

乔伊看着我笑了。

"你觉得是什么让这里成为神的土地？"我问道。冰晶在车窗上叮当作响，在晨光中如钻石般闪耀。

乔伊回答："是什么并不重要。"

对我来说，这一点也不重要了，因为第一次，我有了答案。

神的土地就该是一个女人们交谈、倾诉、获得自由的地方。

<<<>>>

在前方等待我们的费尔班克斯如同一颗被对半切开的金灿灿的蛋黄，黄昏浓郁的橙色余晖湿漉漉地散落在群山和城市上。经过连锁快餐店和挂着霓虹灯的加油站，我惊叹不已，美式生活又一次丰富起来，也惊叹于这回归是如此顺滑。我们路过了乔伊最喜欢的一家韩国餐厅，橙色的建筑上装饰着圣诞彩灯。我看到里面的女人在往玻璃杯里倒冰水，她们看到窗外乔伊的卡车，微笑着挥手致意，店里的窗户反射着耀眼的灯光。

"我喜欢那个小服务员，还有店主，我也很喜欢她。"

"你喜欢每个人。"我说。

我们继续往下开，乔伊指给我看了更多的建筑，里面住着她喜欢的人：一个在加油站负责登记的男人，一个曾和她一样开卡车的男人，还有一家街角餐厅的老板娘。

"克里默斯保护区，"乔伊指给我看，"这里是沙丘鹤的落脚点，那些巨大的、长得像迅猛龙的鸟。每年它们都来这里停留，它们从墨西哥飞往北极，飞了好几千英里，在这里稍作休息。"

她也喜欢这些鸟，她告诉我。

棕色的土壤潮湿泥泞，空无一物，不见恐龙状鸟儿的踪影。

"你在八月底再来一趟，就能看到了。"她说。

"还要开十八轮大卡车。"我说。

"没错，我们会开十八轮大卡车的。"她笑了。

终于我们抵达了春日山丘酒店，乔伊停下车，熄灭引擎，高高举起双手。

"我把你安全送到家啦！"她说。

"太棒了，我妈可以松一口气了。"

"你应该累了吧？"她问道。

我点点头，深吸了一口气。

她叹了口气，耸耸肩说："好吧，我们还有驼鹿没吃，你明天会来吃驼鹿，对吗？"

"当然啦，"我说，"不过得早点过去，我半夜还要赶飞机。"

"是的，"接着她像是临时起意，却又似乎经过了反复斟酌，加了一句，"今晚你可以和我一起住。"

但我已经订好了酒店房间，更重要的是，我觉得自己欠乔伊一段休息时间，她需要暂时远离我，远离一切，专心和家人相处。

"我可能要一个人待会儿。"我说。她说的话深深印在我脑海里，我需要仔细思考它们的含义：对于我，对于我的未来，对于我将如何走出下一步。"不过，感谢你的邀请。"我补充道。

"好吧，那驼鹿晚餐呢？明晚怎么样？"

"当然可以！"

我说我会带上甜点。

"不用不用！"她说，"不要带，我家有超级多冰激凌，而且萨曼莎肯定会做点烘焙什么的。"

"好吧，好吧，"我靠过去拍了拍她的肩膀，"再见！"我抱了她一下。

"再见辣妹。"她发动引擎，"明天还会见的，明天会很不错的！"

她说得对，的确还不错。

身处酒店楼上的房间，我感到自己不属于这里，不属于任何地方。床单，毛巾，枕头——所有东西都是洁白干净的，而我的衣服上全是灰尘和发黄的污渍，还散发着一股尿骚味。我把一条洗得很干净的毛巾铺在地毯上，然后打开背包，清点物品，每件物品都渗透着我来阿拉斯加之前的记忆。

我搭乘电梯下楼，在纪念品商店买了一件薄荷绿运动衫和一条运动裤，店里播放着 20 世纪 90 年代流行音乐。回到房间，我洗了个漫长的澡，然后擦干身体，化了点妆。再次看着浴室镜中的女人，我已经很久没有如此像来到费尔班克斯之前的那个自己了。

我不喜欢她的模样，于是把妆洗掉。

我问镜子里的女人，她打算怎么做。

"你打算怎么办？"

她似乎还没有主意。我在房间里走来走去，整理洗漱用品，从迎宾手册上看到大堂有一间洗衣房，酒店旁边还有一家餐厅。

没有比现在更适合吃牛排的时刻了。

当我走进附近那家餐厅，才发现这家卢德维格酒馆及餐吧竟是整个费尔班克斯最豪华的餐厅。祈愿蜡烛摇曳在排列整齐的餐桌上，我穿的运动裤在臀部位置印着大大的"阿拉斯加！"，但我拒绝为此感到羞赧，径直在吧台边坐下，一屁股把"阿拉斯加！"怼在高脚凳上。

今晚的特色菜是酥脆鸭肉香料饭佐烤土豆。我点了嫩烤牛肉奶酪沙拉和一杯自酿白葡萄酒。爽脆的冷盘上了桌，我试着忘记这条公路，忘记自己的期望：在阿拉斯加偏远公路上的两天行程就能让我脱胎换骨，变得更勇敢、更聪明、更强大，能更果断地抽身止步；和"卡车妈妈"乔伊一起度过两天，就能让自己也拥有些许"卡车妈妈"的品质。

我刚走进电梯，手机就嗡嗡作响，是乔伊发来消息，她想我了。我回复说我也想她。

让我跟你讲讲小狗的事！她说。

讲给我听！我回复道。

它们看起来都不错，都长大了，除了其中一只——她写道。三个圆点出现，来回闪动，说明乔伊正在转动脑筋思考措辞。

我很担心那个小家伙，其他小狗都长大了一倍，只有这只，怎么反而变小了似的？其他的眼睛都基本睁开了，它的却还紧紧闭着。

可能它只是生得小，可能它没事？我乐观地写道。

可能吧，乔伊听进了我的安慰，可它出生时比现在还大呢。

她问我明天能不能早点过来。

没问题，我可以来帮忙。我说。

谢谢，我很需要你的帮助。萨曼莎和詹姆斯笑着。我终于回来了，我拥抱了他们，然后就溜进了地下室，想帮帮这只小狗。我担心没有我它会死掉！

我想象她独自待在黑黢黢的地下室里，其他几只小狗在她腿上攀爬，那小家伙蜷缩在她的毛衣里，小小的心脏在她的胸膛上跳动。她在为它祷告，不知为什么，我觉得她正把它搂在怀里，轻轻歌唱。

驼鹿大餐的那天早上，乔伊打来电话说，她会来酒店接我。几个小时后我见到了她，她站在酒店大堂里，手指轻敲着柜台。

我们走出门去，她对我说："我才不会让你打优步来我家呢，可得好好招待你。"

我穿着干净的牛仔裤和新买的绿 T 恤——小小的卡通北极熊，正站直身体在挥手。它就是托比，它还活着。

"在我遇到你的九年前，"我一边爬上乔伊的卡车，一边对她说，"我住在艾奥瓦州，那里的天空每年夏天都是这种颜色，暴风雨的颜色。人们管它叫'上帝的机器'——云层变绿，旋转，片刻之后，龙卷风从天而降。"

"上帝的机器？"她问。

"因为当你抬头看天空，就会知道这是祂的创造。那是一个人告诉我的，那是我在艾奥瓦州的第一个夏天。"

"当然。我能明白，我一直都有这种感觉。"乔伊说。

我说："后来，我遇到了这样一个女人，一位名叫凯瑟琳·拉什的艺术家。她擅长画美丽的巨幅油画，这也是她的工作。她开车去草原上，画下艾奥瓦州最猛烈的风暴。整面墙宽的丙烯画，蓝、黑、灰色的笔刷交错在田野上空，非常漂亮。我总去她的工作室拜访，只为了看看她尚未完工的作品。这样拜访了几年后，我终于问了她这个问题：你为什么做这件事？"

"画画吗？"

"为什么会画那些图像，尤其是风暴。你知道她是怎么回答的吗？"

"怎么回答的？"

"她告诉我，她开始画中西部风暴是在失去了相伴多年的伴侣后——或者说她的妻子，不知她们结婚没有。我记不清具体的细节了，可能是最高法院将同性婚姻合法化，她们最终得以结婚，然后她去世了；也可能还没等到合法化，她就去世了。关键是，社会在发生变化，她们却在变化途中失去了彼此。"

"人们应当去爱任何他们想爱的人。"

"人们应当去爱任何他们想爱的人。"我握着乔伊的手，"她的作品非常动人，很有力量，但也很贵，你能想到吧。"我笑了笑，"贵得有道理，对很多人来说也不算贵，但我只是一个研究生，一个老师。我一直想买一幅画，却始终买不下来。不过，一有时间我就会去拜访她的工作室，每次回艾奥瓦州都会去。我还给她发电子邮件，问她正在画什么。她对我十分慷慨，言无不尽，我可以站在那儿尽情欣赏，她还会把巨大的画作照片发给我。"

"听上去她是个美好的姑娘。"

"是的，"我说，"你知道她有次跟我说了什么吗？她说，她能根据别人对她作品的偏好，看出这个人是否沉浸在悲伤中。有次她直截了当地问我：'你在为接受什么而挣扎?'"

"你怎么说的?"乔伊问道。

"我的朋友几年前杀害了一名年轻女子,我的几段感情也都很动荡。我感觉自己受困于一场又一场的男性暴力,找不到出路。"

我告诉乔伊,这位艺术家的敏锐洞察使我备受震撼,她看透了我,顷刻间揭穿了我竭力隐藏的一切。

"她就像你一样看穿了我,"我说,"你看到了全部的我,却没有因此拒绝我;她看到了全部的我,也没有因此拒绝我。"

"女人能懂,"乔伊说,"她们懂。"

"你也懂。"

她握紧我的手说:"你打来电话的时候,我也不确定,我以为你可能是个疯子。"

她点点头,把头发拢到耳后,对着后视镜检查牙齿。

"你总有一天会买下那些画中的一幅,"她把手搭在我肩上说,"到时候请发一张照片给我。"

我笑着对她点点头。

"好的,我会的。"我说。

"我说真的,"乔伊说,"女性支持女性,这是最重要的。"

我点头表示赞同。乔伊在短短一周里,就给出了过去三年我从戴夫身上苦寻不得的东西,我对此念念不忘。

谢谢你看到了我。

14

　　开车前往乔伊家的路上，她对我说，如果说女卡车司机身负污名，那么狩猎驼鹿的女性所承受的污名则更甚。

　　"那些男人哦，不喜欢女人这样，觉得我们是一帮抢男生玩具来玩的女生。"乔伊说，"但我和萨曼莎很喜欢打猎，把它当作一种挑战，等会儿让她跟你讲讲我们是怎么把这头驼鹿弄回家的。"

　　"就是我们要吃的这头驼鹿吗？"

　　"是你会超爱吃的驼鹿，"乔伊说着，手掌用力地拍打方向盘，强调这故事必须由萨曼莎来讲。

　　"她很会讲故事，"她补充说，"她——用你的话怎么说来着？她讲得绘声绘色，就跟发生在你眼前似的。我呢，我只能跟你讲我是怎么煮它的。"她依次卷起毛衣的两条袖子，"它现在已经在慢炖锅里煮了几个小时了。"

　　午后的光线穿过林间，为树梢镀上了浓密的金橘色。乔伊家在道尔顿公路 15 英里处，我贪婪地享受着阳光、田野、荒原，仿佛回到了冒险途中。

　　她家的车道用碎石铺成，建在一处陡坡上。房子是一栋小木屋，藏在一片城墙般密密丛丛的树木后。乔伊把卡车停好，两只狗冲了出来，在卡车底下转着圈儿奔跑。在它们的吠叫声中，我们打开了车门。这片土地是自然主义者的天堂，有一间温室和一小片开放牧场。她的老马在远处嘶鸣，我幻想那匹小白马站在它身旁，发出细柔的咴声。乔伊确实应该买下那匹小白马。

"驼鹿！"乔伊高喊着，领我走上台阶，穿过一扇小纱门，来到摆满木制家具和家庭照片的室内。迷迭香的味道四处弥漫，还伴有百里香和欧芹的香气。詹姆斯坐在安乐椅上，腿上放着一沓报纸。

"你好！"他说着，把报纸对折放在膝盖上，"很高兴看到你俩都还活着。"

我摆了个造型展示身上的 T 恤说："是不是很棒？"

他起身给了我一个拥抱，我的脸埋在他的法兰绒里，漫起一阵潮红。他放开手，端详着我说："你们玩得开心，我很高兴。"

"你老婆真是太棒了。"

"确实。"他点点头说。

我们在客厅落座，前方中央放着乔伊的健身车。乔伊在她父母身边坐下，两位老人分别坐在软垫沙发的两端，她妈妈头戴一顶粉色肯沃斯棒球帽，身穿印花系扣衬衫，她爸爸则身穿绿色法兰绒。他们坐得笔直，眺望着窗外蓝色的山脉。我们的头顶和四周悬挂着色彩缤纷的丝带——

白色、黄色和红色，它们被钉在墙上，贴在玻璃上，或是挂在转角橱柜的把手上。一整排架子上摆满了金色奖杯，每座奖杯上都有一颗圆圆的金属小脑袋，闪耀着来之不易的胜利光芒。

"那是萨曼莎的，"詹姆斯说，"她可是个犬赛小冠军，如果她愿意，可以成为职业选手。"

"但我不愿意。"萨曼莎出现在走廊里说道。她穿着传奇乐队 AC/DC 的 T 恤和膝盖破洞的牛仔裤，挂着一抹戏谑的、我行我素的微笑。我不止一次从乔伊脸上看到过这种表情，那代表着她胜券在握。我伸手触摸其中一座奖杯，蓝色缎带滑在指间，凉丝丝的。

"大狗太多了。"萨曼莎告诉我。

"那不是正好吗？"我问。

"没错啦，可我只是瘦弱的'豆芽菜'，"她说着，简直和她妈妈是一个模子里刻出来的，"我小时候能驯服大多数的狗，但我们后来养的那只太狂野了，我搞不定，它实在太大了。"

乔伊走进身后的厨房，顺道拍了拍我的肩膀。

"我以前确实很棒。"萨曼莎点点头说。

"像她妈一样。"乔伊边切面包边说。

萨曼莎翻了个白眼。詹姆斯在躺椅上喊她："萨曼莎，给她拿点喝的。"

她露出颇为不耐烦的表情，看向我问道："想喝点什么吗？"

我说喝水就好。

她从架子上拿下一只玻璃杯说："我最后参加的某场比赛，我把领头犬放在了中间，这对于一条领先了一辈子的狗来说是个大错误。"

"我明白了。"我说。其实我不明白，但我喜欢这项运动的细微之处，也赞叹于她如此轻松地接受了自己的问题，丝毫不感到羞耻。

"所以你是位作家吗？"她给我递来一杯水问道，"我们正在读英文版《了不起的盖茨比》。"

她说那是本很傻的书。

"我还以为你们这个年纪的人都喜欢那本书，不是还有部电影吗？"我问。

"喜欢那本书的人都是笨蛋，"她说，"多蠢的一本书啊，它讲的就是，构建起你感情和生活的希望，然后把它们统统打碎，啪嚓。"

"什么是'啪嚓'？"

"就是梦想碎掉的声音！"她解释道，"粉碎掉我们本以为有可能的事情。"

萨曼莎认为，《了不起的盖茨比》的问题在于兜售一个错误的前提，尤其面向年轻人，让他们相信真爱，相信可以获得幸福，这是很危险的。

"总之就是蠢。"她再次强调。

"听说你喜欢打猎？你妈妈告诉我，你有个关于这头驼鹿的故事。"

萨曼莎咧嘴一笑，活脱脱一个翻版小乔伊。

"小时候，我妈教我记住打猎驼鹿的规矩，比如不能在公路上开枪，要走下公路才能——关于公路，州政府的规定不仅包括可以开车的服务公路，还包括羊道之类的。此外你还需要一张狩猎执照，大概三四十美元。还要交钱办一张猎鹿许可。好在这个州不需要抽签之类的办证程续，可能因为阿拉斯加没那么多人吧。"

乔伊别过身子对我说："她 10 岁的时候，我带她去激光射击场玩，她完美射中了每一个靶子。"

"都是有原因的。"萨曼莎依旧笑着。

"那会儿我们还不知道，她一直在用她哥哥的步枪练习射击。"乔伊大笑。

"阿拉斯加女孩必须懂得怎么开枪！"

乔伊递给萨曼莎一沓餐垫。

萨曼莎接着说："人们觉得狩猎是野蛮的，但说实话，这比想象中人道得多。今年的猎鹿季是 9 月 1 日到 21 日，时间并不长。我的驼鹿有三头是一枪打死的，其他几头本来也可以，但我动作太快了，吓到了它们。"

乔伊说："二十二年前，我是唯一得到允许进入我朋友的狩猎小屋的女人。现在，我又有了一个一击必杀的女儿。这是种能力。而且你知道吗，真的有越来越多的女性加入狩猎的行列，可有些男的还是对我们很抗拒。"

"我妈跟你说过吗？有几个男人曾经试图偷我们的驼鹿。"萨曼莎问我。

萨曼莎开始讲述，和乔伊一模一样，仿佛在叙述一首史诗。"我们看到了这头驼鹿，"她起了个头，双手向下摊开，铺垫整体气氛，"它就是我们的了，于是我们把车停在路上。可是有两个男人看见了我们，也跟着停下车，就停在我们后面。这里你需要了解一件事：妨碍狩猎是违法的。这不仅仅是因为妨碍别人打猎很混蛋，也因为这会导致别人错失猎物，猎物跑掉之后可能还会造成事故。"

"在逃驼鹿！"乔伊尖叫着说。

萨曼莎继续说道："很疯狂，对吧？很吓人，那家伙，块头超大的。那两个男的，不想让两个女孩得到那头驼鹿。"

"这几个王八蛋！"乔伊插嘴说，"狗东西！但萨曼莎有个驼鹿呼叫器，是个小口哨，她整个狩猎季都把它挂在脖子上。那是她 4 岁的时候，一个家族的朋友送给她的礼物。"

"4 岁！"萨曼莎转了转眼睛，接着说，"难道我要把驼鹿让给那几个男人吗？我可是个老猎手，那些男人太蠢了，以为我们只是两个笨女孩。我妈直接走下公路，开了枪。"

"我想让萨曼莎得到它，但更重要的是，不能让那几个男人得到它。"

"驼鹿是我们的！"萨曼莎表示同意。

"嘿，"詹姆斯的声音从安乐椅上传来，"你俩有没有想过，他们可能只是想帮忙。"

"胡说八道，他们怎么可能想帮忙，"萨曼莎说，"我生了一个月的气。"

"我也是！"乔伊说，"这可是我和我女儿的时刻，是薪火相传的时刻。"

"你的薪火已经传下来了。"萨曼莎说，朝她妈妈投去敬佩的目光。

"但你们娘俩还是得到了那头鹿！"詹姆斯说着，从椅子上站起来，双手重重搭在萨曼莎肩上，亲吻了一下她的头顶。

"故事到这里还没有结束。后来我们发现那些人在路旁露营，"说到这儿，萨曼莎笑了起来，"我和妈妈开车经过他们旁边，然后疯狂鸣笛，嘟嘟嘟——呜呜呜——，制造各种噪声，就像在公路上开了个小型凯旋派对！"

"希望他们看到了我们，明白我们的意思。"乔伊说道。

"噢，他们肯定看到了我们，明白我们的意思。"

乔伊走过来，从侧面抱了一下她的女儿。萨曼莎拉开烤箱门，乔伊从里面端出了一盘烤土豆。

"不管怎样，驼鹿现在是我们的了。"乔伊说。

萨曼莎摇摇头，轻声低语："愚蠢的男人。"

乔伊从慢炖锅中取出肉，把它切开，把蔬菜舀到碗里，然后叫我们落座。木制的大餐桌旁，乔伊在一端坐下，我下意识地低下了头。

"仁慈的父，感谢你让我们聚到一起。"她说完，我们开始享用驼鹿。

肉质鲜美，浓香四溢，细嫩爽口，其中夹杂着蘑菇、香草和大地的气息，我几乎能从中品味出阿拉斯加荒野上动物嚼食的清甜芳草。

"太好吃了！"我说。

乔伊满面红光，很骄傲能再次让我满意。她看着萨曼莎，粲然一笑，带着些炫耀的意味。

"很好吃，妈妈，你做得很好吃。"萨曼莎说。

"就像我说过的，很高兴看到你们平安到家，"詹姆斯将手伸过桌子，握住乔伊的手说，"她回家了，真好。"

"我想也是，"我说，"现在轮到我想念她了。"

"你俩要学会分享！"乔伊笑着说道。她冲我一笑，咬了一口驼鹿肉，接着对詹姆斯说："吃完饭，我们要去试试帮助那只小狗。"

然后她看向我，悄声说："跟你说了吗？我买下了那匹小白马，我们下星期就要去接它啦！"

她看着詹姆斯，露出笑容。

"她得到了她想要的一切。不那么想要的东西，她也得到了。"他说。

"因为她值得。"我说。我想起杰克，想起乔伊的第一段婚姻，还有她讲给我的那些故事。她对我说，你要和过去和解，否则过去会与你纠缠不休。

可是过去从不是一个可被完整收束的章节，不是一层可被褪去的皮。它如历史遗迹般长期存在。我看着詹姆斯，我喜欢这个男人。他支持乔伊，对她好。可我知道，难缠的过去依然扎根在她的胸膛。她的世界是一幅美国透视画：一位好妻子、好母亲，忍耐着一切暴力，竭力榨取自己的爱与美好。

我希望有一天能成为她，把过去抛诸脑后，独力开启第二人生。我感激她的小白马，感激窗外笔直平整的群山，感激阿提根山口和它的羊群。那些羊仿佛脚踩风火轮，遨游天际。

"她的确值得。"詹姆斯最后说。

我们在沉默中吃完了剩下的肉，然后詹姆斯越过桌子握住了乔伊的手。饭毕，萨曼莎站起来收拾碗碟。

"需要帮忙吗？"我问。

"我来就行了。"萨曼莎说。我看到乔伊将手从詹姆斯的手中抽出，起身走到水槽边，舀了一勺热腾腾刚出炉的大黄派，并在上面放了几勺香草冰激凌。

等她坐回椅子上，我问她："我可以在你家永远住下吗？"

大家都看着我笑了，只有詹姆斯微微面露难色。我挖了一勺派塞进嘴里。

"开玩笑啦！"我说。

其实我没有。

<<<>>>

一个小时后，在地下室里，乔伊盘腿坐在狗篮旁边，告诉我，接下来的景象过于可爱，我可能会招架不住。

"可爱至极，说实话，可能会对你造成不可逆的影响。"她警告说。

"我可以的，"我回答道，"我这辈子都在培养自己的承受能力。"

她笑了："好吧好吧！"

她把小狗一只一只从篮子里捞出来，它们好似一朵朵小乌云落在我腿上。小狗们在我的小腿上攀爬，张开嘴打呵欠，接着滚落到地毯上，在我脚边蠕动。其中一只抬起脑袋嚎叫，却只发出气流穿过牙齿的声音。

"就是这一只。"乔伊说着，伸手捞起那只小个子狗。

她把它从篮子里托出来时，脸色一沉，我们顿时心照不宣。

"它死了。"我说。

"它死了。"

她托着这只小家伙，在老旧落地灯的光线照射下，它的身体已然僵硬。她目不忍睹，把它紧紧护在胸前，搂着它，用松散的运动衫裹住它的脑袋，仿佛想要温暖它冰冷的躯体。

"我很遗憾……"

"这不公平，"她说，"它还这么小，连一点机会都不给它。"

我伸手抚摸着它的脑袋，它皮毛冰冷，呈现出异样的僵硬。

"记得你对我说过什么吗？在普拉德霍湾的暴风雪里，我们看到那头驯鹿的时候？关于看待事物的角度问题。"

"那是关于狼吃驯鹿，或者狼追赶狐狸。但它的死，不会改变任何人的生活，不会让其他人过得更好。"她说，"这可怜的孩子，也不知是为了谁、为了什么而受苦。"

我低头看着其他小狗，它们在她腿上跌撞打滚，我数了数，一共九只。九团绒毛小球，九对扑闪的眼睛，九只小狗的牙齿轻轻啃咬我的脚踝。我抱起一只举到眼前，我的鼻尖碰触它的鼻尖。

"但是这些小家伙，它们活了下来。"我说。

小狗在我手指间蠕动。

"它们会过上美好富足的生活，"她说，"但这一只本来也可以的……"

我把小狗放下来，看它扭动着身体回到大部队中间。她在谈论一只死去的小狗，也是在谈论她的朋友们，那些消失在公路上的风霜雨雪中，离开酒吧、卧室之后就再没能回来的人，一切她无法阻止的死亡，无法疗愈的伤痛。

她伸手拿来一条毯子，把死去的小狗放在上面，轻轻地包起来，"可惜它运气不太好"。

她看着我，点了点头，似乎除了认同她别无所求。我也点了点头，然后我们站在一起，没有说一句话，安静地注视着那张纹丝不动的毯子。最后，乔伊抱着它走上楼去，走到门厅里，把它放进一只塑料桶里，然后把桶放在门边。

"詹姆斯会处理好的，"她说，"他总是接手那些我不想处理的事情。"

萨曼莎探出头来，越过我们的肩膀看到了那只桶说："唉，她能在美国最致命的公路上开车，却做不到埋葬一只死去的小狗。"

我又说了一次"我很遗憾"，把手搭在乔伊肩头，"我真的以为能帮到它。"

"我该送你回家了。"乔伊心不在焉地说，接着叹了口气，伸了个懒腰。

我回到皮卡里，看到月光下的树林散发着蓝色的光芒，接着又被点亮的车灯盖了过去，灯光瞬间铺满了整间院子。道路在车轮下展开，我们缓缓开回费尔班克斯，我发现乔伊有些异样，似乎有话要说，却欲言又止。

我率先开口："如果是关于那只小狗，我们可以为它做一段祷告，完全没问题。我不觉得这很傻，我从你关于上帝的话语中获得了宽慰，不会觉得烦。"

"不是这样的。"她说。

那么是不是关于留念呢？我想她也许希望我带走一只小狗，用来纪念我们共度的时光。一个活生生的、会呼吸的纪念品，会带来十二至十四年的回忆。黑色的毛皮蓬松可爱，巩固着我们的情谊。我决定了，我愿意接受她的小狗，非常愿意。

"我可以带一只小狗回家，如果你想的话。"我说。

"不，"乔伊说，"不是的。听着。"

月光被森林遮掩，我看不清她的脸，无法得知她是什么表情，甚至连我们之间的空隙都看不见了，即便我感觉它比任何时候都要深。

她开了口："所以，你在普拉德霍湾跟我说的，关于戴夫的事情。"

我当即明白了她要说什么。她非常后悔自己只是听我讲述，而没有做出回应，她不知道该说什么。我值得更好的人，但是在我拒绝一个否定我价值的男人之前，我必须首先明白自己的价值。

"我知道，"我说，"我知道。"

"不，我不觉得你知道。"她说，"因为有些事我没告诉你。"

<<<>>>

这个故事也发生在很多女性身上，很多时候它是这样展开的：一段婚姻，美好的时候很美好，不美好的时候则很不美好；一对眷侣，幸福的时候很幸福，不幸福的时候则很不幸福。詹姆斯酗酒，他时常隐藏这一点，但其实大家都知道。人们总是有所察觉。

"那些酗酒的人，认为自己在逃避某种东西，把这当成一个秘密。如果你不戳破他们，他们就会得寸进尺。"乔伊对我说。

乔伊出门工作，詹姆斯在喝酒；乔伊回到家，詹姆斯还在喝酒。他喝了酒就和她打架，或者和自己打架。与众多酒鬼一样，他有着极为真实的痛苦和愤怒，而在婚姻的大部分时间里，他把这些愤怒，都发泄在了乔伊身上。

"记得我在路上跟你说过的吗？当我遇见詹姆斯的时候，我坚信这是我的第二次机会，觉得这是在我离开杰克之后，重获的奖赏。"

我点点头。

她说："我的天，我爱他，非常爱他，因此忽略了一切预警信息，我本该看到那些早期危险信号的。说真的，我刚认识他的时候，他就是一团乱麻。"

很快，她把自己绑在了这团乱麻上，只因为她是阿拉斯加的一位单亲妈妈，因为她有两个儿子和一个曾家暴她的前夫，因为她想在家庭的形式中寻求庇护。

"我觉得很多女人都有这样的想法，以为只要结了婚，这世上的一切坏事——世界可能对你造成的一切伤害——就都不会发生在你身上了，因为你的丈夫会保护你。"她对我说，"当时，我也以为我可以帮助他，我们认识的时候，他的第一任妻子刚离开他，他就是典型的那种，离婚之后整个世界都垮掉的男人。他顽固地要毁掉自己。我不想看到他那样，放任何人身上都一样吧。"

卡车慢慢开下山谷，道路两端都是参天大树，影影绰绰。深邃幽暗的天空下，远方的费尔班克斯闪耀着橘黄色的光芒。

"只是他真的特别糟糕。"乔伊重复道。

我记得詹姆斯也向我承认过这一点。那天在金心教会学校，我们看着乔伊布置圣餐面包时，詹姆斯曾靠过来低声说"这位女士是个传奇"；他还说"她帮我摆正了自己。她真的做到了，我那会儿整个人有点乱"。

"有点乱"，这让我想起那些沾染恶习的人，他们因生活所迫沾染上那些恶习，用这样的方式应对痛苦，消解世界对他们造成的伤害。那些人深陷于个人的苦楚之中。可我又想到，这套说辞也可以成为他们伤害身边人的借口——我太痛苦了，痛苦到要去伤害别人。

编码语言是为了粉饰伤痕。

他是一团乱麻，而她爱他。于是他们结婚了，有了温馨的家庭，接着她怀了孕，然后有了萨曼莎。

他们是一家人。

这个家温暖、安全、乐于分享。我无论如何也想不到接下来发生的事。乔伊对我说，有一次，詹姆斯端起枪，把枪口对准了她和婴儿。

"他喝多了，拿枪指着我们的脸。"她说。

接下来发生的事情是我想象的，在乔伊告诉我之后的几天、几周和几个月里，我以各种方式想象着那一幕。每次的细节都有一点变化，但在最常见的版本中，乔伊倒在厨房地板上，背景是印有复古印花的棕色油毡和橱柜下面黏糊糊的斑点。那是孩子们打翻苹果汁留下的痕迹。

男孩们穿着羊毛睡衣，窝在毛绒沙发和躺椅上看电视，身边摆着吸管杯和金鱼饼干。

萨曼莎还是个婴儿，在乔伊膝上焦躁不安地扭动。

乔伊和詹姆斯在为一些事情争吵。

具体是什么事，无所谓。

詹姆斯举起枪，乔伊安静了下来。

在我的想象中，发生的时间总是夜晚，漆黑的天空万里无云，虽然是冬天，但没有北极光。圆月高悬，发出暗哑的红光。地点可能是之前被烧毁的木屋，可能在乔伊刚遇见詹姆斯时居住的拖车里，也可能是两者之间的某个居所。我不知道答案，地点在哪儿无关紧要。

关键是乔伊告诉我的话。她说，她以为自己会死在那个晚上。她抱着哭泣的婴儿，看了眼两个年幼的儿子，又看向她嫁的那个男人——她想，可能他们都活不到明天了。

"我这辈子从没这么害怕过，"她双手紧紧攥着方向盘，"我感觉空气流走了——从我身体里流走了。"

当然，她没有死在那个晚上。很长时间里，她没有跟任何人说过这件事。后来，她把这件事告诉了最好的朋友黛比，往后二十年便一直守口如瓶。

如今她告诉了我。

"我不想提这件事，因为我不希望你对詹姆斯有负面看法。他是个好人，我很希望你喜欢他。"她说。

我一时语塞，陷入了沉默。我当然不会追问，尽管只是寥寥数语，但乔伊已经给予我太多太多了。

也许值得一提的是，在那一刻，我出奇地并未想到以下词句。

那个怪物。

不可能。

我想的是，这说得通。它符合我所知道的美国社会的二元性，表象与背后现实的割裂。我想起詹姆斯系扣严整的衣服，一丝不乱的棕色头发，还有我第一次参加周六安息日那天，乔伊在酒店停车场把我拉进车里时，他微笑的样子。他曾在潮湿的停车场搂着乔伊，为她开着门，告诉我，她多么善良。

"她是世界上最好的女人。"他说。

我沉默不语。空气越来越冷，天色越来越暗，风在林间呼啸。每当有路灯扫过我们的卡车，我都会瞥一眼乔伊，只见她眼眶中蓄了一汪新月般的泪水。

她低声说："有一次，我正在跑运输——詹姆斯喝酒最凶的时候我似乎都在跑运输——我们的朋友打电话跟我说，他在城里看见了詹姆斯，从他的呼吸中都能闻到酒味。他告诉詹姆斯，如果连他都闻得出来，那么警察一定也能。"

她停顿了一下。

"我说，知道了这个我能怎么办？我们的女儿该怎么办？我女儿不懂我为什么要工作，不明白为什么我总是不在家。她才17岁，只知道我总是不在家，她可能觉得我这么做很自私吧。她不懂，不明白。"

乔伊期待着我的反应。我想起了自己的母亲，想起我17岁时是如何与她对着干的。我们可以因任何事吵起来。对我而言，任何表达蔑视的机会都有充足的理由。

乔伊接着说："她还用这个嘲笑我！我们总是因此吵架。可当我收工回家，见到她时还是那么高兴，只想把她搂在怀里。她年纪还小，当然不会懂，我做这份工作是为了她。假使有一天，她需要靠我来养，我也能够养得起。"

我想给驾驶室那头的她一个拥抱，可我们都知道，我无法给她什么有效的开解。我用力将头往椅背上压，压得后脑勺隐隐作痛。

她对我说："我们总是爱上这种男人，以为自己可以改造他们。我们以为我们美好的爱可以拯救他们。"

"你也是这么对杰克的。"我说。

"你也是这么对戴夫的。我对詹姆斯也是如此。我很爱他，爱到伤害了自己。女人啊，我们总是有那么多爱可以给予，但这往往让我们成为受伤害的人。"

"可是你离开了杰克，为什么不离开詹姆斯呢？"我问道。

"因为我爱他。"她不假思索地说，"也因为一个女人独自带三个孩子太不容易。我爱他——没错，我想说，我们不总是这样做吗？"

我们在红灯前发呆，婚戒在她手指上闪闪发亮。我看得出她的手在发抖，只是这次，让她畏惧的不是路况。

"我不想离开他，不想很多年后的某天醒来，怪罪自己没有维持住这段婚姻，我对不起三个孩子，没能让他们在完整的家庭里长大。"她挥舞着双手说，"我曾经知道如何维持婚姻，怎么做一个贤妻良母，让家庭美满。但我现在已经不知道了。我不知道。我是不是早该离开他？"

我无法判断这是否是一个反问句，只好让问号飘散在我们之间的空气中。

"可能我应该离开他？"她说，"但女人被教导要去爱。我认为啊，女人被教导要付出太多爱了。这种文化要求我们优先考虑男性的痛苦，可是我们真正要做的是什么呢？我们需要优先考虑女性的生活。"

乔伊从牙缝里呼出一口气，用拳头击打方向盘："听着，我相信我们生来就是要去爱的，而且我相信我们会爱到爱不动为止。但过去那个我，和詹姆斯刚结婚的时候，当这一切刚开始的时候，我是多么渴望詹姆斯能打破成瘾循环，能戒掉酒。如果我那时听过劳拉博士的话，我就会转身离开，就可以让自己免于很多痛苦，就不会这么伤心了。但那时的我相信自己可以用爱帮他戒掉酒瘾，相信让他变好是自己的任务。"

"我一辈子都被困在这种圣母情结中。"

"你的确是！"乔伊说，"我也是！我觉得大多数女人都是这样！我被圣母情结束缚了一辈子，可那就是坨垃圾。"

"不过，詹姆斯有变好吗？"

"我跟他说过，我受够了，这是最后一次，不可以再这样了。"她停顿了一下说，"如果詹姆斯觉得他的所作所为没有错，事情可能会不一样。但他感到抱歉，他说他知道这不是爱，说他决心要好起来，说他会努力戒酒。"

"真的吗？"

"他已经一年没碰酒了。"

"一年可不容易。"

但他们朝夕相处了近二十年，距离詹姆斯举起枪的那个夜晚也过去了近十七年，其中是否有我未知的灰色地带？不知她是如何做到的。可我非常清楚我们能给予男人何等的宽容，只因他们没有扣动扳机。

如果戴夫也买了一把枪，如果他拿枪指着我，我会离开他吗？我想我会的。可是那么多次，他说出如子弹一般伤人的话，我都没有离开他。

"现在詹姆斯已经戒酒一年了，我为他感到骄傲。"乔伊说。

也就是说，那晚之后，生活并非一帆风顺，但詹姆斯努力做出改变。而乔伊一直站在他身边。

"我们经历了一些波折，但我们最终没有被打倒。"她说。

我多么希望这句话能成真。乔伊值得站着迎接美好的事物。

"我也希望如此。"我说。

她告诉我，她去年为他买了一枚戒指，冰冷坚硬的金属上刻有她最喜欢的一段经文——我当时并没有追问是哪一段，因而再也无从得知。那枚戒指不仅纪念着他们的婚姻，他们共同经历的种种，也是对他戒酒成功的奖励，此外它还是一个警告。

"哎，这绝对是一种威胁。"乔伊说，"同时这也是一个承诺，如果他再拿起酒瓶，我就会离开他。听着——"她把车开进了酒店停车场，"我不想让你觉得我软弱，但也不想让你觉得我像超人一样强大。"

我看着她，点了点头。

她却摇了摇头说："我告诉你这个故事，是因为它是我的一部分，和公路上的我一样。我觉得女性都是这样，有时软弱，有时强大，两者交替才能过好日子。"

"你说过，跑长途是因为你喜欢冒险。"

"我是喜欢冒险，但我也喜欢赚钱的自由，喜欢做一个能养家糊口的女人，不仅能养活自己，还能养家、养孩子。做这份工作比在费尔班克斯打工赚得多，多很多，所以只要有需要，我就会去。路上还能带着女儿，多好啊。"

我凭直觉猜测她没说出口的事：无论家里还是路上都危险环伺，在路上至少还能赚些钱。她原谅了他，却无法忘记他做过什么。对她来说，美国最致命的公路，有时并不比她自家的客厅更危险。

"听着，这个故事不会让我显得软弱，我并不软弱，"她强调，"你从一开始就没看错我，但更重要的是，你似乎没有发现你也不软弱。"

气氛一时轻松了些，她把手伸过来，用力朝我的胸口戳了一下。

"说实话，就像我之前说过的，我们比你想象中更相似。我大半辈子都和你一样，也就是说，我能理解你的选择，我明白那种保持现状的冲动。我知道深爱一个男人的时候，你根本想象不到其他的可能性。可我不想看到二三十年后，你成为我这个样子。"

她解开安全带，把我搂进怀里。我开始啜泣。

"听我说，我告诉你这一切是希望你明白，你把我看作榜样吗？你把我看作一个教训吧，不要和那样的男人在一起。"她的手指滑过我的发丝说，"那种男人不会变好的"。

卡车引擎在我们脚下空转，周遭世界在等待着。

这一刻，在乔伊的驾驶室里，我给了自己一个承诺。我会飞回俄亥俄州的家，戴夫会冲我发脾气，我就让他发脾气。他会负气离开，我就让他离开。如果我比大多数女人都要幸运，我会看着他消失在我的停车位，彻底告别我的生活。

这次不一样，这次我不会让他回来。

我会把这一切拒之门外。

然后，我会向乔伊表达感谢。

在卡车里，我们的最后时刻，乔伊抱着我，她的毛衣上缠绕着狗毛。她身上有驼鹿和胡萝卜的芳香。她让这一切显得如此神圣。

"我爱你。"我轻声说。

她伸直手臂，注视着我，这是我们作为两个活着的女人在地球上共享的最后一刻。

"不要和那种男人在一起。"她低声重复道，将嘴唇贴在我的头上，她温热的呼吸传到我耳边，"我告诉你，你必须离开他。我告诉你，情况不会好转的。那样的男人只会变得更坏。"

15

我飞回了俄亥俄州，飞回了我旧日的生活里。

我想戴夫和我都察觉到我身上有了些许变化——阿拉斯加之行后，我变勇敢了。我不会成为他的信徒伴侣。

他没有去机场接我。我自己开车回了家，筋疲力尽，神志不清。当我们终于见面时，我发现他的面容不一样了，似乎苍老了些。胡碴开始爬上他的下颌线，让他看起来有了几分我记忆中的温柔——我们刚在一起的几个月，最初的一整年，那些在洛杉矶郊外海滩上度过的夜晚——与我共度这些时刻的，恍若一个完全不同的人。

回来后的第一个星期，我只在等待一个惹恼他的事件，一个点燃他怒火的瞬间。可这一瞬间来得悄无声息，毫无矛盾激化的迹象。一天早上，他曾在洛杉矶执教的学校突然打来电话，邀请他回去工作。

"你应该接受。"我说。

他同意了。事情就这样轻易有了出口，而我们都欣然接受了这个解脱的契机。他离开了，无事发生，好似他也听到了乔伊的话。

好似她也与他交谈过。

我不知道——现在我仍然不知道——我是否配得上这样轻松的收场。大多数女人都没有这么幸运。我们的关系，连同我们所有的爱以及其中夹杂的恐惧与美好，都一并平静地结束了，就如它开始时一样。

我看着他收拾东西，装上车，然后消失在我的视野中。我知道他不会回来了。我能感觉到他的手松开了，感觉到一种轻松，想象着他驾车行驶在公路上，穿越整个美国，远离我的人生。

我偶尔还是会想起戴夫，却不是我所想象的那种思念。我会想起他的咖啡马克杯，他卷翘分明的睫毛，灿烂的笑容，完美的牙齿，那让我惬意沉溺的笑容——他总是笑呀，笑呀。我会想起那些睡眼惺忪的早晨，那些我们赖床到中午的周日，想起我们的狗还是幼犬的时候，他帮它挠痒痒的手指。他的手抚摸着它柔软的粉色小肚皮，滑过它光亮卷曲的毛发。

我会想起他的手，他的腕。

夏天，他走进厨房，手里满满都是我们收获的果实。他站在熹微晨光中，捧着我们种出的红辣椒、夏南瓜、精致通透的橙色西葫芦花，以及一把把的鼠尾草和罗勒。

他仍然存在于我的脑海里，为我送上圆润通红的樱桃番茄。

我们的爱里有美好，有温柔，很多时候充满阳光。

我爱过他，即便他有残暴的时候。

16

　　我是从一个学生的短信中得知她的死讯的。那是周六上午 8 点，我正在粉刷一楼的浴室。戴夫走了，世界变得很安静，我有些手足无措，需要重新适应这没有噪声的环境。于是我开始给自己找家务活干，在那天早晨挽起了袖子。收到短信时，我的手臂和手腕上都涂满了油漆。

　　告诉我不是乔伊！

　　但确实是她。

　　那张图片是她儿子丹尼尔的 Instagram 截图。他发布的照片里，乔伊的脸在正中央，头上架着墨镜，丹尼尔和他太太一左一右站在她身旁，他们身后是夏威夷橙汁般金黄的落日。

　　丹尼尔写道：今天是我人生中最悲痛、最崩溃的一天……

　　我读到这儿就停下了。

<<<>>>

乔伊相信，只有上帝才能让一个人消失。八月末的第一个凉夜，普拉德霍湾正要下雪，上帝带走了乔伊，让她消失了。

那天晚上，天色晦暗，浓雾笼罩在北冰洋上空。太阳下山了，乔伊穿着毛衣和蓝色牛仔裤，她刚卸完货，给卡车加了油，准备踏上返回费尔班克斯的漫漫长路。里奇后来告诉我，她很心急，想要开快点，好早些回家见到萨曼莎和詹姆斯。里奇和唐纳德还有活儿没干完，于是跟乔伊约好，在最近的加油站碰头，大概往南几十英里处。他俩要去那里办点事，而乔伊想去跟老友们打个招呼。

"她就是这样，只要是能给人带来温暖的事，她就会去做。"唐纳德告诉我。

当时的阿拉斯加已近午夜，四下笼罩着粉色的荧光。乔伊把车停在路肩上，摇下车窗拍了一张照片。她想必在思考该怎么描述这张照片，给它取怎样的标题，等回到家，回到网络连接充沛的世界，和萨曼莎、詹姆斯以及父母团聚时，她就可以上传照片了。

后来我从卡车司机们的口中得知，从表面上看，夏季是道尔顿公路最安全的行车季节，毕竟光照充足，没有冰雪，也不会因天黑而看不清急转弯和山间蜿蜒的陡坡。在普拉德霍湾的夏天，你仿佛能看见一切，能保护自己免于一切危险。但事实上，每年这个时候，正是卡车司机死亡的高峰期。当我们谈论道尔顿公路的行车安全时，我们讨论的其实是"幻觉"。

或者说，"错觉"。

这条路，过去和现在，一直都是美国最危险的公路。

当我第一次听到这件事的经过时，它简单得就像一个儿童寓言故事：乔伊在路上开车，突然，乔伊消失了。

慢慢地，我才拼凑出其中的细节：唐纳德和里奇到了他们约定见面的加油站，却没有见到乔伊的卡车。他们知道乔伊是不会爽约的，也知道她并没有去别处，无非是在路上，经过或稀薄或浓密的空气，开上肥沃茂盛的冻原，进入神的伟大世界。

手机没有信号，附近也没有电话亭，里奇和唐纳德只好回到车里，折返北上，再次开回普拉德霍湾，迎着漫天浓雾。

"接着我们就看到了它，一条可怕的、向下的道路，极其曲折，一直伸进冻原里。"里奇回忆道。

就在那里，在公路外几码[1]处，他们看到乔伊那53英尺长的油罐翻倒在地，9,700磅重的柴油砸碎了驾驶室，将它压扁、折叠。在我后来从网上看到的照片中，整辆车仿佛一团被捏皱的金属，陷入月球表面。

1　1码等于0.9144米。

我最后一次收到乔伊的消息是在一周前，她发来一声"嗨"和一张巴黎的照片——那是她第一次出国，也是第一次和女儿单独旅行。照片里，她和萨曼莎依偎在塞纳河上的观光船中，天色在阴霾中暗了下去，埃菲尔铁塔在她们身后闪耀着晦暗的光泽。

她告诉我，这趟旅行是一场贿赂。

"把成绩提上去，我就带你去欧洲玩。"她这么对萨曼莎说。

"她想去欧洲，因为在那儿她可以喝酒。"出行前，乔伊这么告诉我，"她觉得她骗到我了，但其实我了解那边的饮酒年龄[1]，我已经想好了，我会让她喝酒。我会说，尽情喝个够吧，喝个烂醉。然后我会在她身边，确保她的安全，也确保她再也不想喝酒了。现在在欧洲和她妈一起，总比将来在大学和某个男生一起喝醉要好。"

那是 8 月 14 日。

十天后，她去世了。

四个月前，她还把这里称作"人间天堂"，在夹岸云杉之间放慢车速，把手伸出窗外，让雪花在指间翻飞。

"人间，天堂，"她重复道，"要是有人告诉你，你无法同时拥有两者，一定不要相信。"

---

[1] 法国的合法饮酒年龄是 18 岁及以上，但如有成年人陪同，16 岁及以上人群也可饮酒。

<<<>>>

在俄亥俄州，我开车去了一趟苗圃，那是一家开在镇子边缘的园艺店，里面种着连翘和萱草，还有摆放在石雕上的陶瓷喷泉。那上面停着羽毛华美的小鸟，鸟嘴里衔着猩红的玻璃珠。

时值八月下旬，停车场已经摆满了草垛和南瓜。身穿格纹法兰绒的父母托着胖墩墩的幼儿，以此为背景拍照打卡，孩子们脚上的软皮鞋融入干草的色调中。

在一条摆满一年生植物的过道上，我蹲在这些转瞬即逝的欢乐中，扫视着一排排黑色塑料架子，从浅草皮上抽出一盆盆菊花。我仔细查看，一株接一株，检查它们是否有结实的绿芽，观察花朵结构，检查是否有生病的迹象。

园艺的玩法其实很简单。首先你要寻找健康的植物，接着要拔除发黄的枝叶，因为它们可能会传染其他部分。对于番茄、辣椒、西葫芦和菊花来说，枝叶发黄说明茎正在生病，会吸食植物的养分，拔除这些不健康的部分有助于集中能量，保证健康枝叶的生长。

从我身上拔除的也该是坏死的部分，而不是我健康饱满的枝条。

回到停车场，我在后座上放下十五盆植物：娇嫩的粉色、桃色和黄色，是夕阳的色调。开车返回家的路上，花盆在后座叮叮当当，穿过火车轨道，经过教堂。我曾因戴夫而憎恨这里，却因乔伊消弭了心中的恨意。

我走进前院，跪在地上，俯身挖了几个洞，然后把沉重的菊花栽进土里。我正需要这样的重复性体力劳动——挖土，填埋，覆盖根部。我不想去思考，去悲伤，去处理情绪。

没有了乔伊的世界会是什么样子？从表象来看，也就是我认识她之前的世界。

可我不要这样的世界，让时光倒转，倒转，倒转吧。

她给了我人生中最美好的五天，让我在此后的每一天里都有了让自己的生活变得更好的力量。该如何感谢促成这一切的人？

在安静的家中，安静的书桌旁，我订下了春日山丘酒店为期一周的住宿。

<<<>>>

几天后我抵达费尔班克斯，这座城市正慢慢步入冬天。树叶金黄火红，好像刚点燃的火柴，低垂的云朵下，枝叶灼灼欲燃。我又回到了这个机场大厅，站在玻璃罩中的标本熊旁。我租了辆经济型轿车，并要求上保险。

"你要往南去迪纳利吗？"

"可能吧，"我心不在焉地说着，"我是来参加葬礼的。"

"在道尔顿公路开长途的那位女司机吗？"女店员微露惊诧，接着说，"我很遗憾，真的很遗憾——已经有很多人飞来吊唁她了。光今天我就租出去五六辆车了。"

她身后的墙上挂着一张阿拉斯加地图，我用视线追踪着那条黑色的线，那是唯一贯穿该州北部腹地的道路，就是在这条路上，我认识了她，爱上了她，而她教会了我如何爱自己。

那位女店员接着说："说来奇怪，我并不认识她，却有种我已经认识了她的感觉，真是个厉害的女人。那么多新闻都在报道，消息满天飞。说实话，她的死震惊了整个阿拉斯加。很多男人都在那条路上跑长途，但我从不知道还有女人在干这行。"

她用粉色的指甲嗒嗒敲着柜台，眯着眼查看电脑。

"给你个优惠，"她说着，递给我一串钥匙，"第二排，8号位。"她帮我升级到了高档轿车，吉普切诺基，四轮驱动。

"你该去趟迪纳利，"她咽了下口水，点点头说，"那样一位女人，会希望你去那儿看看的。"

走到外面的停车场，一台亮橘色吉普车停在阳光下，好似一颗亮晶晶的水果硬糖。

我眯起眼看向天空，是乔伊，还是上帝，抑或是来自陌生人的善意，让我产生了接下来的感受。我爬上切诺基，坐在高高的驾驶座上，把车开出机场停车场。我有点恍惚，感觉乔伊就在我身旁，而我坐在她的卡车里，又变成了她的辣妹，她还活着，我们正疾驰在纵贯阿拉斯加的公路上。

上路吧，女司机们！

去往酒店的车程又短又暗，凛冬将至的氛围无处不在。我经过贩售咖啡的三轮车和叫卖木柴的简易棚屋，木柴三四美元一捆。人行道上，男男女女缓步慢行，身穿刷毛保暖外套，毛皮衣领紧紧地裹在脖子上。

我环顾四周，寻找乔伊。这里到处都是她的踪迹：在杂货店里，我们一起买过印尼天贝、充气袋装青豆和芝麻菜；在加油站里，我们曾一起填满油箱。那家她最爱的韩国餐厅里，虽然已是八月，彩虹般的圣诞灯串依旧在窗内闪烁着。我把切诺基泊在酒店停车场内，回想起在这里第一次与乔伊见面的场景。

我觉得自己像个没了妈妈的孩子。当然这并非事实，我有位非常好的妈妈。但乔伊是另一回事。在费尔班克斯，我感受到了她的缺席。于是，我，还有与这地方有关的一切，都变得摇摇欲坠。

有同样感受的并非我一人。黛比和香农的电话已经打到了我这里，她们是乔伊从小到大的好友，天各一方，多年未见。她们坐在家中的躺椅上，向我诉说这数十年的友谊，讲述她们早年在亚利桑那州的生活，那时只有阳光和甜蜜，红色的灰尘凝结在被热浪烤过的头发上。在欢笑和泪水中，她们各自描绘出了一个年轻无畏的乔伊，她骑着马，快意驰骋，与所有人交朋友。

她们都对我说："我不知道为什么会打给你。"但我很清楚为什么，因为我也有同样的冲动。我们都爱着乔伊，无法应对她离开的事实。

就这样，我坐在沙发上，听她们讲述回忆。那些故事充斥着内部梗，她们担心我会介意。

"没关系的。"我说。

她们问起我们的旅行，问我是否可以把照片发给她们，说乔伊曾告诉她们，她多么喜欢我和信任我。

"她说你就像我们的姐妹，"黛比说，"她一见到你就知道了。"

"这对我意义非凡。"我说。

结束通话前，黛比问我关于葬礼的事。

她说："我从没去过阿拉斯加。为什么要等到她去世了，我才想去看看她最爱的地方呢？"

我也给不出答案。但我告诉她，她飞抵阿拉斯加时我已经在这儿了，我们可以一起吃顿午餐，我再带她四处逛逛，看看我第一次来到这里时乔伊带我看过的一切。

"我来做你的向导。"我说。

如果乔伊还在，她也会这么做的。她一定会高兴至极，不敢相信。

黛比明天才能到。酒店房间里，我躺在床上，看着日头逐渐下沉，费尔班克斯逐渐陷入黑暗，夕阳斜照在河边的小教堂上，反射出清亮的光泽。我的拇指在手机屏幕上划动，反复播放视频，听乔伊的声音。她总是笑着，叫我"辣妹"。一段视频中，她大笑不止，我也忍不住笑了，当时我正头顶着北极灼热的白光，在她的卡车旁蹲着撒尿。我蹲在那儿，用手指抹着卡车外侧的灰尘，写下乔伊的名字——JOY，镜头晃动不已，我试图让相机聚焦在名字上。

"这是我这辈子撒过最酷的一泡尿！"我说。

我看了一遍又一遍，我的心里有某种东西在跳动。河边的小教堂散发着光芒，只因我敞开了心扉，只因她让美好充满我的内心。我打开电子版《圣经》，浏览着当初乔伊给我标示的段落。

"我曾用智慧试验一切事。"我读道，"一千男子中，我找到一个正直人，但众女子中，没有找到一个。"

她第一次把这段话发给我时，我直言不讳地告诉她这些话太荒谬。

她解释道："这说明男人和女人经常互相陷害，摧毁彼此。"

我们的旅行让我有了一些改变。在那之后的时间里，我时常能感受到祂的存在。在黄昏时分的俄亥俄州，我站在湖边空旷的沙地上，看着我的小狗漂浮在水上，爪子划着水穿过茂密的棕色芦苇丛，尾巴浮在水面上。我突然体会到了人们口中神赐予的平静。戴夫离开了，世界安静了下来。这种安静胜过此前熟悉的任何噪声，是一种强大的从容。

但我不确定这是不是上帝的作用，我这样告诉她。

也许这就是女性独立生活在世上的感受，而我只不过第一次拥有了这样的经历。也许这既不是上帝，也不是乔伊的作用，只是我解开束缚后迎接的世界，因为我知道，我给予世界的一切善意和爱，不会被任何男人摧毁。

我告诉乔伊，我从未像现在这么开心。

我感到美好，感到年轻。脚下的水泛起泡沫。

经过这些事，我只想永远一个人。我发消息给她说。

她很快回复道，这不是祂为你做的计划。你注定会遇见一个好人，他会让你轻松就能得到爱。

我的小狗在芦苇丛中追逐着阳光，回头与我对视。

可以白纸黑字写下来吗？我开玩笑说，从现在起，我遇见的每个男人都要经过你的审阅。

当然可以，她回复说，你需要我的时候，我都会在。

可现在，她不在了。我在费尔班克斯合上了百叶窗，将自己和教堂、上帝隔开。我回到床上，把被子拉到膝盖，想起了那段对话是如何收尾的。

我对她说，这个篇章可能被误读了，但在关于好女人的论断上，它仍旧大错特错。

只需等待见到祂的那天。我写道。

她回复说，等不及了！并附带了一个笑脸。

一语成谶。

<<<>>>

第二天早晨，我和黛比在那家韩国餐厅见了面。我们点了柠檬苏打水和两碗满当当的韩式拌饭。我告诉她这是乔伊喜欢的地方。

"她管小白菜叫'生菜宝宝'。"我说。

"就没有乔伊不喜欢的蔬菜。"黛比告诉我。

黛比已是中年，有着大大的眼睛和浅红的头发，脸颊泛着柔和的琥珀色。她尽力挤出了些笑容。我们都在尽可能地表现得和平常一样，都只是在等待乔伊的葬礼。我们默默地剥开煮熟的毛豆，那豆荚上还沾着亮晶晶的盐粒。

"我听说过关于你的很多事。"我说。

"我也是。"她说。

她想告诉我乔伊的故事，告诉我有关乔伊的一切。她说就是因为有了乔伊，她的人生才有了意义，她们是形影不离的好友。她十几岁的时候，曾有一整年时间和乔伊及其父母生活在一起，因为她的家人要搬家，但没人能把她和乔伊分开。

"我们就是那样，分开了各自都很好，但在一起会更好。我们就像是骨肉至亲，像是一家人。"她说。

她，乔伊，香农，三个好友在亚利桑那州的沙漠中探险，就这样度过了一个又一个夏天。黛比告诉我，她们仨曾经搞过一个恶作剧，自制了一款里斯花生酱杯[1]，里面放的是玉米淀粉和绿色食用色素，她们的老师吃了直犯恶心。她们曾串通好，骗过各自的父母，在外面玩到很晚；也曾找了台录音机，录下手指飞快按键的声音，借此逃过打字课。

香农几天前在电话里跟我讲了这件事："那位打字老师有个专门用来打字的小房间，我们就把录音机放在门旁边，然后跑出去晒太阳。"

香农没能来参加葬礼，我们答应会给她发照片。坐在韩国餐厅里，黛比把柠檬挤进水杯里，问我得知乔伊的死讯时正在做什么。

"刷墙。"我说。

她说她正在购物，在沃尔玛的清洁用品区。

"詹姆斯没有我的电话号码，所以只有在乔伊的电话被送回他手上后，他才能打给我，通知我这个消息，那时她去世已经两天了。"她说。

她告诉我，手机亮起来时，她正盯着几款速易洁牌的清洁用品。

"她的名字闪烁在屏幕上，我想可太好了，她可以帮

---

1 好时旗下的杯状花生酱巧克力糖果。

我选选。我接起电话，听到了那个消息，顿时我就疯了。还在沃尔玛，我一下子坐在地上。"

可现在，坐在靠窗的位置，黛比对我说，乔伊并没有死。她提醒我，基督复临安息日会相信人从世上逝去后，会进入一种无意识的安息状态，仿佛睡着了。有一天，乔伊和其他安息之人会复活，去到上帝身边，那些还活着的信徒也会追随他们。

"其他人会去哪里呢？"我问。

火湖[1]。

我一言不发地吃着毛豆。我不相信死而复生，也不相信地球有一天会布满烈焰。

但我已经不是数月前的自己，这对我而言已经不再重要。黛比在这里悲伤着，我也在这里悲伤着，纵使我们之间有着宗教信仰、意识形态、思想观点和政治理念的鸿沟，但占据绝对主导的是我们与乔伊之间的情谊。在它面前，一切隔阂都消弭于无形。

如果黛比觉得乔伊睡着了，那么就让她睡吧。

黛比接着说："说来好笑，乔伊和我最后一次聊天，那是……"她思索着，朝餐厅四处比画着，"那是所有这些事发生的前一天，一个周五。她说她在普拉德霍湾，快没信号了，她要赶回家过安息日。"

---

[1] 来自《圣经·启示录》第20章14-15节："死亡和阴间也被扔在火湖里；这火湖就是第二次的死。若有人名字没记在生命册上，他就被扔在火湖里。"

我看到对面那一桌上，一位母亲正把女儿放进樱桃红的儿童餐椅中。

"这听起来是有点疯狂，但我想她准备好了。"

"这是一记警钟，"她说，"我们也要做好准备。"她清了清嗓子，我们的菜上来了，热腾腾的米饭嗞嗞作响，上面盖着光泽鲜亮的蔬菜。

我从黛比的脸上看到了乔伊，看到了同样的温柔、关爱和光明，可我不知该怎么对她讲，只好捏了捏她的手，然后伸手去拿辣椒酱和玻璃瓶装的辣椒油，把它们淋在我的食物上。黛比有些诧异，但没说什么。

"她管我叫'辣妹'。"我说。

我们沉默着吃完了饭，吮吸干净橘子果肉，然后结了账。到了停车场，我们在我的吉普车旁拥抱了一下，接着黛比走向了她租的车。

"明天葬礼见。"她说。

我也回了句同样的话。这感觉有些异样——我们坐上各自的车，开回各自的酒店，穿过各自的大堂，打开各自房间的门。

回到房间，我拉上窗帘，坐到床上，在网上搜索劳拉博士。我发现了一本她写的儿童读物《上帝在哪里？》，心想这是个好问题。百叶窗的缝隙透出湛蓝的天空和橙色的街灯，我读到，上帝在哪里并不重要。

你只要跟祂说话，祂就会倾听你。

"我爱你。"我对乔伊说。

<<<>>>

再次看到乔伊，是从她的孩子的脸上——那几个我还没见过的孩子。

安迪和丹尼尔都继承了她的眉眼，还有鼻翼上的雀斑。他们身边站着神情肃穆的美丽妻子。萨曼莎也有着毫不逊色的容貌，俨然一个年轻无畏的小乔伊。

圣心教会中，他们五人站在前排。四个月前，乔伊还曾在这里准备圣餐礼的薄饼。

现在，乔伊的脸打在从天花板垂下的巨大投影幕布上，那是丹尼尔制作的幻灯片：穿着蓝绿色比基尼的乔伊，靠在面包车上的乔伊，怀里抱着咿呀学语的萨曼莎的年轻时的乔伊。

外面雨下个不停，人们拿着伞不知该往哪里放。

"乔伊看到会很开心的。"一位女士说。她告诉我们，每当看到神为地球安排了当下最需要的事物，乔伊总是会欣喜不已。"现在，我们正需要一个悲伤的雨天。"

周围的人纷纷点头。

我站在一群陌生人中间，手足无措。上一次参加葬礼还是十六年前，我祖母去世的时候，那时我只是个孩子。如今作为成年人，悲伤要难得多。每个人都想说话，想为她的品格提供证明。她曾为费尔班克斯市中心斯蒂斯公路上的流浪汉送去衣物；她曾救助过狗、马等任何还有心跳的流浪动物；有一次，她从亚利桑那州一路开车开到了阿拉斯加，带着一把 9 毫米手枪，把它藏在空的四季宝花生酱罐子里。

"她没有拥枪许可，但她说一个女人独自开车横跨美国，身上怎么能没把枪。"一位女士解释道。

一位名叫杜安的公路运输老司机告诉我，乔伊总是在她的卡车上偷偷放点额外的货物，递送给沿路有需要的人。理论上讲这是违法的，因为你只应该运载经过授权的货品，但乔伊认为多加几磅无伤大雅，何况这区区几磅就能让一些人捱过阿拉斯加北部的严冬。

我很喜欢听这些故事，我认识和喜爱的那个女人对每个人来说都是同一个人。

"她也帮了我很多。"我说，但并没有列出细节。

"乔伊看人很准，"杜安点点头说，"她用这种直觉来帮助他们。"

这也许就是乔伊最伟大的遗产：那些曾受过她帮助的人，如今也在互相帮助。乔伊一天天把小小的触角伸向世界，感知着疼痛和苦难，感知着需要她帮助的人——那些抑郁症患者、瘾君子、赌徒、刚离婚的人。她去世后，几小时内，几天内，与她有关的人们尽最大努力找到彼此，在她的 Instagram 账户下发表评论，互相标记，问道：你还好吗？你没事吧？你呢，还好吗？

仪式开始前的教堂里，詹姆斯行踪飘忽。我在喷泉边找到了他，看着他的脸和额头上稀疏的发丝，我竟感到异常的温暖，对他产生了一种强烈但又微小的同情。这个男人做错了很多事，但为了爱，他在努力改正自己。

我能感到他无时无刻不处在愧疚之中。

"她爱你。"我说。

过了很久他才抬起头来，"谢谢你。"他对我说，视线却飘向了投影，画面上的乔伊比我们加起来还要大，正在海岸边骑着一匹棕马。

"谢谢你。"他重复道，但这话并不是对我说的，而是对我们正仰视着的那个女人。在我们的记忆里，她仍活着。

<<<>>>

葬礼给人的感觉更像是一场集体哭泣。

牧师宣布仪式开始，人们在长椅上就座，很快过道里也站满了人。乔伊的葬礼成为一场只剩站票的活动，来晚的人自觉地集中在后面。乔伊认识过和爱过的每一个人都在这里，除了那些在普拉德霍湾工作，走不开的人，他们遵循着做两周休两周的轮班，就连"公路天使"的死亡也无法让行业的轮转减慢少许。但有人告诉我，那里也在举行哀悼活动。

"这可是整个阿拉斯加的遗憾。"有人说。

某种程度上，我是幸运的。我认识了她，见到了她，并立即与她结成了亲密的纽带。我在后方贴墙站着，和里奇、唐纳德站在一起，给他们看了我们旅行后半段的照片，说我们看到了狼群和驯鹿尸体，说我触摸了永冻层，说现在她走了，我终于可以去山顶吃大胖子派了。他们笑了，说我应该去吃，加上香草冰激凌会更好吃，还说乔伊不会骂我的，她曾经也非常爱吃这个——曾经。

但乔伊的死是可以避免的，这是我们唯一一致赞同的事情。

一位卡车司机摇了摇头，对我说："乔伊的做法是教科书式的。"

遇到大雾和冰雪天气，受过训练的卡车司机会在路肩上行车，绕过那些宽大的雪痕和偶尔从地面冒出的金属路标，当环境和冰雪让一切变得模糊不清，这是分辨哪儿是路、哪儿是冻原的唯一方法。我说，我记得，乔伊跟我讲过这件事。

有人问："在这样的情况下，难道不应该在路中间开车吗？那儿路面显然更结实呀。"

老司机们纷纷不以为然。

"这样的话会和开来的车正面相撞，"一位老司机说，掰着指节以示强调，"你看不见前面的路。所以有大货车向你开过来，你也是看不见的，每小时五六十英里的速度，拖着长钢管或大油罐那种。"

我们告诉他，乔伊是大家认识的行车最安全的司机。她按照别人的教导在路肩上行驶。

这就是为什么——当雾气袭来，路标越来越少——她的卡车前轮陷进了路肩软化的地面中，她从路堤上翻了下来。路堤极为陡峭，刚好与富兰克林断崖[1]平行。这片冻原正是我们曾看到狼群分食幼鹿尸体的地方。

"只是你觉得可怜，"我记得她说，"这个世界不过是我们所有人为了活得久一点而奋斗，有些人得到了，有些人没有。而决定谁有谁没有，是上帝的工作。"

上一刻她还在这里，下一刻她就不在了。

一位卡车司机俯身对我耳语，这是资本贪婪的代价。

"路标应该每15英尺一个，但是为了省钱，他们改成了每100英尺一个。"他说。

"她也跟我讲过这个。"我说。我想起那场风暴，那只狐狸，乔伊轻点刹车，沿着路肩前行。

另一位司机点头赞同，"削减成本。"又更正道，"偷工减料。"

开头那位司机说："这么跟你说吧，道尔顿公路上只有七个维修站，平均每个站覆盖65英里。要知道，有

1　位于萨加瓦纳克托克河东岸，普拉德霍湾以南30英里处。

那么多坑洞、冲蚀、雪崩要维护呀！你觉得他们在乎路标吗？你觉得这对他们有任何意义吗？"

"他们不在乎。"我脱口而出，感到很生气。

"我再跟你讲另一件事。"另一位卡车司机对我说，问我有没有笔记本，要我把他说的话记下来。他以为我是个有话语权的记者，我不忍心告诉他，我并不是，我只是个人微言轻的普通人，无法让乔伊活过来，也无法帮助其他人活得更久一些。

他说："路面不应该这么高。两年前，阿拉斯加州交通部把一些路段垫高了8到10英尺，用掉了240万吨石块，用来便利交通。现在，道尔顿公路在任何条件下都可以通车，但这是以卡车司机的生命安全为代价的。过去要是大水沟发洪水，卡车司机最多只会被困在路上，因为道路无法通行。"

"她也跟我说过这个。"我说。

"很好！"他说，"很好！全世界都该知道这个！全世界都该关注这件该死的事儿。是我们让这个世界运转了起来，没有阿拉斯加的石油，美国怕是都不存在了！"

另一位司机说，他曾经一个星期都待在车里，最多去别人车里打打乌诺或纸牌游戏，吃冰冷的果酱夹心饼干，看书，就这样度过了六天，终于等到广播里有人说，可以走了。虽然很煎熬，但总比死掉好。

"加高的路面和稀少的路标是导致乔伊翻车的元

凶。"第一位司机对我说,"要知道,那么陡的坡,她一点生还的希望都没有,谁遇上了都一样。"

可是无论如何,没人能料到自己会死在八月,死在雾中。

"关于安全的错觉,"一位女士用手指轻轻敲了敲脑袋,对我说。她叫杰茜,我从消息中了解到她是乔伊在本地最好的朋友,"就像人们常说的,多数事故都发生在离家30英里内的地方。"

对乔伊来说,公路就是家,就是安全的地方。她懂得如何操作卡车,对这里的了解胜过一切。杰茜告诉我,车里的监控画面显示,乔伊游刃有余地行驶在路上,开得很慢,车胎的一小部分陷进了冻原,她便按照所受的训练,把车转向冻原。这十三年里,她或许已经如此做了成百上千次。可她的车还是翻倒了,9000磅的重量砸了下来。我们的朋友乔伊当场殒命——医疗报告如是写道,这倒给人莫大的宽慰。

"先死的本该是我。"葬礼结束后,黛比这么对我说。我们在自助用餐区游荡,有人管这叫"百乐餐"[1],我们重复着这称呼,哄堂大笑,试图让这艰难的一天稍微轻松一点。我们夹起潮湿的可颂面包,说百乐餐,百乐餐嘛。我们挖起一勺甜瓜,一角金黄的菠萝,扒开黏在一起

---

1 Potluck Row,美国流行的一种朴素的宴会形式,在主人提供的场所中,每位宾客带一道菜品,共同组成宴席。

的德式小香肠，低声说道，算了算了，百乐餐。百乐餐就是把七张牌桌拼到一起，连成一张长长的自助餐台，在上面摆着各式各样的餐点，那些食物滋养着这一天里我们这些低落的灵魂。餐桌上铺着蓝色塑料桌布，黏糊糊的，一直往我们的黑色长裤上贴。光洁的碗碟中盛着鸡肉沙拉、圆润的魔鬼蛋和一团团意大利面。热狗肠已经夹进了土豆面包中，方便食用。那个韩国餐厅中乔伊最喜欢的女服务生，正剥开厚厚的保鲜膜，取出一碗晶莹剔透的粉条，粉条上面堆着一片片鲜红的烤牛肉。女服务生做的素菜春卷很受欢迎。乔伊的父亲喃喃说着要吃巧克力蛋糕。

"严格地讲，我比乔伊还大点，"黛比说，"大四个月。你说寿命到底是怎么算的呢？"

"你不该先死的，谁也不该先死。"我说。

黛比有理由生气，我告诉她，我也相当生气——因乔伊的离开而生气，因不知道接下来该怎么办而生气。我该如何面对乔伊讲给我的那些故事？她让我把这些故事讲出去，然后就离开了我，我不得不这么做，不管讲出故事的行为可能意味着什么。

"我不是生乔伊的气，"我说，"我只是对这种结果感到愤怒。"

黛比从盛满点心的银托盘里抽出一块维也纳手指饼干。"是啊……"她表示认同，"但我们要接受这是上帝的旨意，接受祂为我们制定的计划。"

我拿起一个一次性盘子，往里面放了几块奥利奥："可能吧，我觉得。"

我还能如何回答呢？我无法从这件事上看出上帝的存在，也看不出什么计划。我只看到了关于男性暴力的教训，这次也是有代价的，代价就是乔伊的一生。

"这是上帝的旨意，"黛比重复道，"当时间到了，祂也会来找我们的。"

我不相信会有这等好事。说实话，有时候我觉得世界末日已经来了。诚然，我们从母亲手里继承了一个更好的世界——这个世界仍然是好的——但仅有一个更安全的世界是不够的，我们本应享有安全。我想要安全，想要知道我是安全的，想要能够放心地跑步锻炼，无论在森林里还是日光下，无论在人行道还是偏僻巷弄。我希望在后院的游泳池边，不会有人做出袭击、杀人之事，在烧烤架旁，不会有把手枪正待行凶。希望有一天，当我有了一个女儿，不用一辈子担心她会在这世上遭遇层出不穷的伤害。

屋外，停车场地面聚集起水洼，仿佛要把我们吞入地下。我向吉普车走去，看到杰茜倚在车前灯上，黛比也走了过来，把帽兜往头上一罩。

"我们得在一起多待会儿，"杰茜对我们说，"只有我们女孩子。"她补充道，瞥了眼她的那些男同事，他们正在出口附近闲逛。

我们在雨中站了片刻，沉默不语。杰茜提议去切纳温泉泡个澡，那是附近的一个硫黄浴场。她问我们明天有没有空，我们都说可以。我说我可以开车，这辆吉普若是不能载上一车流着泪的女人，就算是白来一趟了。

"很好。"杰茜说。她把头发拢到脑后，草草绑了个马尾。一缕发丝垂到额前，被她一口气吹了回去。"泡温泉能帮我们好起来。"

"乔伊会喜欢的。"黛比表示赞同。

"乔伊会超爱的。"我纠正道。

<<<>>>

第二天一早，我们驱车前往切纳温泉。黛比让我在一处路肩停车，她要下车给一头驼鹿拍照。

"嗨，我最好的朋友！这头鹿就是你，对吗？"黛比说道。

我站在护栏旁，靴子陷进了泥里。我们四周是一片奇异的金色，夏季葱茏的树叶烧成了浓艳的琥珀色。黛比站在那儿喃喃自语，穿着运动鞋和蓝色牛仔裤，浓密的秀发被压在运动衫下面。她笑着靠近那头鹿，拍了一张照片，对我——也是对乔伊说，她很遗憾在这种情形下才来到这里，可还是很开心能亲眼一睹阿拉斯加。

"我喜欢这里。"她说。

驼鹿"乔伊"对此无动于衷。

我站在那儿，看着她们，想到宇宙向我们抛出了救生索，可我们甚至还没意识到自己已经溺水了。

乔伊就是我的长绳，是我脖子上的救生圈。

我理解黛比从驼鹿身上寻求安慰的冲动。当所爱之人离我们而去，这世间便显得空荡无比。

"你可真美呀，大妞。"黛比说，她看向靠在吉普车上的杰茜和我，"我和你一样，也很喜欢这几个姑娘。"

"过来呀！"她低声对我们说。

我略有迟疑。但最终迟疑退却了，我走上前去，牵住她的手，杰茜也加入进来。我们咯咯咕咕地叫着，就像一群愚蠢的游客，试图哄诱驼鹿从浅水塘里抬起头来，昂起她硕大的鹿角 [1]。她喷着响鼻，甩掉身上的水，喘着粗气，蹒跚地走开了。

<<<>>>

此刻我们本该想听音乐——三个女人坐在一台吉普车里，在美国的乡间穿行——可我们却惬意地沉默着，享受着静默之下的内省。最后，杰茜叹了一口气。

"她帮助过我，"她说，"我这辈子把自己搞砸过一两次，每次她都会陪着我，不会批判我，哪怕我做了非常

---

[1] 有鹿角的是公鹿，除非荷尔蒙异常，母鹿是不会长出"硕大的鹿角"的。这里称呼鹿为她，呼应女孩们把她看作乔伊的化身。

愚蠢的事情。"

"她什么都知道，"黛比说，"她知道我经历的所有磨难，关于前任，关于孩子。所有那些我遭遇过的打击。"

"她救过我的命，"我说，接着就意识到这话太浮夸了，"我知道这听起来有点傻。"

"没有的，她就是如此。"杰茜说。

"是的。"黛比表示同意，把手往我肩上一搭，"你说她救了你的命，我相信。不管你曾经历过什么，你来到这里，也在某种程度上拯救了她。这是她说的，她说你也改变了她的人生。"

"我们该怎么办呢？"杰茜问道，"没有了乔伊，我们该怎么办？"

在我看来，答案一目了然。我说："我们暂停一下，抽离片刻，然后想想'如果是乔伊的话，她会怎么做'，WWJD[1]。"我笑了起来，"我们应该把它刻在手环上，找人把它印在 T 恤上。WWJD！"

"致所有与耶稣基督同行的女人！"黛比说。

"以及所有与乔伊同行的女人。"

我们来到一排深色的大门前，这里就是切纳温泉了。地面光洁无瑕，地上的花盆中，金盏花、毛地黄和百合花

---

[1] 此处为"What would Joy do?"（如果是乔伊的话，她会怎么做？）的首字母缩写。WWJD 同时也是 20 世纪初在美国兴起的一项属灵运动，全称"What would Jesus do?"（如果是耶稣基督的话，祂会怎么做？）

竞相开放。停车场外侧，一栋栋棕色的出租小木屋整齐地排列着，不远处是一间餐厅，供应温室种出的蔬菜、自制调味汁，以及淋了热黄油的帝王蟹腿。黛比对着冰雪博物馆拍了一张照片，那是座巨大的圆顶冰屋，里面展示着各种冰雕，有裸体雕像、家具、动物、花瓶，甚至还有一架小小的冰木琴。

女更衣室内，蒸汽包裹着我们的身体，我们脱下衣服，换上泳装，不为自己身体的任何部分感到羞赧。我们用皮筋扎起头发，顺着从更衣室缓缓延伸出的斜坡步入乳白色的水中，把自己一寸寸没入水下。

"快看！"黛比说，她让水没到肩膀，辫子上松散的发丝浸入水中，然后再慢慢起身，卷翘的发丝瞬间就结上了霜，晶莹雪白。

杰茜笑了笑，捏住鼻子潜入水中，消失在我们眼前。不一会儿她浮了起来，整个脑袋都结上了冰，额头上的每一根头发都冻成了银线。她咧嘴一笑，扑扇着挂满霜花的睫毛，根根分明的睫毛镶着白色的边。

我们像神灵一样在温泉边飘荡，疗愈的泉水柔和了我们的面容。现在还是清晨，温泉几乎没有人，我们的笑声随着氤氲的蒸汽袅袅升起。

有那么一瞬间，这个清晨仿佛专为我们而设，这些花儿、这份宁静、这片从薄雾中升腾起的暖意，都守在群山之下，等待着我们的到来。清澈的阳光下，温泉中央的喷泉喷洒出晶莹的水珠，水珠在半空中凝结，然后落下，轻轻冲破水面。黛比笑着向后仰去，伸直双腿浮在水面。我们漂浮着，像空气一样轻盈。我们使劲拨动手掌，划开清澈柔滑的水面，搅起扇面般的涟漪，惊扰了水中天堂的倒影——那些粉嫩明黄的花朵，盛开在热气蒸腾出的洁白云雾中。我们忘却了悲伤，也忘却了恐惧。

我跷着脚漂在水上，沉浸在寂静的荫蔽中。许久以来，我都担心上帝在避开我，他人能听见祂的话语，而我听到的只有顽固的沉默。我用了那么多时间去寻找一种符合我人生体验的信仰，却一无所获，只因我找错了地方——我一直在男人身上寻找上帝，无怪乎我始终无法与这一信仰发生联结，因其核心是一个与伤害过我的所有男人相似的形象。

地狱中有一处特别的区域，作家多丽丝·莱辛[1]称，专门用来惩罚那些对其他女性的困难视而不见的女人。对此我想补充一点，天堂中也特别划出一块地方，向那些对其他女性施以援手的女人完全敞开。

那会是一个更美好的天堂。

乔伊坚定地认为，是上帝的神迹让我们走到了一起，可我不相信神迹。我相信这是她创造的奇迹，也是我创造的奇迹。

---

1 多丽丝·莱辛（Doris Lessing，1919—2013），笔名简·萨默斯，英国女作家，被誉为继伍尔夫之后最伟大的女性作家。

是我们创造的奇迹。

黛比叫我过去，我拍着水游了过去，直起身子，钻进她的怀抱中，她的另一只手搂着杰茜。我们灿烂地笑着，黛比给我们拍了张照片，然后我们一道躺了下去，从头到脚没入水中。

尘世间的确有天使，她们就在我的身边漂荡着，随波舒展。

17

　　乔伊的葬礼和为她举行的卡车游行之间相隔了四天，在这期间我开着吉普车去了趟南方的安克雷奇。早上晴空万里，很多时候路上只有我一辆车，仿佛世界上其他人都消失了，只剩下一颗香甜的橙色小点穿行在阿拉斯加的密林之间。在迪纳利以北几公里处，我沿路肩停下车，观看一头驼鹿涉水过河。我站在一座大山的阴影中，身旁的紫菀和一枝黄花随风摇曳。

　　我在惠蒂尔[1]买了一张下午的冰山游船票，倚在护栏上数着下面的水母，它们的身体跳动着生命的野性。一小时后，船停在一座冰山旁，阳光下的冰山闪耀着绿松石般的光泽。海獭们喊喊喳喳地叫着，打着圈儿翻腾，肚皮洁白柔软。人们争相拍照，船员们则从冰山上凿下冰块，敲碎了放进鸡尾酒里。

　　在安克雷奇我遇到了一位退役飞行员，他提出带我去

---

[1] 阿拉斯加州运河首端的一座城市，也是阿拉斯加海洋公路的一个港口，位于安克雷奇东南约 58 英里处。这座城市的所有居民几乎都住在同一栋公寓中，因此有"屋檐下的小镇"之称。

楚加奇山脉的最高峰马库斯·贝克山看看。接近中午的时候，我们乘坐他的黄色飞机升空，轻薄的黄色机翼被层层包裹在令人目眩的虹彩中，我想起了日冕，想起了北极的幻日。我们紧贴着峭壁低空飞行，能看到底下奔跑的麋鹿和灰熊。飞机掠过它们头顶，它们听到机械声，昂起头注视天空。

我意识到，我的人生有了深刻的改变，是另一个女人促成了这种改变。

"你还有其他想看的吗？"飞行员通过耳麦问我。

"别无所求。"我说。

<<<>>>

几天后，当我抵达科尔维尔[1]的停车场时，发现每辆车都经过了清洗和抛光，每个轮毂盖都贴上了纪念贴纸——"伊路精彩"，每台大卡车的天线上都挂着莓红色的丝带。每个人都知道我想坐上卡车，纷纷讨论该如何帮我成行。

"理论上，你是不能上我们的卡车的。"杰茜对我说。

"这个责任太大了，可能会被解雇。"里奇补充道。

里奇说，没人愿意拿自己的工作和生计冒险，但他们

1　第一家将燃料驳船引入普拉德霍湾的运输公司。

知道我对乔伊有多重要，她的生命对我有多重要。

最后唐纳德说："我可以带上你。"他把靴子深深踩进土里，踢起尘土和灰石。他已经带上了自己的妻儿，此外，他也是最先发现乔伊死亡的二人之一。

又有谁会质疑或惩罚他呢？

杰茜张开双手环抱整个停车场说："一场这样规模的悼念活动，充分说明了乔伊是个怎样的人。"

"我想我没见过这么大的阵仗，"唐纳德同意道，"我这辈子见过很多游行，但从没见过这么隆重的。"

实际数字确实惊人：参加游行的有六十台卡车以及数十名领航员，他们的皮卡或蓝或白或红。游行即将开始，我和唐纳德的妻儿一起爬进了他的车里。

"卡车纪念游行的时候，你要这么做，"唐纳德指导我，就好像有一天我会坐在他的位子上似的，"你要慢慢开，打开远光灯，然后尽情按喇叭。人们想听到鸣笛声，你的车经过时，要发出巨大的动静才行。"

他指着前方对我说："詹姆斯在前面，和萨曼莎还有乔伊的父母在一起。他们开的是一辆皮卡。"

他告诉我，如此规模的游行并不常见，因为死亡原本就是这份工作的一部分。可如果是为了某个特别的人，大家愿意抽出时间。

随着卡车的轰隆声，我们开出了停车场，朝着费尔班克斯市中心缓缓进发。

"来吧！"唐纳德说。

车队移动着，在阳光下如同一片金属的海洋。

警车和领航车在交叉路口截停来往车辆，我们的领航员莱斯利·贝克从无线广播中清晰地发来指示，让我们往前开，畅通无阻。

那些被截停的车上，司机们从驾驶座的窗户弯腰探出头来，兴奋地拍照、挥手。草坪长椅上坐着的老人、站在路旁的孩童，都把手臂高高举起，往下一拽，仿佛在拉动一个看不见的鸣笛拉杆。

唐纳德肆意摁响汽车喇叭。

在鸣笛的调动下，车载无线电里轮流传来人们对乔伊爱的赞歌。

"一位新晋守护天使正在看着我们。"一个人说。

"我想念她灿烂的笑容。"另一个人说。

有人调侃道："你知道吗，她正俯视着我们，笑我们怎么开车开得慢吞吞的。"

"这是乔伊的最后一次出车：2018 年 8 月 9 日下午 2 时 23 分。"

"一路平安，乔伊！和你一起开车很愉快。"

"我们会想你的。"

然后，无线广播安静了下来。

一小时后，我们把车泊入了山顶卡车休息站南侧宽广整洁的停车场。山下准备了一场野餐，有热狗、汉堡和撒了糖碎的巧克力蛋糕。孩子们在重型金属秋千架上荡着秋千，高高甩进空中。詹姆斯一手搂住了我的肩膀。

"你知道她发给我的最后一段祷告是什么吗？"他说着，从兜里掏出手机，只见一条短信中写道：有喜乐[1]的地方，便使它喜乐延续。"该怎么解释这样的巧合呢？"

"这说明她与我们同在。"我对他说。

天气热了起来，大家开始往木棚下聚集。丹尼尔对每个人的到来表示感谢，朗读起他此前写下的一些话，从他身上，我又一次感到了乔伊的存在。

"追求冒险，自如去爱，对待陌生人就如对待朋友一般——这就是我们让妈妈精神长存的方式。"他读道。

我思索着我会如何实现丹尼尔的愿望，如何尽我所能留存乔伊的爱。我清楚地知道自己该如何做了。

我从未忧虑自己在路上的安全，从未惧怕阿拉斯加的峻岭天险，也从不担心我会死在路上，尸体过了好几天、好几周才被搜救人员发现。6天400英里的行程，他们都说能毫发无伤实在是万幸——可我坐在乔伊的副驾上，看过狼追杀鹿群，啖骨食肉；看过麝牛抓刨泥土，激起浓云一般的热蚊，丝毫未害怕过。我想到女性日复一日所面临的那些微小恐惧，对于男性而言，即便努力尝试也无法感

1　喜乐（joy）与乔伊（Joy）在英文中是同一个词。

同身受。女性在外界的驯化下，如此频繁地认为自己渺小、软弱、愚蠢、无助、害怕。

我想到自己曾慷慨地给予男性驯化我的权利。

我不会再允许这样的事发生。

这世上有人能做到重塑自己，短短一生却活出了几辈子的精彩。乔伊便是其中之一，而我也想成为这样的人。我想起乔伊的观点：我们的躯体不过是容器，我们可以选择爱护它或伤害它。我虽无法预见未来，但我坚信，因为乔伊，我会好好爱护这具躯体。乔伊相信，包括我在内的所有女性，都值得好好爱护自己。

我会用一生来提醒人们这一点。

<<<>>>

几个小时后，站在我面前的是友善的空姐，她查看我的机票，欢迎我登机。旅游季已过，飞机上空荡荡的，我竟能独享一整排座位。我脱下靴子，摘下手套，把身体从厚重的夹克里剥了出来。飞机升空了，我解开安全带，舒展了下身体，用夹克盖住肚子，向后瘫倒，怀着感激的心情酣然入睡。

再次醒来已是一个小时后，淡绿的光线在头顶闪烁，空姐走来为我递上了一杯姜味汽水。椭圆的舷窗外是阿拉斯加的夜色，除了星星，我还看见了另外一件事物——那属于荒野的，明亮舞动着的，被一些人看作是神的东西。

那是你吗？我问。

当然是啊。

致 谢

历经多年写作，此书终于付梓，其间离不开众多女性的帮助。

我首先要感谢萨曼莎·谢伊（Samantha Shea），感谢你的出众才华，感谢你的热情鼓励，感谢你从始至终对这个项目的大力支持。我也要感谢我优秀的编辑劳拉·范德维尔（Laura Van der Veer）和克里斯蒂娜·亨利德泰桑（Christina Henry de Tessan），感谢你们的智慧、温柔、认真，让这本书能够呈现在世界面前。你们所做的事让我感受到了爱。感谢 Little A 出版社的整个团队，尤其感谢哈菲扎·盖特（Hafizah Geter），感谢你激发出各式各样的奇思妙想，甚至远在书本之外。

感谢艾迪生·达菲（Addison Duffy）和贾丝明·莱克（Jasmine Lake），我非常享受有你们陪伴的每分每秒，也非常享受你们带来的好消息，和你们交谈总是如此愉快。我也要十分荣幸地感谢乔伊·索洛韦（Joey Soloway）和朱丽安·摩尔（Julianne Moore），感谢你们对这个项目的信任，感谢你们从我的书中找到共鸣。对于你们的成就，我万分仰慕。

这本书方方面面都得益于几位心思细腻的重要人物，得益于他们仔细的阅读和审慎的思考。感谢玛莎·帕克（Martha Park），感谢你的照顾和体谅，感谢你为我付出的时间——我们的友谊当之无愧是几年来发生在我身上最好的事。感谢弗朗西丝·乔（Frances Jo）和杰丝·马修斯（Jess Mathews），有了你们，我才成为一个更强大的女人，才写出了一本更有力量的书。感谢亚当·斯蒂夫勒（Adam Stiffler），你给了我前所未有的善意，感谢你的体贴和友爱，感谢你陪我在树林中散步来清醒头脑，感谢你为我紧急送上的花生酱香蕉奶昔，我对此感激不尽。感谢米克·埃尔肯斯（Mieke Eerkens），这本书的许多内容以及我内心的情感都与我们的谈话息息相关，我无比感激你，感激我们的友谊。

我有幸受益于各位杰出女性的智慧、洞见、坚韧、保护、陪伴、关爱和力量。我从心底里感激你们，尤其需要感谢莉萨·何（Lisa Ho），如果没有你，我不知自己会是什么样子，你总是不吝啬给予任何人、任何事以耐心和同情。感谢埃伦·阿诺尔德（Ellen Arnold），文字不足以表达出我的谢意，你是我在俄亥俄州的第一个朋友，至今仍是我最忠实的好友之一。感谢科琳·拜尔斯（Colleen Byers）陪伴我度过了那么多艰难的日子。劳伦·弗米利恩（Lauren Vermilion），玛吉·史密

Mothertrucker

斯（Maggie Smith），卡伦·波列姆斯基（Karen Poremski），凯莉·松德贝里（Kelly Sundberg），塔米·爱德华兹（Tammie Edwards），朱莉·芬克（Julie Fink）——感谢你们为我做的大大小小的事情，没有与你们的对话，也就不会有这本书的诞生。

非常感谢俄亥俄州艺术委员会（Ohio Arts Council），是你们慷慨的支持和早期的鼓励使这本书成为可能。感谢你们从包括本书在内的许多项目中看到了价值。

感谢佛蒙特美术学院（Vermont Fine Arts）为我提供了必需的时间和空间（以及资助），让我可以动笔写作。

感谢俄亥俄卫斯理大学（Ohio Wesleyan University）的全体教职工和学生们，尤其感谢我英语系的同事们，是你们的支持为我的写作奠定了基础，这对我意义重大。

感谢各位卓越的女性作家，是你们的作品激发了我的灵感：莱斯莉·贾米森（Leslie Jamison），谢丽尔·史翠德（Cheryl Strayed），丽贝卡·索尔尼特（Rebecca Solnit），克丽·豪利（Kerry Howley），蕾切尔·约德（Rachel Yoder），莱西·M.约翰逊（Lacy M. Johnson），T.基拉·马登（T. Kira Madden），凯瑟琳·克卢斯迈尔（Kathryn Klusmeier），珍妮弗·珀西（Jennifer Percy），玛丽·米勒（Mary Miller），米拉·雅各布斯（Mira Jacobs），切尔西·比克（Chelsea Bieker），利迪娅·尤克纳维奇（Lidia Yuknavitch），玛吉·史密斯（Maggie

Smith），特蕾西·麦克米伦·科托姆（Tressie McMillan Cottom），以及凯莉·松德贝里（Kelly Sundberg），等等。你们的话语时常在我脑海中回荡。

感谢我在阿拉斯加的家人们：罗杰·施密特（Roger Schmidt），雅尼娜·布鲁克斯（Jeanine Brooks），里安农·盖尔万（Rhiannon Guevin），肯利·杰克逊（Kenley Jackson），特蕾西·特纳（Tracy Turner）和马特·特纳（Mat Turner）夫妇，迈克尔·胡多克（Michael Hudock），布伦丹·琼斯（Brendan Jones）和蕾切尔·琼斯（Rachel Jones）夫妇，苏珊·温格罗夫 - 里德（Susan Wingrove-Reed），埃勒·坎贝尔（Elle Campbell）。特别感谢梅里尔·格曼（Merrill Gehman）在我心中播下了种子，感谢你的宽容和友善，感谢你与我分享对阿拉斯加探险的热爱，我们就像失散多年的亲人一般。感谢梅拉妮·格曼·科尔（Melanie Gehman Coar）和安德鲁·科尔（Andrew Coar）夫妇，感谢你们让我在你们的家暂住，让我和你们甜美的小宝贝一起玩，与我分享对荒野的热爱。感谢杜安·埃默特（Duane Emmert）和琳达·埃默特（Linda Emmert）夫妇，查里蒂·洛雷恩·蒂姆（Charity Lorraine Timm），以及整个阿拉斯加卡车社区，感谢你们允许我探索你们的世界。

感谢我的学生们，是你们的作品提醒着我文字创造是一种怎样的恩赐。特别感谢蔡斯·蒙塔纳（Chase Montana）和阿什莉·蒙塔纳（Ashley Montana）夫妇，阿里阿德·威尔（Ariadne Will），塞雷娜·阿拉加潘（Serena Alagappan），斯蒂芬妮·德索托（Stephanie DeSoto），凯特琳娜·巴里（Katerina Barry），莉莉·卡兰德（Lily Callandar），安娜·埃德米斯顿（Anna Edmiston），库库·古普塔（Cuckoo Gupta），安雅·布鲁克斯－施密特（Anja Brooks-Schmidt），乔纳斯·班塔（Jonas Banta），梅里根·霍恩（Merrigan Horn），妮科尔·怀特（Nicole White），安娜·戴维斯（Anna Davies），莫莉·贝里（Molly Berrey），梅雷迪思·内夫（Meredith Neff），阿卡迪亚·卡里尔（Acadia Caryl），以及阿德里亚娜·罗德里格斯（Adriana Rodriquez）。

感谢马特（Matt）、利瓦伊（Levi）和克里斯丁·维贝（Christine Wiebe）对我的信赖，感谢格雷格（Greg）。我对坎达丝·德威特（Candace De Witt）和苏珊·琼斯（Susan Jones）的谢意更是难以言表。

感谢我的家人，尤其是我的父母——约翰（John）和海迪（Heidi），我的一切成就都归功于他们。

参考书目

Bartosch, Jamie. "Why Are So Many Indigenous Women in Alaska Coming Up Missing and Murdered?" *A&E*, 26 Feb. 2019, www.aetv.com/real-crime/missing-murdered-indigenous-women-native-alaska-other-states.

Bass, Rick. *Caribou Rising: Defending the Porcupine Herd, Gwich-'in Culture, and the Arctic National Wildlife Refuge.* Sierra Club Books, 2004.

Brown, Alleen. "Five Spills, Six Months in Operation: Dakota Access Track Record Highlights Unavoidable Reality - Pipelines Leak." *The Intercept*, 9 Jan. 2018, theintercept.com/2018/01/09/dakota-access-pipeline-leak-energy-transfer-partners/.

Collins, Michael. "Congress Moves to 'Drill, Baby, Drill' in Alaska's ANWR. Here's What You Should Know." *USA Today*, Gannett Satellite Information Network, 19 Nov. 2017, www.usatoday.com/story/news/politics/2017/11/19/congress-moves-drill-baby-drill-alaska-anwr-refuge-heres-what-youshould-know/874187001/.

Daly, Matthew. "Oil, Gas Drilling in Pristine Alaska Refuge Takes Step Ahead." *AP NEWS*, Associated Press, 19 Apr. 2018, apnews.com/article/4285b7d4e3b945d2a3e73bcaf-b8ecba3.

"Fumes Across the Fence-Line." *NAACP*, 27 Apr. 2018, www.naacp.org/climate-justice-resources/fumes-across-fence-line/.

"Harriman: Alaska Native Communities." *PBS*, Public Broadcasting Service, www.pbs.org/harriman/1899/native.html.

Hedgpeth, Dana. "'Jim Crow, Indian Style': How Native Americans Were Denied the Right to Vote for Decades." *The Washington Post*, WP Company, 1 Nov. 2020, www.washingtonpost.com/history/2020/11/01/native-americans-right-to-vote-history/.

Jeltsen, Melissa. "Domestic Violence Murders Are Suddenly On The Rise." *HuffPost*, HuffPost, 11 Apr. 2019, www.huffpost.com/entry/domestic-violence-murders-rising_n_5cae0d92e-4b03ab9f24f2e6d.

Jeltsen, Melissa. "Who Is Killing American Women? Their Husbands And Boyfriends, CDC Confirms." *The Huffington Post*, TheHuffingtonPost.com, 23 July 2017, www.huffingtonpost.com/entry/most-murders-of-american-women-involve-domestic-violence_us_5971fcf6e4b09e5f6cceba87.

Lake, Kianna Gardner. "Savanna's Act Advances to Senate Vote." *AP NEWS*, Associated Press, 16 Nov. 2018, apnews.com/article/5452afe3429a4f97aefc8cf72d95bc6d.

McCann, Carole R., and Seung-Kyung Kim. *Feminist Theory Reader: Local and Global Perspectives*. Routledge, Taylor & Franics Group, 2017.

"Missing and Murdered Indigenous Women & Girls." *Urban Indian Health Institute*, 27 Nov. 2019, www.uihi.org/resources/missing-and-murdered-indigenous-women-girls/.

National Coaliation Against Domestic Violence. *Domestic Violence in Alaska*, National Coaliation Against Domestic Violence, 2015, assets.speakcdn.com/assets/2497/alaska.pdf.

National Coalition Against Domestic Violence. "Domestic Violence in Alaska." National Coaliation Against Domestic Violence, 2015. https://assets.speakcdn.com/assets/2497/alaska.pdf

Ortiz, Erik. "Lack of Awareness, Data Hinders Cases of Missing and Murdered Native American Women, Study Finds." *NBCNews.com*, NBCUniversal News Group, 4 Aug. 2020, www.nbcnews.com/news/us-news/lack-awareness-data-hinders-cases-missing-murdered-native-american-women-n1235233.

Rowland-Shea, Jenny. "Measuring the Loss of American Wildlife

If the Arctic National Wildlife Refuge Is Drilled." *Center for American Progress*, 19 Dec. 2017, www.american-progress.org/issues/green/news/2017/12/11/443964/measuring-loss-american-wildlife-arctic-national-wildlife-refuge-drilled/.

Rowland-Shea, Matt Lee-Ashley and Jenny. "Arctic National Wildlife Refuge 101." *Center for American Progress*, 19 Oct. 2017, www.americanprogress.org/issues/green/news/2017/10/10/440559/arctic-national-wildlife-refuge-101/.

Ruskin, Liz. "Can Congress Squeeze $1b from ANWR?" *Alaska Public Media*, 2 Nov. 2017, www.alaskapublic.org/2017/11/01/can-congress-squeeze-1b-from-anwr/.

Solnit, Rebecca. "A Rape a Minute, a Thousand Corpses a Year." *Mother Jones*, 25 Jan. 2013, www.motherjones.com/politics/2013/01/rape-and-violence-against-women-crisis/.

"Trans-Alaska Pipeline, Then and Now." *Miner*, 25 June 2017, www.newsminer.com/gallery/featured/trans-alaska-pipeline-then-and-now/collection_4176d3e6-56e9-11e7-b69e-b3511429b2d8.html.

"The Trans-Alaska Pipeline." *Alaska Centers*, 8 Aug. 2017, www.alaskacenters.gov/explore/attractions/trans-pipeline.

"Trump Administration Undermines Environmental Review for

Drilling in Arctic National Wildlife Refuge." *The Wilderness Society*, www.wilderness.org/articles/press-release/trump-administration-undermines-environmental-review-drilling-arctic-national-wildlife-refuge.

Urban Indian Health Institute. "Missing and Murdered Indigenous Women & Girls." Seattle Indian Health Board, 14 Nov. 2018.

U.S. Department of Justice. "Violence Against American Indian And Alaskan Native Women and Men." *National Institute of Justice Research Report*, U.S. Department of Justice, 2010, www.ncjrs.gov/pdffiles1/nij/249736.pdf.

Vagianos, Alanna. "30 Numbers That Prove Domestic Violence Is An American Epidemic." *The Huffington Post*, TheHuffingtonPost.com, 7 Dec. 2017, www.huffingtonpost.com/2014/10/23/domestic-violence-statistics_n_5959776.html.

"'We're Not Giving up' Say Gwich'in despite Start of ANWR Sales | CBC News." *CBCnews*, CBC/Radio Canada, 6 Jan. 2021, www.cbc.ca/news/canada/north/arctic-national-wildlife-refuge-advocates-not-giving-up-1.5863103.

"Where the Wild Things Are." *Defenders of Wildlife*, defenders.org/magazine/fall-2016/where-wild-things-are.

Wild, Corey Himrod | Alaska. "Congress Seizes New Opportunity to Restore Arctic Refuge Protections." *Alaska Native News*, 1 May 2019, alaska-native-news.com/congress-seizes-new-opportunity-to-restore-arctic-refuge-protections/41719/.

SEE PROFILE

©Jennifer Grimm

女人被教导要付出太多爱了。

这种文化要求我们优先考虑男性的痛苦,

可是我们真正要做的是什么呢?

我们需要优先考虑女性的生活。